J. DE LA ROSA

Todas
las
estrellas
son para ti

Editado por Harlequin Ibérica.
Una división de HarperCollins Ibérica, S.A.
Núñez de Balboa, 56
28001 Madrid

© 2016 José de la Rosa
© 2016 Harlequin Ibérica, una división de HarperCollins Ibérica, S.A.
Todas las estrellas son para ti, n.º 110 - 1.9.16

Todos los derechos están reservados incluidos los de reproducción, total o parcial. Esta edición ha sido publicada con autorización de Harlequin Books S.A.
Esta es una obra de ficción. Nombres, caracteres, lugares, y situaciones son producto de la imaginación del autor o son utilizados ficticiamente, y cualquier parecido con personas, vivas o muertas, establecimientos de negocios (comerciales), hechos o situaciones son pura coincidencia.
® Harlequin, HQN y logotipo Harlequin son marcas registradas por Harlequin Enterprises Limited.
® y ™ son marcas registradas por Harlequin Enterprises Limited y sus filiales, utilizadas con licencia. Las marcas que lleven ® están registradas en la Oficina Española de Patentes y Marcas y en otros países.
Imagen de cubierta utilizada con permiso de Dreamstime.com

I.S.B.N.: 978-84-687-8431-1
Depósito legal: M-17442-2016

¿Quieres saber más sobre **el mundo que envuelve** *Todas las estrellas son para ti*?
Rastrea este **lema** y este **hashtag**

PIDE UN DESEO
#TodaslasEstrellassonParaTi

Escucha su música en la PlayList de Spotify:
#TodaslasEstrellassonparaTi

Descubre las imágenes que la inspiraron, el rostro de sus personajes, los escenarios donde se desarrolla.
Sigue la carpeta de Pinterest:
#TodaslasEstrellassonparaTi

No te olvides de que tienes tu casa en mi blog
www.josedelarosa.es.
Allí están las puertas abiertas, y si te suscribes a su *newsletter* conocerás antes que nadie las novedades, eventos, firmas, adelantos de mis novelas.
Y me harás feliz si me sigues en las Redes Sociales:
https://twitter.com/JosdelaRosav
https://www.facebook.com/josedelarosa.v
https://es.pinterest.com/josdelarosa/
https://www.instagram.com/josedelarosaescritor/

¡Gracias!

*Para Nieves, Noemí, Maribel, Tessa, Bea,
Kike y Juani.
Gracias por hacerme sentir que formo parte
de algo hermoso.
Gracias a Carme por su infinita paciencia
y sus consejos.*

Nusfjord, Noruega. Principios de septiembre.

«El frío», pensó Inés observando los copos de nieve caer a través del ventanal. Siempre el frío, que volvía de escarcha la piel y petrificaba el corazón como una bocanada de agua helada. El frío a pesar de que el verano no había terminado. A pesar de que los pájaros apenas habían emigrado. Incluso siendo el año más caluroso de los últimos tiempos. El cielo seguiría encapotado hasta la llegada de una nueva primavera, dentro de demasiados meses. Eso quizá era lo que Inés más echaba de menos: un cielo azul, o tiznado de negro como en ese instante, pero tachonado con todas las estrellas. Con este último pensamiento su mente voló diez años atrás, sumergiéndose en unos recuerdos que se había esforzado en olvidar. Los apartó de su memoria con una sacudida de cabeza y decidió que era hora de volver al calor de un abrazo.

–Ven aquí, siéntate a mi lado –dijo Björn, señalando un hueco en el sofá, frente a la chimenea, como si hubiera leído su pensamiento.

Ella se alejó del ventanal. La nieve tornaba blanco el reflejo de la noche escandinava. Nieve temprana, casi inaudita, que se volvería perenne en el largo otoño que se aproximada. Björn la observó mientras se acercaba, desnuda y tan hermosa que parecía una aparición.

–Nunca terminaré por acostumbrarme a este frío –murmuró ella, derrumbándose a su lado.

–Nací aquí y jamás lo he hecho. Acostumbrarme.

Björn estaba tan desnudo como Inés. Se habían quitado la ropa el uno al otro, con prisas, casi a manotazos. Pero de eso hacía ya mucho tiempo. El que habían tardado en recobrar fuerzas. Él la tapó con la manta de piel y la atrajo hacia su cuerpo. Para Björn era el regalo de cumpleaños perfecto: su cabaña, la primera e inusual nevada del año, un buen fuego, la nevera llena y su chica entre sus brazos. El mundo podía irse al garete, que en aquel momento no le importaba. Hundió la nariz en el cabello de Inés. Nunca se cansaba de su olor a hierba fresca y cítrico maduro. La deseó otra vez con tanta urgencia que con uno de sus fuertes dedos levantó el delicado rostro de Inés y pegó los labios a su boca. Ella reaccionó gimiendo, y dando un pequeño mordisco a la lengua curiosa que ya indagaba entre las comisuras. Era el mejor antídoto contra aquel frío, y uno de los mejores para paliar los anhelos del alma. Inés se estrechó un poco más contra aquel cuerpo grande y duro, como una gatita, soportando contra sus muslos la excitación de Björn: Un tipo capaz de hacer sentir a una mujer entre sus brazos cosas que ni soñaba que pudiera expresar su piel.

En lo mejor del beso, un preámbulo para todo lo demás, sonó una llamada de móvil. El sonido armónico de campanas tibetanas era tan desacertado en medio de algo que tendría un final delicioso, que a Inés casi le entraron ganas de reír. Quiso arrojarlo al fuego de la chimenea, pero miró de reojo la pantalla y supo que tenía que atenderlo.

—No lo cojas —le suplicó él, que una vez que empezaba sabía que no podría parar hasta quedar ambos exhaustos.

—Es de casa.

–Volverán a llamar si es algo importante –insistió–. Te tengo un fin de semana solo para mí. Sin trabajo de por medio ni prisas. Los dos desnudos, la chimenea y una noche muy larga. Me dijiste que era mi regalo de cumpleaños. Me lo prometiste.

Inés se mordió el labio, indecisa, lo que hizo que él se excitara aún más. No era normal que la llamaran desde casa a esas horas. Sabían que estaba de fin de semana en la cabaña que Björn tenía al norte de Noruega, en Nusfjord. Y su padre decía que solo los desaprensivos molestan a los demás más allá de las diez. Por otro lado, la promesa del escandinavo era suficientemente tentadora como para tenerla en cuenta. Al final se decidió.

–Dame dos segundos –le dijo, escapando de sus brazos y llevándose consigo la manta–, seguro que no es nada, pero me quedaré más tranquila.

Cogió el móvil y fue hasta el gran ventanal. Antes de descolgar le lanzó a Björn un beso con la punta de los dedos que él hizo la pantomima de atraparlo. La piel desnuda y blanquísima del vikingo contrastaba sobre el oscuro sofá cubierto de mantas. Un metro noventa de deseo que la esperaba excitado para cumplir con ella todas sus fantasías. Inés sintió un ligero escozor solo de pensar lo que sucedería en unos instantes, cuando ella volviera a sus brazos y lo dejara hacer, como le había pedido de regalo.

Lo dejó desamparado en el salón mientras, aterida, descolgaba para hablar con su padre y él la observaba con ojos soñadores y cargados de fuego. Al fin descorrió la cristalera y salió al otro lado, a la pequeña terraza donde la nieve ya había formado un modesto montículo. Sentía cierto pudor aunque papá estuviera a miles de kilómetros. De nuevo el frío. Un frío terrible a pesar de que el verano aún estaba dando sus últimos coletazos.

Fue una conversación breve. Demasiado breve para las largas peroratas que solía mantener cuando la llamaban desde casa.

Cuando Inés regresó con las mejillas encendidas por el frío, sus ojos estaban vacíos y parecía tan perpleja como si hubiera perdido algo y no fuera capaz de encontrarlo.

–¿Qué sucede? –preguntó él a la vez que se incorporaba, desacostumbrado a verla en aquel estado.

–Era mamá –murmuró Inés, aún incapaz de reaccionar ante la noticia que le habían transmitido con voz quebrada–. Mi padre ha muerto.

Capítulo 1

Dos semanas después, un amanecer de finales de verano en Sevilla.

–¿Qué diablos haces aquí? –preguntó Alejandro, sobresaltado, cuando Pedro apareció a su lado. No había esperado que la puerta del copiloto se abriera en aquel momento–. Me has dado un susto de muerte. Podría haberte disparado.
–He pensado que querrías un café.
Pedro, su antiguo compañero de patrulla, entró en el coche sin esperar una invitación y se sentó a su lado, haciendo oídos sordos a las quejas de su amigo. Dejó la bebida caliente junto a la palanca de cambio y se chupó su largo dedo índice, donde el vaso de papel había estado a punto de provocarle una quemadura.
–¿Me has oído? –insistió el otro–. Soy un policía de servicio y me has metido un susto de muerte. Podría haberte atravesado con una bala. Deberías saberlo, ahora que eres inspector.
–Déjate de gilipolleces. Ser policía y ver tantas pe-

lículas de acción no debe de ser bueno. Con leche y doble de azúcar. También he traído donuts.

Le tendió la caja. Seis delicias redondas en un surtido que hacían la boca agua.

—Si no fueras mi jefe me enamoraría de ti. Lo sabes.

—¿Que sea un hombre no te causa reparos?

—Podría llegar a olvidarme de eso, te lo aseguro.

Ambos rieron de aquella vieja broma que arrastraban desde los días en que empezaron a patrullar juntos. El sol acababa de salir, septiembre era un mes lleno de posibilidades, y dos policías en activo que se conocían desde hacía años, no siempre tenían la oportunidad de tomarse un café sin prisas.

—Y ahora en serio, Pedro —dijo el otro—, ¿qué mierda haces aquí? Ya han quedado atrás tus tiempos de callejear y de pasar la noche a la intemperie como le sucede al pringado que tienes enfrente. Ahora eres el puto jefe. Deberías estar en tu despacho dejando que los demás te lamamos el trasero.

Pedro se removió incómodo en el asiento. Habían sido compañeros durante más de ocho años. Aquel era su coche, su asiento. Aunque no se atreviera a decirlo en voz alta, lo echaba de menos. Ahora todo su trabajo consistía en mover papeles de un lado a otro, en planificar, en supervisar, en otear. Pero a él le gustaba remangarse y meter las manos en el lodo hasta los codos.

—¿Es que acaso no puedo dar una vuelta para ver cómo están mis chicos? Sois mi gente. Esto también forma parte de mi trabajo —contestó tras dar un largo trago a su café.

—Eso no lo hace nadie.

—Yo sí.

−Los de arriba se van a cabrear contigo. No les dejas en buen lugar.
−Que se enfaden. Han sido ellos quienes han decidido ponerme donde estoy.
−Y tus méritos.

Pedro decidió no contestar. ¿Por qué diablos se había presentado al examen de inspector? En verdad que no lo sabía. Le gustaba su trabajo. Siempre había sido así. Desde pequeño había querido ser «El llanero solitario», para salvar a las buenas gentes de los malvados. En un despacho no estaba muy seguro de hasta dónde podría llegar, y temía que cada vez se fuera alejando más y más de la realidad, de las calles, de lo que de verdad le importaba.

Devoraron un par de donuts sin hablar. Cuando trabajaban juntos habían aprendido a respetar los silencios de cada uno. Demasiadas noches en vela, siguiendo el rastro de algún delincuente, dejando pasar las horas hasta tener a la presa acorralada y sin posibilidades de escapar.

−¿Qué tal ha ido la guardia? −preguntó Pedro al cabo de un rato.

−Aburrida −se encogió de hombros su compañero−, bastante aburrida, muy aburrida, por ese orden. Tengo que vigilar a un tipo que ha ido de bar en bar sin hacer otra cosa que tomarse una copa y mirar al vacío. Ahora está en ese *after hour* de enfrente, supongo que tomándose una copa y mirando el reflejo de las luces en las paredes. Y tranquilo −apuntilló−, antes de que me preguntes: no hay puertas traseras.

−Vaya, parece que vas aprendiendo a hacer tu trabajo, novato.

Él otro lo miró haciéndose el ofendido.

—Llevo veinte años en esto, muchacho. Diez más que tú. Casi podría ser tu padre.

—Muy prematuro hubieras tenido que ser.

Si Pedro estaba en mitad de la treintena, Alejandro había sobrepasado con creces los cuarenta. A partir de aquí las diferencias eran todas. Donde el primero se mostraba atlético, el segundo debía empezar a preocuparse por el sobrepeso. Trigueño contra aceitunado. Alto frente a chaparro. Ancho de espaldas a diferencia de unos hombros ceñidos. Nariz prominente contrastando con un perfil achatado. Labios gruesos a diferencia de apenas dos líneas desdibujadas. Incluso en la forma de vestir, cuando iban de paisano como ahora, eran marcadamente diferentes. Mientras Pedro no abandonaba botos camperos, vaqueros y camisetas, Alejandro era de traje gris y corbata.

Los dos viejos amigos y compañeros continuaron dando cuenta del desayuno, mientras al otro lado de la calle seguían llegando jóvenes con ganas de marcha al nuevo local de moda en Sevilla.

—Por cierto —le preguntó a Pedro su camarada—. ¿Cómo te fue con aquella rubia?

—¿Qué rubia?

El otro golpeó el volante, con una pantomima muy bien ensayada.

—¡Joder!, nunca le contestes eso a un hombre felizmente casado. Me hundes, de verdad.

Pedro intentó recordar.

—¿Te refieres a…?

—Sí —le apremió el otro—, al bombón de la otra noche. Te fuiste con ella.

Ahora la recordaba. Era una chica muy agradable. También bonita. Se encogió de hombros.

—Supongo que bien.

–¿Lo supones? –preguntó escandalizado–. Cuéntamelo todo. Me lo debes.

A Pedro no le gustaba hablar sobre sí mismo y mucho menos contar sobre las mujeres con las que estaba. Detestaba las conversaciones de bar donde algún idiota exponía sus alardes amatorios. Había roto más de una nariz por haber considerado que se faltaba el respeto en público a una desconocida.

–Tomamos un taxi y la acompañé a casa –contestó con desgana–. Poco más.

–¿Poco más?

–A la mañana siguiente tomé otro y me fui a la mía –si no daba esa contestación sabía que no lo iba a dejar en paz.

Alejandro volvió a golpear el volante.

–Sabes que te odio, ¿verdad?

–No pienso hablar de mujeres contigo.

–¿Porque eres un caballero? –se burló, retomando una antigua chanza que también arrastraban desde aquellos tiempos en que empezaron a patrullar juntos–. Eres el único idiota que no fanfarronea de sus conquistas. También el único al que soy incapaz de llevarle la cuenta de cuántas son. Un poco de información no nos vendría mal.

Pedro sonrió. Era hora de marcharse. Su amigo sería relevado en breve tras toda una noche de vigilancia y él debía llegar a su despacho.

–A ver si va a ser verdad que te has enamorado de mí –comentó a modo de despedida, retomando la broma del principio.

–Quizá no podríamos mantener relaciones sexuales –se lo pensó el otro–, pero formaríamos un gran matrimonio.

Pedro soltó una carcajada. Lo echaba de menos. De verdad que añoraba a sus amigos, a sus colegas de la calle, incluso a los chivatos y a los delincuentes habituales, con quien había aprendido la dureza de la vida, y a quienes incluso había llegado a respetar.

–Te veo esta noche en tu casa, para el partido –salió del coche y se apoyó en la ventanilla bajada–. Yo llevaré la cerveza y las patatas.

–A sus órdenes, jefe.

–Y te toca a ti avisar a los chicos.

Él otro asintió, y Pedro se marchó camino de la comisaría, a pasar un día más, donde lo más excitante sería esperar a ver cuándo caían las hojas de los árboles.

Capítulo 2

A Inés solo le quedaba por recoger el neceser, que aún permanecía abierto en el baño. Lo demás ya estaba doblado y guardado en su pequeña maleta de fin de semana.

Cuando la llamaron para que volviera a España, Björn le había preparado el equipaje porque ella era incapaz de hacer otra cosa que llorar. En principio era para dos días que se habían convertido en cuatro para transformarse en ocho y terminar sumando las dos semanas que llevaba en Sevilla.

Hacía diez años que no permanecía tanto tiempo seguido en la ciudad que la vio nacer. Diez años. Casi una tercera parte de su vida. En verdad, toda su vida.

Suspiró una vez más y tomó el retrato que descansaba sobre la mesita de noche. En la imagen aparecían su padre y ella, felices y sonrientes. Recordaba perfectamente aquel día. Fue en Navidad, cuando volvió a casa por primera vez tras haber conseguido un trabajo nada menos que en Noruega. Su padre había ido a recogerla al aeropuerto llevando al cuello un enorme espumillón dorado, dos copas y una botella de champán. Quería ser el primero en brindar con su hija. El primero en tenerla entre sus brazos tras dos meses de ausencia.

Inés tocó aquella imagen nítida de la fotografía que había tomado un turista cualquiera a instancias de papá. Ella con los cachetes enrojecidos a causa del aire acondicionado. Sonriente a la vez que avergonzada. Su padre alzando la copa con una mano y abrazándola con la otra mientras lanzaba uno de aquellos cómicos guiños suyos a la cámara. Alto, atractivo, fuerte, convincente. También hacía diez años de aquella fotografía. Ella ya no era la misma. Y su padre…

Notó que una lágrima escapaba de sus ojos y suspiró una vez más para contenerla. No podía seguir llorando. Su padre se había ido para siempre y ella debía aceptarlo cuanto antes. ¿Debería haber regresado más a menudo a casa? ¿Debería haberlos llamado con mayor frecuencia? Cuando todo es seguro, cuando tienes la absoluta certeza de que estarán ahí por mucho tiempo, o al menos durante más del que imaginas, los hábitos se relajan y todo se vuelve vago.

Inés se limpió el rostro con la manga. Tenía que dejar de pensar en él si quería cerrar la maldita maleta. Aún debía sacar la tarjeta de embarque para esa tarde y volar muchas horas hasta volver a Oslo. Miró otra vez la fotografía antes de ponerla encima de su ropa perfectamente doblada. Había sido no solo su padre, sino su mejor amigo. El perfecto cómplice. El más fiel de los aliados. La persona que siempre estaba cuando había algo que resolver, y que se retiraba discretamente cuando era necesario que ella diera un paso en solitario. Él la conocía como nadie. Sabía lo que rondaba por su mente antes incluso de que Inés fuera capaz de darle forma, y siempre estaba en sus labios la respuesta adecuada a las muchas dudas que azotaban su mente inquieta. Era el más férreo defensor de sus sueños. Decía que no somos nada sin un sueño que perseguir, y que debíamos sacrificarlo todo con tal de alcanzarlo.

«Dejar de pensar en él». ¡Qué cosa tan imposible! A lo máximo que era capaz de llegar pasaba por relegar su recuerdo a un segundo plano, latente bajo las rutinas diarias, agazapado como un felino que saltaría sobre su realidad en cuanto bajara la guardia. Debía volver a su rutina, empezar a plantearse tareas simples que desaceleraran su agitado corazón.

Decidió que había llegado el momento de hacer lo que llevaba dos semanas postergando: desmontar el despacho de su padre.

Mamá se lo había pedido porque ella era incapaz de hacerlo por sí misma. Desde el día del sepelio estaba cerrado con llave y un montón de cajas vacías permanecían apiladas contra la puerta. Ya no había excusas. Volvía a su vida ártica esa misma tarde y debía dejarlo todo listo.

Descendió las escaleras con un cuidado desacostumbrado, como si temiera que algo pudiera suceder al llegar abajo. Cuando sobrepasó el último escalón se enfrentó a la puerta cerrada, justo enfrente. De nuevo una lágrima acudió a sus ojos, pero tragó saliva, la apartó de un manotazo enfadado y atravesó, decidida, los pocos pasos que la alejaban de su objetivo. Sin pensarlo más descorrió las dos vueltas de llave y contuvo el aliento antes de abrir. Su madre estaba en el mercado. Ella misma la había animado, pidiéndole una receta de su niñez para su último almuerzo en casa. De esa forma le aliviaría el dolor de enfrentarse a la esencia misma de su esposo.

Inés se quedó plantada ante la puerta abierta de par en par. No había entrado en aquella estancia desde que había llegado. Los libros de viaje seguían ocupando cada hueco de la librería. Las paredes continuaban tapizadas con los recuerdos de cada uno de ellos. Las máscaras, las vasijas de cerámicas, los instrumentos musicales imposibles: Incluso la mesa del despacho estaba perfectamente ordenada, como siempre. Allí estaba todo. Allí se encontraban, resumidos en pequeños objetos, los sueños de un hombre que había sido su faro, su timón, su mejor amigo: La alfombra raída por sus huellas, pues como ella misma, necesitaba andar para poder pensar. El cenicero vacío, para recordarle que una vez fumó y jamás volvería a hacerlo. El chaleco de lana, desgastado en los codos y lleno de bolas, con un botón perdido desde tiempo inmemorial. Era su uniforme de batalla, según él, cuando se enfrentaba a sus tareas diarias en aquel pequeño despacho. Su mundo particular.

Inés tuvo que abrir la boca y tragar una bocanada de aire, porque tenía delante lo más íntimo del hombre que lo había sido todo en su vida.

Cuanto antes terminara, mejor.

Cuanto menos pensara, mejor.

Tomó una de las cajas vacías, dio un paso al frente, e intentando mantener la mente en blanco empezó a guardar los libros sin mirar los lomos. Sabía que en su interior muchos de ellos estaban garabateados, y otros timbrados con su nombre. Después continuó amontonando cada uno de aquellos recuerdos de sus viajes, cuidando de que no sufrieran desperfectos. Para ello tuvo que usar varias cajas y papel de periódico arrugado para protegerlos. Cuando le tocó el turno al viejo jersey necesitó sentarse, y lloró desconsolada antes de aspirar su aroma por última vez y encerrarlo en una caja para siempre. Al fin logró reponerse y se dedicó a los documentos que no habían sido ya guardados, como pólizas de seguros y la escritura de aquella casa.

No supo cuánto tiempo había pasado, pero cuando fue consciente de que se acercaba el mediodía, las paredes y estanterías estaban desnudas y un montón de cajas precintadas se apilaban junto a la puerta, esperando para ser llevadas al garaje.

Inés miró alrededor. La habitación parecía ahora otra bien distinta. Casi irreconocible. Solo le quedaban por vaciar los cajones del escritorio, pues todo lo demás ya estaba guardado. Se sentó en la silla de su padre, pero no quiso levantar la vista. No quiso enfrentarse a lo que él vería si estuviera allí. Abrió el primero. Solo había papel en blanco, su block de notas vacío y algunos bolígrafos descapuchados. En el segundo se amontonaban sin orden los útiles de escritorio, como abrecartas, gomas de borrar, clips, lápices y sacapuntas, pues tenía la costumbre de escribir con grafito. El tercero estaba cerrado con llave y no tenía la menor idea de dónde podría encontrarla. Pensó en preguntarle a su madre, pero quería terminar con aquello y llevar las cajas al garaje antes de que regresara del mercado, así que decidió trastear con la punta de un abrecartas hasta que la cerradura cedió con un crujido leve de metal chascado.

Dentro solo había un sobre de papel, que parecía indefenso en aquel espacio cúbico y vacío. Se quedó mirándolo, sin saber muy bien qué hacer. Debía de tratarse de algo importante para que su padre, que no tenía secretos, lo hubiera guardado bajo llave.

Al fin lo tomó con la punta de dos dedos, como si se tratara de algo peligroso, y lo miró a contraluz. Era un papel de buena calidad, y parecía muy manoseado, como si su padre lo hubiera llevado encima durante bastante tiempo. Le dio la vuelta. Esa cara estaba en blanco: Un sobre cerrado que solo tenía una dirección a medias en el envés, escrita a máquina, pero sin nombre del destinatario ni localidad ni código postal, algo realmente extraño. Una carta con las señas a medias y sin remitente, como si su padre no hubiera estado seguro de qué hacer con ella.

Indudablemente debía tratarse de algo importante. Quizá unas últimas disposiciones testamentarias. O un mensaje para sus seres queridos. Pero... ¿Y aquella dirección desconocida? No recordaba ninguna calle con ese nombre en Sevilla, pero después de diez años hasta el callejero podía haberse transformado a fondo.

Pensó en esperar a su madre. Muy posiblemente fuera un mensaje personal para ella. ¡La amaba con tanta devoción! Conocía tan bien a su padre que sabía que hubiera sido capaz de pensar en ello. Quizá había previsto que podía suceder algo así y... pero desistió de aquella idea. Si se tratara de eso, de un mensaje póstumo para sus seres queridos, ella era su única hija, y no le importaría que le echara un vistazo.

Con el mismo abrecartas que había usado para abrir el cajón rasgó el sobre y extrajo un trozo del mismo papel que había en el primer cajón. Estaba escrito a lápiz con la inconfundible letra de su padre. La hubiera reconocido en cualquier parte. El trazo afilado, elevado, inundando las otras líneas de escritura.

Sonrió al sentirlo cerca. Alguien tan especial como papá era lógico que hiciera una salida excepcional y llena de fuegos artificiales.

Suspiró una vez más, y se enfrascó en la lectura.

Entonces, el abrecartas escapó de sus manos, e Inés tuvo la absoluta certeza de que aquello debía de ser un error.

Capítulo 3

Pedro miró el reloj de su móvil mientras aguardaba en la larga cola de la gasolinera.

Había repostado otras veces en aquel lugar y nunca habían sido tan lentos en cobrar. No había cestas para comprar, así que llevaba las bebidas sujetas como podía, como si acunara a un niño pequeño. Llegaba tarde y si no se apresuraba se perdería el primer tiempo del partido. Su jornada se había complicado y hasta que no despachó el último expediente, dos horas después de lo esperado, no había podido abandonar la comisaría.

Los chicos estaban prendiendo fuego a su WhatsApp y no dejaban de mandarle mensajes para saber cómo era posible que aún no estuviera allí. Cada vez era más evidente que lo de detenerse en aquella gasolinera a comprar cervezas y patatas no había sido una buena idea. Llevaba quince minutos en la cola y aunque delante de él solo quedaba un cliente por despachar parecía que no terminaba nunca. Su móvil sonó de nuevo.

—¿Dónde diablos te has metido?
—Estaré allí antes de que cuelgues.

–Tienes aquí a seis tipos sedientos que empiezan a maldecirte.

–Pues controla el aquelarre, y no empecéis a cenar sin mí.

–Lo siento, hay interferencias…shshshs…. de lo último no me he enterado.

La comunicación se cortó y Pedro no pudo evitar sonreír. Alejandro era un auténtico payaso. Hubiera tenido una carrera más brillante en el circo que en el Cuerpo de Policía, pero a veces la vida era caprichosa.

Al fin la persona que iba antes que él en la cola terminó de ser despachada y Pedro pudo llegar al mostrador.

–Tengo un poco de prisa –apremió al dependiente, que lo miró con absoluta indiferencia.

Sus compras fueron pasando una a una ante el lector digital, con una lentitud pasmosa. Con las patatas el dependiente tuvo que introducir el código a mano, equivocándose en dos ocasiones. Lo mismo sucedió con los pistachos.

–El programa es nuevo –se excusó –. Falla algunas veces. He de reiniciar el equipo.

Pedro intentó esbozar una sonrisa, pero fue incapaz. Era tarde, muy tarde, y tenía tanta sed como hambre.

Al fin, el importe de su cuenta apareció en la pantalla y él le tendió un billete de cincuenta.

–Lo siento –se excusó de nuevo el dependiente–. No tengo cambio.

–Pues me temo que es el único billete que me queda en la cartera.

–En ese caso tendrá que dejar aquí su compra. Yo se la guardaré hasta que encuentre un sitio donde le cambien en billetes más pequeños.

Pedro entornó los ojos, donde apareció una mirada amenazadora. No estaba muy seguro de si aquel chico era un joven inocente o se estaba quedando con él. Se encontraban en un *store* en medio de la autopista. Si tenía que buscar cambio debía conducir hasta salirse en alguno de los pueblos del Aljarafe y perder otra media hora para regresar a aquel maldito lugar. Decidió respirar hondo y tener paciencia, algo que no siempre lograba armonizar.

–¿Aceptan tarjeta?

–Sí señor.

Nunca las usaba. El dinero de plástico le daba cierta grima. Prefería las cosas reales, que se pudieran tocar, contar, dividir. Rebuscó en su cartera. Había una Visa que utilizaba en los viajes, para ahorrarse comisiones cuando sacaba dinero en una moneda diferente. Esperaba que no estuviera caducada, pues hacía un par de años que no la usaba. Rebuscó entre los papeles que se amontonaban en la pequeña cartera sin encontrarla. Detrás de él escuchó el resoplido de otro cliente, que esperaba ansioso a que terminara. Le entraron ganas de decirle, desde muy cerca, que tuviera paciencia como la había tenido él, pero sabía que ese tipo se lo podría tomar mal y se metería en un lío. Al final optó por sacar todos los papeles aprisionados en aquella cartera de cuero y dejarlos sobre el mostrador. Allí estaba la maldita Visa, entre un cartón doblado y su tarjeta sanitaria. Con una sonrisa de satisfacción se la tendió al dependiente que, sin prisa alguna, la pasó por el TPV.

Mientras la impresora vomitaba el recibo y el pago era aceptado, Pedro volvió a guardar con cierto orden todos aquellos papeles. El cartón era demasiado grueso y ocupaba tanto espacio que decidió deshacerse de él.

Antes de tirarlo a la papelera lo desdobló, no fuera a ser algo importante, y entonces sintió como si de pronto alguien hubiera disparado un flash ante sus pupilas.

Hacía tanto tiempo que no miraba aquella fotografía que casi se había olvidado de que existía. Aquel cartón arrugado había viajado de cartera en cartera a lo largo de demasiados años. Como un recuerdo atrapado en papel que pudiera ser atesorado y preservado incluso del paso del tiempo. Sus largos dedos acariciaron la imagen. Recordaba el momento inmortalizado como si hubiera sido ayer mismo, como si hubiera sido tomado solo unos minutos antes, justo al entrar en aquella gasolinera. Un cúmulo de sentimientos se agolpó en su corazón. Seguían ahí, intactos, como una piedra dura a la que el viento no lograba arrancar el menor arañazo.

Miró hacia el exterior por el ventanal de la gasolinera. Allí estaba. El cielo tachonado con todas las estrellas. Sin darse cuenta tragó saliva. Las capas con las que había envuelto aquel recuerdo se deshicieron al instante, dejando al descubierto la triste verdad. Una verdad que la distancia había sido incapaz de diluir, de disipar, de destilar como un licor amargo y embriagador. Y entonces descubrió que no quería marcharse a ver aquel partido que tanto había celebrado con sus colegas. Que no deseaba nada más que volver a aquel instante inmóvil y ajado en el papel fotográfico, e intentar retenerlo como algo precioso.

–Señor, su ticket –volvió a repetir el dependiente, pero Pedro había estado tan absorto que no lo había oído la primera vez.

Cuando lo miró a los ojos, el muchacho lo observaba alarmado, mientras en una mano le tendía el recibo y la tarjeta. Su compra estaba preparada sobre el mostrador y el tipo de detrás volvía a resoplar con evidente malestar.

Pedro observó una vez más la vieja fotografía. El tiempo había roto la emulsión fotográfica, marcando una línea blanca que la recorría de arriba abajo. De nuevo la acarició, y llegó a sentir que estaba caliente, como un corazón que aún palpita.

Sin más, sin pensarlo, la rompió en varios trozos y los tiró a la papelera.

–Ahora sí –dijo mientras recogía sus bolsas y se guardaba la tarjeta en el bolsillo–. Buenas noches.

Capítulo 4

Inés dio una nueva vuelta en la cama, a sabiendas de que no conseguiría conciliar el sueño. Extrañaba la suya, porque aquella ya era la cama de invitados de casa de sus padres. Pero esta vez no se trataba de eso. Era la maldita carta, que no salía de su cabeza.

Al final desistió. Hacía calor a pesar de ser de madrugada, y el aroma a dama de noche entraba por la ventana, embriagándolo todo. Aquella fragancia aterciopelada contrastaba con su estado de ofuscación, lo que conseguía que aún se sintiera peor.

Salió de entre las sábanas y se sentó en el pretil de la ventana, cerró los ojos y exhaló un largo suspiro. El silencio era absoluto a aquella hora de la madrugada y la calle de la solitaria urbanización donde vivían sus padres se iluminaba tenuemente con las dispersas farolas.

Echó de menos un cigarrillo, a pesar de que hacía años que no fumaba. En aquel momento ella debería de estar entre los brazos de Björn, en su casa de Oslo, envuelta en mantas e intentando entrar en calor ante la chimenea, y no insomne, preocupada por fantasmas del pasado. Y allí seguía, en la cálida noche sevillana, en casa de sus padres, porque había dejado que su vuelo partiera sin ella.

No había otra opción. No podía marcharse sin saber qué diablos encerraban las palabras escritas en aquella carta, y guardada por su padre en un cajón solitario. ¿Cómo volver a su cotidianeidad con aquella duda atravesándole el alma?

Lo supo en el mismo instante que leyó el primer párrafo. Lo supo en el mismo momento en que la imagen de su padre, construida a base de amor y respeto, se vino abajo en forma de trazos y letras de grafito.

Miró a lo lejos, donde los ladridos de un perro rompían el silencio de la noche estival. Le era imposible apartar de su cabeza la confusión, la perplejidad, el dolor que había sentido esa misma mañana. ¿Cuánto tiempo había permanecido inmóvil sentada ante el escritorio? Ni siquiera era capaz de recordarlo. Su mente se había convertido en un mecanismo frenético que intentaba convencerse de que aquello tenía una explicación lógica que no lograba encontrar.

Así la había encontrado su madre, Clara, que había llegado en algún momento que Inés era incapaz de identificar. Ella también se había quedado petrificada ante las puertas del despacho abiertas de par en par, las paredes y anaqueles vacíos, y las cajas apiladas. La sonrisa postiza que esbozaba para convencer a su hija de que todo marchaba bien se había diluido al instante, y en su lugar sus ojos se opacaron, llenos de dolor.

–Mamá –había exclamado Inés cuando reparó en su presencia, poniéndose de pie y guardando de forma apresurada la carta en el bolsillo trasero del pantalón.

–Ya lo has recogido todo –murmuró Clara sin atreverse a franquear el umbral–. Luego te ayudaré a llevarlo al garaje.

–No es necesario. Lo haré yo misma.

–Pero debes coger un avión.

–Aun así, lo haré.

–Entonces voy a preparar el almuerzo –murmuro, cansada–. Quiero que lleves el estómago lleno antes de que embarques.

Su madre iba a volverse cuando Inés avanzó hacia ella, sin estar muy segura de lo que iba a decirle.

–He cambiado el billete, mamá –habían mentido sus labios –. Voy a quedarme unos días más en Sevilla.

Clara se había detenido en seco y la había mirado de aquella forma que aún recordaba de niña, y que intentaba averiguar qué se escondía detrás de las palabras.

–Pensaba que hoy mismo terminaba tu permiso y que mañana…

–He hablado con mi jefe –se inventó sobre la marcha–. Está todo arreglado. Me ha dicho que me quede un poco más. Tanto como necesite.

–Si es por mí… te aseguro que me encuentro bien.

–Por ti, por mí, por todo esto. Me apetece estar en casa, y apenas he paseado por la ciudad. Papá no me lo perdonaría. Me quiero llevar un recuerdo amable de todo esto. Creo que se lo debo. Él lo hubiera querido así.

De nuevo los ojos de su madre intentando asegurarse de que todo marchaba como debía.

–¿Seguro que estás bien?

–Seguro.

Su sonrisa pareció convencerla. En el fondo agradecía que se quedara unos días más. Era su única hija y quizá tuvieran tiempo de charlar de algo que no fuera doloroso de recordar, de ponerse al día, de trazar proyectos de futuro ahora que solo quedaban ellas dos.

–Entonces ya no hay prisa –dijo Clara mientras se deshacía de la ligera chaqueta de verano–, así que voy a refrescarme antes de meterme en la cocina. Quizá podamos tomarnos un vino en el jardín y charlar como una madre y una hija.

–Sería estupendo.

Cuando Clara desapareció camino de su habitación, Inés había soltado el aire, la angustia contenida en sus pulmones, y había tenido que apoyarse en la pared para no caer. Nunca le había mentido a su madre. Ni siquiera las mentiras veniales de la adolescencia. Ella no. Y, sin embargo, en aquel momento, no solo le había ocultado la existencia de una carta comprometedora, sino que acababa de poner en peligro su futuro profesional y ni siquiera lo había dudado.

Su jefe había sido claro sobre el tiempo del que podía disponer. La necesitaba en la oficina y la necesitaba ya. Su mente seguía bullendo, como si un fuego incesante hiciera burbujear sus pensamientos. No sabía muy bien qué hacer ni por dónde empezar. No sabía si la decisión que acababa de tomar, delante de su madre, era una locura o la más acertada de su vida. Debía llamar a su jefe y decirle que no regresaría por ahora. Tendría que soportar sus comentarios mordaces y sus amenazas veladas. Todo muy civilizado, por supuesto, pero negro y oscuro como el ala de un cuervo. Después tendría que llamar a Björn para que no fuera a recogerla al aeropuerto. Ya se lo había pedido, pero él había insistido en que estaría allí cuando su vuelo aterrizara. Ya estaba suficientemente preocupado por ella, y esto terminaría por alarmarlo. Era protector y llevaba mal no estar allí para cuidarla.

Su madre bajó al poco, vestida con ropa cómoda y más relajada. Seguía siendo una mujer bonita, y era evidente que la elegancia que todos achacaban a Inés se la debía a ella. Inmediatamente habían salido juntas al jardín, donde se sirvieron dos copas de vino fino, intentando aparentar una normalidad que era extraña para ambas. Mientras Clara ansiaba que todo adquiriera el aspecto de una cordura que nunca volvería, Inés intentaba disimular las mil ideas que se agolpaban en su mente.

–¿Qué tal con Björn? –le había preguntado Clara tras el primer sorbo.

–Bien. Con él las cosas solo pueden marchar bien.

–Parece un buen tipo.

–Lo es, y sabe lo que quiere.

–Espero que sea a ti.

–Al menos eso dice.

Ambas rieron. Era la primera vez que lo hacían juntas desde...

–Me alegra que no te hayas dejado influir por las impresiones de tu padre –había comentado Clara, alzando la copa–. Ya sabes que a él no le gustaba nadie que pudiera menoscabar tu afecto por él. Eras su niña y cualquier hombre era poco para ti.

Y era cierto. Cuando conoció a Björn le dijo que era demasiado rubio, demasiado alto y demasiado *cachas*, características que para Inés no eran ningún inconveniente, pero al parecer para su padre configuraban toda una desgracia. Solo uno le había gustado, pero la vida era caprichosa en los vericuetos que tomaba para proseguir su curso.

–Lo recuerdo bien –había murmurado Inés sin perder la sonrisa–. Si le hablaban cuando se los presentaba eran demasiado descarados. Si contestaban correctamente a sus preguntas trampa eran demasiado listos, o demasiado estúpidos si no sabían las respuestas.

–Así era tu padre –había recordado Clara–. Y aunque no esté, seguirá con nosotras durante el resto de nuestras vidas.

Aquellas palabras aún baqueteaban en su cabeza. ¿Cómo era posible que no conociera a un hombre al que estaba segura de conocer perfectamente? ¿Qué misterio encerraban las palabras contenidas en aquella carta, que desdibujaban la figura de un caballero al que había querido tanto como admirado?

Ella y su madre habían permanecido en silencio hasta que el sol sobrepasó la parra y empezó a calentar aquella zona del jardín.

–¿Eres feliz en Noruega? –había preguntado Clara de improviso–. Sé que es así, pero a veces me pregunto si no estás demasiado lejos.

–El lugar da igual, mamá. Madrid estaría igual de lejos.

–No sé si eso es cierto.

Inés se puso de pie. Se sentía a gusto con su madre, pero si seguían abriendo su corazón era posible que no pudiera ocultarle el contenido de la carta que había descubierto esa mañana.

–Será mejor que preparemos el almuerzo –dijo con una sonrisa–. Mi estómago ya no está acostumbrado a comer tan tarde.

Así había logrado escabullirse de las preguntas incómodas. El almuerzo lo sobrellevó hablando del tiempo y rememorando más anécdotas sobre papá. Después salió a estirar las piernas, a ordenar ideas.

Cuando estuvo a solas y suficientemente lejos volvió a leer la carta. Esta vez intentando controlar las emociones que le producían cada palabra: ¿Cómo era posible? ¿Cómo había conocido tan poco al hombre al que más admiraba? ¿Al que más quería?

Había sido una tarde de infierno. Cuando regresó a casa había nuevas visitas en el salón aguardando para dar el pésame, pero esta vez lo agradeció, porque al menos no tendría que quedarse a solas con su madre con la necesidad de llenar silencios. Un matrimonio trajo algo de comer y su madre insistió en que se quedaran a cenar. Inés había logrado retirarse pronto, aunque sabía que no podría dormir.

De nuevo miró hacia la oscuridad, donde el perro ya había dejado de ladrar. Le entraron ganas de fumar un cigarrillo, a pesar de que ella y su padre habían dejado de fumar el mismo día. Uno de esos retos de los que se sentía orgullosa.

«No tengo tiempo», pensó, pues debía retomar su vida en el punto donde la había dejado dos semanas antes. Sin embargo, no iba a marcharse de Sevilla sin saber qué había pasado en la vida de su padre. Qué secretos se ocultaban tras aquella hoja de papel amarillento, garabateada por la misma mano que la acunaba de pequeña.

Y tenía una ligera idea de por dónde empezar.

Capítulo 5

Pedro acababa de volver a su despacho tras una reunión con el «Gran Jefe», y no estaba de humor. No le preocupaban el exceso de trabajo ni las horas extras. Había querido ser policía desde que recordaba y sabía que según ascendiera en el escalafón las responsabilidades y el esfuerzo serían mayores. Lo que no llevaba bien era tener que quedarse encerrado mientras sus chicos se partían la cara en las calles. Precisamente eso era lo que había ido a tratar, pero el comisario había sido claro: no lo quería pateando aceras. Ya no.

Se dejó caer en su silla y se llevó las manos a la nuca. Cualquier otro estaría feliz en su lugar. Fuera hacía cuarenta grados, y en invierno la humedad retorcía los huesos. Eso sin contar con el peligro inherente al oficio. Precisamente aquello era lo que le gustaba, si hubiera querido estar sentado ante un ordenador ocho horas al día hubiera entrado a trabajar en un banco o en una oficina. Pero la rígida estructura de poder de la comisaría era difícil de esquivar.

La puerta de su despacho se abrió y Alejandro, vestido de paisano, asomó la cabeza.

–Preguntan por ti.

Pedro volvió a la realidad. O renunciaba a su puesto, cosa que no estaba muy seguro de poder hacer, o se aguantaba con aquel nuevo cargo y sus funciones. Lo demás era darle la vuelta a la misma cosa sin solucionar nada, algo que estaba muy lejos de su carácter.

–¿Quién? –contestó de mal humor.

–No me ha dicho su nombre.

–Atiéndelo tú –exclamó mientras con la mano le indicaba que lo dejara a solas–. Supongo que querrá poner una denuncia.

–Ella ha insistido en que quiere verte a ti.

–¿Una mujer?

–Una preciosa mujer.

La sonrisa en los labios de su compañero no le gustó nada, pero sabía que si se negaba a atenderla su colega lo asaetearía a preguntas sobre si le pasaba algo, la próxima vez que se vieran para tomar cervezas.

–Hazla pasar –claudicó al fin–, pero no te vayas lejos. Si se trata de una estupidez la mandaré a tu mesa en cinco minutos.

El otro desapareció, acentuando la sonrisa cómplice, y Pedro decidió que ya era hora de ponerse a trabajar. Llevaba sus expedientes al día y precisamente eso era lo que había ido a hablar con el comisario. ¿Por qué no podía supervisar a sus hombres sobre el terreno cuando el trabajo estaba despachado? Sin embargo, el jefe había sido claro. No quería que…

–Hola.

Pedro ya se había olvidado de la visita y cuando levantó los ojos de la carpeta se encontró con la mirada melada de Inés.

No fue capaz de articular palabra.

Él, a quien nunca le faltaban.

«Una preciosa mujer», había dicho su compañero, y se había quedado corto.

Con el cabello suelto parecía casi una niña, y aquella forma casual de llevar unos chinos de algodón y una sencilla camiseta oscura le daban un aspecto de seguridad que le hizo tragar saliva.

—Ya no te acordarás de mí —dijo ella, encogiendo los hombros.

Pedro se puso de pie con tanta torpeza que su silla estuvo a punto de volcarse. Al fin le tendió la mano.

—Inés.

Ella se la estrechó, mientras con la otra mano se apartaba un mechón de cabello de la cara.

—Hace tanto tiempo que no estaba segura de que…

—Has cambiado poco.

—Gracias, pero te aseguro que no es así.

Pedro se metió las manos en los bolsillos. No sabía muy bien qué hacer ni qué decir.

—¿En qué puedo ayudarte? Espero que no sea algo grave si estás aquí.

Ella lo dudó antes de contestar.

—Pasaba por la puerta y me he preguntado si seguirías trabajando en esta comisaría. Mi amiga Carmina me dijo que habías conseguido plaza aquí, así que… ¿te apetecería tomar un café? Cuando he dado tu nombre y me han dicho que estabas en tu despacho… no me lo podía creer.

Pedro se quedó sin palabras. Aquel día había comenzado lleno de problemas y decepciones, y ahora tenía delante a la persona más inesperada invitándolo a tomar algo. Se dio cuenta de que tardaba en contestar cuando ella arrugó la frente ante su mutismo.

—Tengo unos minutos —dijo al fin—. Cruzando la calle ponen un capuchino decente. ¿Sigues tomándolo?
—Hace siglos que no.
—Vaya, ya tenemos un tema sobre el que ponernos al día.

Inés sonrió, pero él esquivó su mirada. Le costaba trabajo enfrentarse a aquellos ojos color miel. ¿Cómo era posible?

Salió de detrás de la mesa y le abrió la puerta para que saliera.

—Gracias.
—Solo puedo ausentarme unos minutos —insistió él.

Cuando atravesaron la comisaría, Pedro sintió los ojos de sus compañeros clavados en su espalda. Sabía que habría burlas en cuanto desapareciera, e insinuaciones mordaces a su vuelta. Ya estaba acostumbrado, pero con Inés... por alguna razón no le agradaba que fuera así.

Cruzaron la calle y encontraron una mesa apartada, junto a los ventanales de la cafetería. Él pidió un café solo y ella lo mismo.

—Así que ahora eres capaz de tomártelo sin leche.
—Ya te he dicho que soy una mujer distinta.
—¿Sigues viviendo en...?
—En Oslo, sí. Allí fui y allí me quedé.

Él la miró un momento, para volver los ojos a sus manos que se entrelazaban sobre la mesa.

—Te veo bien.
—Tú también estás... bueno, siempre fuiste el chico guapo.
—Lo tomaré como un cumplido a un policía al que has sacado de su trabajo.

Hubo un silencio entre los dos cuando la camarera

apareció con los cafés. Ella miraba a través de los cristales y Pedro se atrevió a analizarla. El paso del tiempo le había sentado bien. Quizá aquel rostro risueño era ahora más rotundo, pero sus ojos expresivos seguían conteniendo mil soles, y los labios... prefirió apartar la mirada. Cuando la camarera se retiró fue él quien habló.

–No sé por qué, pero creo que esta visita no se debe solo al deseo de encontrarte con un viejo amigo.

Ella retorció el sobre vacío de azúcar entre los dedos y tardó unos segundos en contestar.

–Tienes razón. Necesitaba hablar con alguien que me dijera cómo empezar, y entonces pensé en ti.

Sus palabras le resultaron oscuras. Aquello no era precisamente lo que había esperado oír, pero hacía ya tiempo que lo había olvidado todo, al menos eso creía, y a quien tenía delante era simplemente a una mujer bonita que demandaba ayuda.

–Dime en qué puedo serte útil.

Ella de nuevo trasteó con el sobre de azúcar. Cuando al fin lo miró, sus ojos estaban empañados.

–Mi padre falleció hace dos semanas.

Quiso alargar la mano, consolarla tomando las suyas, pero ni siquiera lo intentó.

–Lo lamento. Recuerdo que estabas muy unida a él.

Inés le dio las gracias y trasteó en el bolso hasta encontrar el viejo sobre de papel.

–Ayer encontré esta carta –se la tendió. Pedro la miró antes de cogerla, como si se tratara de algo peligroso–. Estaba guardada en un cajón. Bajo llave. La escribió mi padre en algún momento y debía de ser importante para él cuando la tenía a tan buen recaudo. No sé si pensaba deshacerse de ella o enviarla. Tampoco sé si esperaba que yo la encontrara. No sé nada, y quiero saberlo todo.

Pedro arrugó la frente, sacó el documento y empezó a leerlo. Mientras lo hacía, Inés estudiaba cada reacción de su rostro. A él el tiempo tampoco lo había tratado mal. Había sido un joven guapo y ahora era un hombre atractivo. Se daba cuenta de que apenas había olvidado su rostro. El tono rubiáceo de su pelo era ahora más oscuro, aunque el verde de sus ojos seguía intacto. No recordaba la cicatriz que le partía la ceja en dos, y la ligera barba ocultaba aquella otra que debía marcar su barbilla. También era más ancho, más fuerte que entonces.

Él terminó de leer la carta. Su rostro no había mostrado la menor emoción. Era como si hubiera leído un prospecto médico o la lista de la compra. Se la tendió de nuevo y solo entonces la miró.

—No sé muy bien qué puedo hacer por ti —dijo él, volviendo a cruzar los dedos sobre la mesa.

«¿Por dónde empezar?», pensó Inés. Pedro era en verdad un desconocido. Hacía diez años que no sabían el uno del otro y la última vez... mejor era no pensar en eso.

—Lo primero que quiero que sepas es que mi padre no ha podido escribir eso.

Él asintió y se humedeció los labios. Parecía que estaba intentando ser condescendiente, lo que a ella no le gustó.

—Si te queda alguna duda puedes pasarla por un perito grafológico. Te puedo facilitar el contacto de...

—No me refiero a eso —no lo dejó terminar—. Es su letra. La conozco tan bien que podría falsificarla con los ojos cerrados. Quiero decir que, aunque mi padre la haya escrito, él no ha podido redactar una carta de amor a otra mujer.

Al fin lo había dicho. Era la primera vez que Inés expresaba con palabras el contenido de la carta. Porque eso era lo que su padre había escrito. Pedro se removió incómodo en la silla. Su trabajo le había enseñado que no siempre lo evidente era lo cierto, pero en aquella ocasión las pruebas parecían demasiado claras.

–Todos tenemos secretos –contestó con cautela.

–Él no –dijo empecinada, casi ofendida–. Conmigo no.

Pedro se dio cuenta de que se movía en terreno peligroso. Si verla después de diez años había supuesto una conmoción, terminar como la última vez no podía ser el desenlace de aquel encuentro.

–¿Qué opina tu madre? –prefirió cambiar de rumbo.

–No se la he enseñado.

Ella acababa de guardar de nuevo la carta en su bolso y lo miraba con la frente fruncida. Era una expresión que Pedro recordaba del pasado. Cualquiera podría identificarla como malestar, pero él sabía que era otra cosa: inseguridad, sorpresa, aprensión.

–Creo que me he perdido –contestó, intentando que ella le explicara cuál era su pensamiento.

Inés se acercó hacia él. El aroma del agua de colonia lo envolvió. Era la misma de hacía una década. Fue evocador, como si hubiera entrado en el cine y la pantalla hubiera empezado a emitir una serie de secuencias de su propia vida pasada. Su mirada aturdida debía de ser patética en ese instante, pensó. Pero parecía que Inés no se daba cuenta del efecto que causaba en él.

–Necesito hablar con esa mujer de la carta, con esa tal María –dijo Inés en voz baja–. Quiero que ella misma me explique dónde está el error, que me aclare cuál es la confusión que no logro ver.

–¿Y si no hay confusión? ¿Y si tu padre era el amante de esa mujer?

–Eso no es posible. Tiene que haber una explicación lógica. Yo lo conocía muy bien y sé que nunca nos hubiera traicionado.

–Sigo sin saber qué quieres de mí exactamente.

–Eres policía. Dime qué debo hacer.

–Quedarte en casa. O volver a Oslo. No remuevas el pasado, nunca trae nada bueno.

¿Se estaba refiriendo a ellos dos?

–No pienso quedarme con los brazos cruzados.

Pedro aún lo dudó unos instantes. Desempolvar viejas historias siempre era doloroso. Hacía tiempo que se había convencido de que solo existía el presente, porque el futuro era tan impredecible que no merecía la pena fiarse de él.

–Habría que buscar esa dirección –no le gustaba la idea y no se explicaba por qué la estaba ayudando–, ir a echar un vistazo, intentar hablar con esa mujer.

–Eso ya lo había pensado, pero una calle con ese nombre puede estar en cualquier ciudad de España. Eso sin contar que la mitad de las mujeres de este país se llaman María. ¿Y si contrato a un detective? Él puede obtener esa información, pero no sé a quién acudir.

–Puedo echar un vistazo, a ver qué descubro –Pedro se encogió de hombros–. Y mañana descanso. Si esa calle está por los alrededores podría acercarme. Quizá así pueda contarte algo más.

–Si encontraras la dirección iría yo misma. No quiero ocuparte demasiado tiempo.

–¿Y quedarte sin palabras cuando estés ante una desconocida? –se burló–. Déjame que te ayude. Has venido para eso, ¿no? De verdad que no supone ningún esfuerzo. Por los viejos tiempos.

Ella lo miró fijamente. Fue un solo instante, pero Pedro tuvo la certeza de que acababa de traspasarle el alma.

–Entonces iremos los dos –concluyó Inés al fin.

–Puede ser desagradable. A nadie le gusta que hurguen en su pasado. Y menos encontrarse en la puerta de su casa a la hija del hombre que le ha escrito una carta como esta.

–Si logras localizar la dirección está decidido. Iremos juntos –se reafirmó ella con terquedad–. Puedo estar aquí temprano, por la mañana.

Pedro no estaba muy seguro de dónde se estaba metiendo. Su instinto le decía que se dejara de sandeces y saliera de allí cuanto antes, pero algo más dentro de sí se encontraba exultante, radiante.

Inés dejó un billete sobre la mesa, Pedro protestó, pero ella insistió en pagar la cuenta. Ambos se pusieron de pie y salieron del local. Había llegado la hora de despedirse. Él le tendió la mano, pero ella se colgó de su cuello y le dio un abrazo que lo cogió desprevenido.

Al principio no supo qué hacer, pero sus brazos reaccionaron y la estrecharon contra sí, como hacía ella en aquel momento. El perfume de su cabello lo cautivó. El calor de su cuerpo parecía quemarlo, y la forma en que sus brazos se ajustaban a su contorno provocó que exhalara un ligero suspiro que ni supo identificar.

–Me alegro de haberte visto de nuevo –dijo ella al separarse, mientras Pedro se sentía desvalido–. Así, sin malos rollos.

–Yo también. Sin malos rollos.
–Mientras me dirigía aquí pensé... –no se atrevió a ponerle nombre a sus palabras–. Pero he comprobado que todo marcha bien.
–Todo bien.
–Hasta mañana.
Ella le sonrió, y tomó la calle en dirección al centro, dejándolo en la acera, sin poder moverse, sin poder apartar la vista de cada uno de sus pasos, preguntándose de nuevo dónde diablos se estaba metiendo.

Capítulo 6

Pedro había vuelto a su despacho de un humor de perros. Los que le conocían bien, nada más verlo supieron que no se le podían gastar bromas sobre la mujer con la que acababa de verse. Su paso ligero, la frente fruncida y el hecho de no mirar a nadie, así lo atestiguaban. Se encerró de un portazo y se dedicó a garabatear sobre una hoja en blanco mientras intentaba poner en orden su cabeza.

–Ve tú –dijo uno de los agentes dirigiéndose a Alejandro, al que todos consideraban su mejor amigo.

–Es mejor dejarlo solo. Lo conozco. Lo sé.

–¿A ti te gustaría que tus colegas te abandonasen cuando estás pasando por un mal momento?

–No está pasando por un mal momento. Simplemente se ha tomado un café con quien parece ser una vieja conocida.

Otro lo señaló con disimulo a través de la pared de cristal.

–¿Y se le ha quedado esa cara?

Los seis miraron en aquella dirección. Pedro tenía la cabeza apoyada en una mano, mientras con la otra seguía trazando líneas sin sentido sobre el papel. Su frente continuaba igual de fruncida que cuando había regresado, signo inequívoco de que algo andaba mal.

–A lo peor ha tenido que invitar él al café –bromeó Alejandro.

–Déjate de tonterías y ve a ver cómo está –le ordenó un tercero.

Se lo pensó un poco más antes de ir. Lo conocía bien y sabía que Pedro llevaba mal las intromisiones en los asuntos personales. Era demasiado duro como para pedir ayuda, aunque eso supusiera estar hecho polvo durante una buena temporada. Al fin se levantó y fue hacia «la pecera», como llamaban al despacho acristalado del jefe de grupo.

–¿Puedo pasar? –preguntó, asomando la cabeza por la puerta.

Pedro se sobresaltó. Estaba demasiado lejos en sus pensamientos. Parpadeó un par de veces antes de enfocar la vista en su compañero.

–Sí, claro… ¿sucede algo?

–Solo queríamos saber si estabas bien.

–Ya veo –echó una ojeada al otro lado del cristal y vio cinco rostros que no apartaban la vista de ellos y que al ver su gesto volvieron apresurados a sus tareas–. Estoy perfectamente.

–Pues no lo aparentas.

Ya estaba de suficiente mal humor como para aguantar aquello.

–No necesito niñeras –gruñó–. Y menos a un puñado de policías sentimentales.

A su amigo, que no había traspasado la puerta y seguía con la cabeza dentro del despacho, se le iluminó la mirada.

—Así que es ella —exclamó.
—¿Cómo que es ella?
—Esa mujer. Es ella. Sin duda.
—¿Pero qué coño dices?
—A mí no me engañas. Te conozco bien.

Ser tan trasparente lo ponía enfermo. Se echó para atrás en el asiento y se pasó una mano por el cabello, cuando en verdad lo que necesitaba era una ducha bien fría y un poco de sueño.

—Solo es una vieja amiga —murmuró para quitarle importancia—. No la veo desde hace una década.

Alejandro se encogió de hombros.

—Pues te ha dejado hecho polvo.

—¡Ya estamos de nuevo! —exclamó exasperado—. ¿No puedo estar tranquilamente trabajando en mi despacho? Para eso lo tengo, para estar solo y no tener que soportar a una legión de madres vestidas de uniforme.

—Vaya, parece que he dado en el clavo. Es, sin duda alguna, ella. La mujer que lleva quitándote el sueño desde que te conozco.

—Ahora eres un experto en crónica sentimental —imitó su voz con evidente sarcasmo.

El otro entró y cerró la puerta tras de sí, pero no se atrevió a dar un paso más allá.

—¿Habéis quedado para veros otra vez? —preguntó.

—Simplemente voy a echarle una mano en un asunto.

—Pues si es ella deberías de estar contento, y no tener esa cara de perro apaleado.

—No es ella —insistió de pésimo humor—, estoy contento y mi cara es la de siempre. ¿Alguna cosa más o puedo seguir trabajando?

Alejandro se encogió de hombros. Por su actitud no parecía tener ganas de abandonar el despacho.

—Si necesitas consejos sobre mujeres, yo puedo...
—¿De verdad vas a seguir por ahí? —lo cortó.
Se miraron, desafiantes. Al final Alejandro claudicó. Abrió la puerta, pero no hizo por salir.
—Pues que te zurzan —sentenció desde el umbral—. Y si esa mujer te saca el corazón y se lo hace a la sartén con cebolla y ajo muy picado, no vayas a venir llorando.
—Yo no lloro.
Su colega levantó una ceja y lo señaló con el dedo acusador.
—Si esa es la que ha conseguido dejarte la mirada de gilipollas todos estos años, créeme amigo, por muy machote que seas, llorarás.
Pedro cruzó los brazos sobre el pecho. Aquello podía manejarlo él solo. No necesitaba consejos estúpidos sobre lo que tenía que hacer o no.
—¿Algo más? —preguntó, desafiante.
—No.
—¿Puedo entonces seguir trabajando?
—Haz lo que quieras. Siempre haces lo que te da la gana.
—¿Puedo entonces quedarme a solas o tengo que pedir a un agente que te saque esposado de mi despacho?
Alejandro lo miró con la cabeza levantada, indignado.
—Sé cuando sobro. No es necesario que me lo digas.
—¿Seguro?
Su indignación duró un instante. Al momento volvía a encajar la puerta, pero para dejar su cabeza dentro.
—Aléjate de esa mujer —dijo en voz baja para que los de fuera, que no perdían detalle, aunque les hicieran creer que trabajaban, no lo oyeran—. No te va a traer nada bueno.

–Así que ahora eres una pitonisa.

–Soy un tipo que te conoce, y sabe que detrás de ese aspecto de tío duro hay un corazón que ya ha sido suturado y puede romperse de nuevo.

Pedro enarcó las cejas, incrédulo.

–¿De verdad que eso lo has dicho tú? ¿Que esa cursilada la has dicho tú?

Alejandro volvió a esbozar una mueca de dignidad ofendida.

–Insúlteme si quieres, pero sabes que tengo razón.

Esta vez Pedro simplemente chasqueó la lengua. Tomó el teléfono que descansaba sobre su mesa y empezó a marcar.

–¿Qué haces? –preguntó su amigo, lleno de curiosidad.

–Llamo a Elena, a tu mujer, para decirle que venga a por ti, porque no paras de decir sandeces.

Sabía que era capaz de hacerlo. E imaginar lo que dirían los chicos cuando ella apareciera a pedir explicaciones sobre esa llamada…

–Bien, me voy, pero quedas advertido.

–¿Marco el último? –lo amenazó Pedro al ver que no terminaba de largarse.

–Después no digas que no te lo dijimos.

Tras aquella frase lapidaria cerró la puerta tras de sí y dejó a su jefe con una sonrisa en los labios, pero con la sensación de que muchas de las cosas que había dicho su colega tenían un trasfondo de verdad.

Capítulo 7

Diez años antes, Sevilla en un cálido mes de marzo.

Inés acababa de comprender que todo aquello había sido una mala idea.

¿Por qué diablos se había apuntado a un club de remo, cuando lo que tenía que hacer era centrarse en sus estudios de máster? Su amiga Carmina le habría dicho «porque es donde están los tíos buenos», pero ella no estaba para esas tonterías, simplemente quería hacer algo de ejercicio al aire libre y con un río como aquel cerca de casa era la mejor opción. ¿Y por qué demonios se le había ocurrido salir a remar a última hora de la tarde, cuando lo que tenía que estar haciendo era prepararse para el examen del día siguiente?

Inés volvió a intentarlo, agitó los remos con todas sus fuerzas, usándolos de palanca, pero le fue imposible. El kayak se había atorado entre los grandes juncos que crecían a orillas del Guadalquivir, y cualquier esfuerzo por desatascarlo seguía siendo infructuoso. Ya le habían advertido que no se acercara a esa zona del río, pero estaba tan concentrada que solo se había dado cuenta de cómo de virada navegaba su embarcación cuando de pronto se vio rodeada por los altos penachos y ya le fue imposible salir de allí.

Miró alrededor. La noche empezaba a cerrarse y en aquella zona del río, alejada de las luminarias de la ciudad, la oscuridad se cernía a su alrededor amenazadora, dispersa apenas por las lejanas farolas que salpicaban el solitario paseo fluvial.

Pensó que había sido una estúpida al rechazar por dos veces el ofrecimiento de aquel chico que había pasado por su lado, remando a toda velocidad. La primera vez le contestó a su solicitud de socorro que lo haría por ella misma. La segunda que no necesitaba ayuda. Pero es que estaba segura de que lograría salir de aquel atolladero sin que nadie la remolcara. Y, sobre todo, no le apetecía que al día siguiente en el club le preguntaran si había sido ella la que se había quedado atrapada entre los juncos.

Ahora se daba cuenta de su error. Sin una mano amiga no iba a ser capaz de desengancharse de aquellos ramajes. Y un tipo fuerte como aquel hubiera sido su aliado perfecto.

Tomó una larga bocanada de aire y cerró los ojos para intentar calmarse. Tenía dos opciones: esperar a que amaneciera, el río recobrara su ajetreo y alguien la rescatara. O tirarse al agua y nadar hasta la otra orilla. Miró la oscuridad pantanosa de la dársena y desestimó al instante esta última. Entonces oyó el zumbido, un ritmo equilibrado de remos en el aire que descendían veloces, cortando el agua. Era un sonido inconfundible. Quizá su última oportunidad de salir de allí. Buscó entre las sombras hasta que vio aparecer el kayak.

Era el mismo chico de las otras dos veces, pero en esta ocasión regresaba al pantalán por la otra margen del río, más bien lejos de donde Inés se encontraba. Aquel tipo se había hecho tres largos en lo que tardaba ella en recorrer unos pocos cientos de metros. A eso se llamaba estar en forma. Era su última esperanza si no quería dormir esa noche entre las garzas, pensó Inés.

—¡Hola! —gritó con todas sus fuerzas mientras agitaba el brazo.

En el silencio de aquella zona agreste del río su voz sonó atronadora y el remero levantó la cabeza hasta localizarla. Inés apenas podía distinguirlo, pero por el reflejo de los remos en el agua supo que hacía una maniobra para cambiar la dirección del bote y poder dirigirse así hacia ella en línea recta. Se sintió aliviada cuando la embarcación se detuvo a un par de metros, girando con maestría hasta colocarse en paralelo, pero a salvo de los matorrales.

—Aún sigues aquí —dijo el remero con una mueca de suficiencia en los labios, y el aliento entrecortado por el esfuerzo.

Inés lo miró con detenimiento antes de contestar. Eran dos desconocidos y estaban en una zona tan perdida que sintió cómo un escalofrío le recorría la espalda. Eran más o menos de la misma edad, por lo que debía rondar los veinticinco. Atractivo. Incluso guapo. Aunque en aquel momento ese tipo de apreciaciones sobraban. Solo llevaba puestos los pantalones de deporte, hacía calor y el ejercicio le había obligado a desprenderse de la camiseta. Su piel brillaba, marcando cada músculo inflamado por el esfuerzo del remo. A aquel espécimen debía referirse Carmina cuando hablaba de «tíos buenos». Se sintió patética pensando en el físico de su salvador en vez de en buscar una solución a su entuerto. Volvió a respirar hondo y contestó a un interlocutor, que había arrugado las cejas ante su mutismo.

—Pensaba que podría librarme por mí misma, pero ya ves.

—Sí, es una situación complicada.

Él continuaba allí, inmóvil, sin apartar los ojos de ella. Inés había esperado que no hubiera tenido que pedírselo.

—¿Podrías ayudarme?

Él volvió a sonreír de aquella manera que denotaba quién tenía la sartén por el mango.

—Me has dicho dos veces que no. ¿Qué ha cambiado desde entonces?

—Estoy más desesperada.

—Y con razón —soltó un silbido—. En breve saldrán las nutrias salvajes a buscar comida en el río y casi todas pasan por aquí. Se sienten seguras entre los juncos.

Inés miró alrededor sin mucho convencimiento.

—¿Nutrias? ¿En el Guadalquivir?

—Y ratas —reafirmó lo dicho con un gesto afirmativo de cabeza—. Deberías ver cómo nadan. Bueno, en verdad lo vas a ver con tus propios ojos si continúas en esa situación.

Ahora Inés sí se volvió para observar la oscuridad que envolvía el juncal.

—Eso ya me gusta menos.

Cuando se giró de nuevo hacia la embarcación lo sorprendió mirándola arrobado. Duró solo un instante, el tiempo de darse cuenta de que ella lo había pillado, pues de nuevo su rostro adquirió aquel aire jactancioso.

—*Pero a cambio* —*continuó su salvador*—, *tienes la maravilla de este cielo sin luna, donde se ven todas las estrellas.*

—*No sé si me consolará lo suficiente si hay ratas hambrientas y mojadas a mi alrededor.*

Se hizo el silencio entre los dos. Los ojos de él, que se habían perdido en el firmamento, brillaron, y chasqueó los dedos.

—*¡Hagamos un trato!*

A Inés no le pareció la mejor idea.

—*No me gustan los tratos.*

—*Yo te rescato* —*prosiguió sin escucharla*—. *Nos duchamos, cada uno en su vestuario, por supuesto, y te invito a una hamburguesa. Tienes cara de hambrienta.*

Que estuviera intentando ligar con ella en una situación desesperada no le gustó. Quizá para él aquello fuera algo divertido, pero Inés empezaba a estar asustada y solo quería salir de allí. Su rostro de volvió pétreo, como cuando las cosas no salían como ella quería.

—*No me has dicho cómo te llamas* —*le preguntó a su supuesto salvador, con voz glacial.*

—*Pedro. Tú a mí tampoco.*

—*Pues bien, Pedro* —*prosiguió, sin responder a su pregunta*—. *Deberías saber que una situación como esta no es la más adecuada para intentar ligar.*

Él pareció sentirse ofendido, y se llevó las manos al pecho.

—*No estoy ligando. Simplemente intento ser amable con una chica que ha rechazado mi ayuda en dos ocasiones. Y aún no me has dicho tu nombre.*

—*¿Podríamos dejarnos de tonterías y me ayudas a salir de aquí?*

—*¿A cambio de nada?* —*levantó una ceja*—. *Por su-*

puesto que no. Mi primer intento era gratis. El segundo también. El tercero... estoy perdiendo un tiempo precioso discutiendo contigo, y eso tiene un precio.

Inés no se había encontrado ante una situación más ridícula en toda su vida.

—¿De verdad que esta técnica te funciona con otras chicas?

—¿Quién ha dicho que haya otras chicas? —parecía ofendido por la insinuación.

—¿Me vas a ayudar o no?

Ella se cruzó de brazos, pero al hacerlo uno de los remos resbaló de la horquilla y comenzó a alejarse en las aguas oscuras. Inés intentó cogerlo, pero el kayak se movió peligrosamente, lo que la obligó a dejarlo ir.

—¡Y ahora esto! —gimió desesperada.

—Creo que voy a dejarte tranquila con tu mal humor —dijo Pedro, mientras empezaba a maniobrar para alejarse.

—No me irás a dejar aquí, ¿verdad?

—Pasa una buena noche, no prestes atención a los ruidos extraños y abrígate, porque refresca bastante.

—¡No te atreverás a irte! —le gritó mientras él se alejaba—. ¡Abandonarme aquí es de canallas!

—Y tratar con la punta del pie a quien se muestra amable contigo es de desagradecida.

—Eres, eres...

—Y no intentes dormir —dijo cuando ya estaba a suficiente distancia—. Las ratas saben que no estás despierta y entonces es cuando atacan.

A Inés le entraron ganas de gritar, pero no de miedo, sino de indignación. Nunca en su vida se había cruzado con un cretino como aquel, y si lo volvía a ver, le iba a poner las cosas claras.

Capítulo 8

La despertó una llamada de su teléfono móvil. Inés tardó en reaccionar, lo que denotaba que había estado profundamente dormida. Durante unos segundos no supo dónde estaba. Había sido un sueño tan vívido, tan real, que las imágenes aún permanecían frescas en su mente, aunque sabía que en cuanto intentara recordarlas se disolverían como un terrón de azúcar. Esta vez el protagonista no había sido su padre, como las últimas noches que había pasado de duermevelas, sino Pedro. Retazos desordenados y sin demasiado sentido, donde ambos paseaban por la orilla de un río. Hacía frío y él abría su chaqueta para cobijarla junto a su pecho. Aún sentía el calor del cuerpo masculino cuando Pedro la tomó por la cintura, arropándola entre sus brazos. Incluso creyó percibir trazas de su olor, limpio y varonil. Se sintió como un polluelo bajo el ala hogareña de su madre, con la salvedad de que en su sueño había retazos de anhelo, aunque intentara no verlos. La sensación era tan confortable que su mente, aún pesada, no lograba apartarse de ella.

El teléfono volvió a sonar y antes de descolgar miró

la hora en el viejo reloj que aún descansaba sobre la mesita de noche. Las ocho de la mañana. Solo había una persona en el mundo capaz de llamarla tan temprano, lo que la hizo sonreír ligeramente. Sin necesidad de mirar el nombre que aparecía en la pantalla deslizó su dedo hasta la marca verde.

–Buenos días. ¿Ya has desayunado?

–Hace horas –contestó la voz ronca de Björn–. ¿Te he despertado?

Inés se desperezó, como una gata después de comer. Ahora se daba cuenta del sueño atrasado que arrastraba y cómo de necesarias empezaban a ser unas horas más de sopor.

–No... sí... –contestó–, bueno, ya era la hora de levantarme. He quedado a las nueve.

–¿Con quién?

–Papeleo –prefirió no ser demasiado explícita, aunque no estaba muy segura de por qué.

–¿Sabes ya cuándo volverás?

–Hasta que no esté todo arreglado no quiero dejar sola a mamá.

–He terminado de organizar mi exposición. Así que puedo tomar un avión esta tarde y...

–Te lo agradezco, de verdad, pero prefiero hacer todo esto por mí misma. Es algo que necesito.

No le había contado a Björn el asunto de la carta. En cierto modo se negaba a creer que lo que allí ponía fuera cierto y hacerlo público, aunque fuera a él, era como admitir la posibilidad de que su padre no hubiera sido quien ella creía. Su excusa para permanecer unos días más en España había sido la misma que había esgrimido ante su jefe: mamá la necesitaba y ella no podía dejarla hasta estar segura de que se encontraba bien. Se sentía un poco ruin por usar ese tipo de argucias, pero en verdad a su madre le vendría bien el hecho de estar juntas una vez pasados todos aquellos días amargos en torno al funeral.

–Te echo de menos –murmuró la voz ronroneante de Björn.

–Y yo a ti.

–Si no vuelves pronto es posible que me vuelva loco y salga el salvaje vikingo que hay en mí. Entonces iré a raptarte y es muy probable que desahogue mis más bajos instintos contigo.

–Suena tentador –apretó las rodillas mientras volvía a desperezarse, tumbada en la cama, y se acariciaba, juguetona, el largo cabello.

–¿En serio? Debería de haber sido más rudo contigo entonces.

Ella rio de buena gana. Quizá era la primera vez que lo hacía desde que su madre la llamara con la terrible noticia del fallecimiento de su padre.

–Tal y como eres es perfecto.

–Vuelve pronto. Te echo de menos.

–Estaré de regreso antes de lo que piensas.

–Te quiero.

–Un beso.

Fue Inés quien colgó, y permaneció unos minutos más en la cama con la mirada perdida en el techo. Björn era posiblemente lo mejor que le había pasado en su vida, aparte de su padre. Atento, romántico, detallista, muy guapo y un buen amante, si se podía incluir eso último en el paquete de cualidades sin ruborizarse.

Pero ya era hora de dejar de remolonear en la cama y ponerse en marcha. De un salto se incorporó y media hora más tarde salía del cuarto de baño duchada y vestida, camino de su próxima cita. Como su madre necesitaba el coche esa mañana, pidió un taxi que la dejó en la puerta de la cafetería, frente a la comisaría, apenas veinte minutos más tarde.

Pedro ya la esperaba, apoyado en su coche y sosteniendo dos vasos de papel humeantes. Cuando la vio descender del taxi se incorporó y la saludó con un gesto de la cabeza. Ella pagó la carrera y fue a su encuentro. «Le sienta bien ese aire canalla», pensó Inés mientras se acercaba.

Pantalones vaqueros y botos camperos. Se protegía del fresco de la mañana con una chupa de cuero negra sobre una camiseta del mismo color. Al contrario de la vez anterior, Pedro hoy estaba pulcramente peinado, con el cabello aún húmedo, pegado y marcado por una raya muy recta. Las gafas de aviador parecían haber sido diseñadas para él, y le aportaban un aire misterioso y seductor que no podía pasar desapercibido. Le vino a la mente un chico rebelde de los años cincuenta y llegó a la conclusión de que solo le faltaba el tupé para ser la viva imagen de James Dean.

Por su parte, Pedro la veía acercarse protegiendo su descaro con las gafas de espejo, con la seguridad de que podía mirar cuanto quisiera sin ser descubierto. Se relamió con cada detalle, seguro de que no tendría muchas más oportunidades. De nuevo había sentido aquel cosquilleo en la nuca cuando la había visto aparecer. El movimiento de sus caderas al avanzar era casi hipnótico y el escote, ni discreto ni generoso, le hizo tragar saliva porque el finísimo sujetador hacía que lo que ocultaba se moviera con el mismo ritmo de la pelvis. Hoy traía la larga cabellera recogida, y un vistoso chal sobre la camiseta para evitar el frescor matutino. Le sentaban bien aquellos colores claros y suaves. Acentuaban el tono ambarino de sus ojos y el reflejo canela de su cabello. Había sonreído al verlo, lo que hizo que Pedro cambiara, nervioso, el peso de un pie al otro.

Inés anduvo hacia él con esa misma sonrisa fresca en el rostro que lo dejó sin aliento, plantándose a escasos centímetros de donde la esperaba.

—Si llego a saber que vendrías en taxi hubiera ido a por ti —se excusó Pedro, tendiéndole el vaso de café.

—Había poco tráfico. ¿Sabemos ya a dónde dirigirnos?

—Vagamente. Te lo cuento por el camino.

Abrió la puerta del copiloto para que ella se acomodara, y después se sentó al volante, dejando su café junto a la palanca de cambio. El motor del Nissan arrancó con suavidad, e instantes después abandonaban el aparcamiento en busca de su destino.

—¿Qué has podido descubrir? —le preguntó ella cuando ya enfilaban la autovía de salida.

—Poca cosa con la escasa información de que disponemos. Al menos la calle que aparece en la dirección del sobre no es muy común, por lo que solo tenemos tres posibilidades: Écija, Córdoba o Montoro. Las tres nos cogen en el mismo itinerario y las separan poco más de cien kilómetros. Empezaremos por la más próxima y si no tenemos suerte terminaremos por la última. A media tarde estaremos de regreso, y esperemos que con todo esto resuelto.

Ella así lo deseaba. Más que cualquier otra cosa.

—Me parece un buen plan —dijo dando el último sorbo a su café.

Abandonaron la ciudad entre el ajetreo de camiones de un día laborable. El silencio que imperaba entre los dos tenía la tensión de un objeto que bascula hasta alcanzar su eje. Pedro trasteó en la radio para buscar una emisora con música suave, donde sonaba algo de Coldplay.

—¿Qué es de tu vida? —le preguntó como una manera de romper aquella rigidez incómoda—. ¿Cómo se adapta una sureña a las nieves perpetuas?

Ella lo agradeció con una sonrisa. Había sentido lo mismo que él: dos personas que después de tantos años vuelven a encontrarse y no tienen muy claro en qué punto lo dejaron.

—No son perpetuas —respondió, intentando parecer animada—, aunque sí abundantes.

—¿Trabajas en lo que querías? Dicen que los Países Nórdicos son un lugar lleno de oportunidades.

Ella asintió, satisfecha.

—Sí. Al fin lo conseguí. Empecé en una fábrica, ayudando al que diseñaba los muebles, y ahora soy la responsable de diseño de una multinacional. No puedo quejarme.

Él arrugó la frente, pero al darse cuenta de que Inés podía malinterpretarlo quiso ser amable.

—Eso es fantástico, ¿no? Los sueños cumplidos.

Inés se encogió de hombros.

—He sacrificado toda mi vida para esto. Ya era hora de recoger los frutos.

—Bien.

—¿Bien? —repitió ella, intentando descubrir en las facciones de Pedro qué había significado aquella expresión. Pero él fue hábil, y cambió de rumbo de inmediato

—¿Tienes amigos? Dicen que los nórdicos son un tanto reservados.

Inés se dio cuenta de su cambio de rumbo, pero casi lo agradeció. Su trabajo era algo de lo que siempre le apetecía hablar, y se daba cuenta de que también se había convertido en casi lo único de lo que charlaba con sus amigos. Menos con Carmina, por supuesto, pero ella vivía en España y solo se comunicaban por teléfono.

–Lo son. Reservados –sonrió al acordarse de cuánto tiempo había transcurrido hasta poder decir que tenía una amiga allí–. No es como aquí, que la vida transcurre en la calle y hablamos con cualquier desconocido. El frío hace que uno se lo piense dos veces antes de salir, y la falta de luz imprime carácter. Pero después de diez años es difícil no conocer a quienes te rodean. ¿Sabes lo que más me impresiona cada vez que vuelvo a casa?

Él se giró y los ojos de ambos se encontraron. Duró solo un instante, pero hubo una chispa, al menos él creyó verla, que titiló en las pupilas de Inés para diluirse al instante.

–Dímelo tú.

–El color –Inés tardó en contestar más de lo que esperaba. Ella también se había dado cuenta de que los ojos de aquel hombre la miraban de una manera especial, y eso la contrarió–. No reparo en cuánto lo echo de menos hasta que no desciendo del avión y miro hacia el cielo sin nubes. Azul. Una enorme mancha de un azul increíble. Indescriptible e infinito. Es muy difícil de no extrañar –comprendió que empezaba a ponerse melancólica–. Pero háblame de ti. Tenías un futuro lleno de aventuras.

Un nuevo cambio de tercio, y en esta ocasión le tocaba a él salir del atolladero.

–No hay muchas novedades después de diez años. Lo que uno quiere conseguir y lo que la vida se deja sacar, son dos cosas diferentes.

—Leí en tu puerta que ahora eres inspector.

—Eso parece —se encogió de hombros—. Pero ya ves que por lo demás sigo en la misma comisaría donde empecé. También vivo en la misma casa, que al fin pude comprarme, y uso el mismo tipo de botos. Un tipo de lo más aburrido.

Inés sonrió sin darse cuenta. No había llegado a conocer esa casa porque entonces él vivía con sus padres, y ahora recordaba que en lo primero que había reparado al verlo de nuevo era en sus botos. Aquellos camperos desgastados que le aportaban el aspecto de un vaquero sin sombrero.

—¿Te casaste? —preguntó de la manera más natural.

—No. No se ha dado esa oportunidad.

—¿Tienes novia?

Él volvió a arrugar la frente, realmente incómodo.

—Vaya, pensaba que los nórdicos eran muy celosos de su intimidad.

—No soy nórdica —lanzó una sonrisa brillante que lo obligó a apartar la cara de sus ojos—, ¿ya lo has olvidado?

—¿Y tú? ¿Estás casada? ¿Hay algún hombre en tu vida?

Si preguntarlo no le había supuesto ningún conflicto a Inés, solo curiosidad, el hecho de recibir ahora la misma pregunta le resultó un tanto incómoda.

—Sí, salimos juntos desde hace dos años —contestó sin dejar de mirar al frente—, pero ninguno de los dos somos muy de bodas, así que...

Pedro asimiló cada palabra. Ya lo había supuesto. Una mujer como aquella no podía estar libre por mucho tiempo. ¿Qué se había pensado? ¿Que iba a estar esperándolo durante diez años? Tragó saliva e intentó esbozar una sonrisa cómplice cuando se volvió hacia ella.

–Un tipo afortunado.

–No estoy muy segura. Tiene que aguantar mis días de mal humor, mis manías y mis horarios imposibles.

–Supongo que él ya lo habrá puesto en la balanza, y después de dos años aguantándote –continuó con su broma–, creo que le mereces la pena.

De nuevo se hizo el silencio entre ambos. Inés se acababa de arrepentir de haber tocado aquel tema. De hecho, era lo último que había imaginado.

– Aún no me has contestado. ¿Hay alguna chica en tu caso?

Pedro la miró alarmado.

–No soy de relaciones duraderas. Tú mejor que nadie deberías saberlo.

Ella se lo pensó antes de hacer ningún comentario al respecto. El pasado estaba muerto y enterrado, y lo mejor era dejarlo allí.

–Quién iba a imaginar esto –concluyó–. Tú y yo juntos, en un coche, sin que salten chispas.

–Sin que arda Troya.

–Hemos madurado más de lo que nadie apostaba por nosotros.

En aquel momento el teléfono de Inés sonó en su bolso. Mientras lo buscaba, Pedro la miró de soslayo. Como debía de haber supuesto, ella tenía una vida en otro lugar. Una vida completa y cerrada. Era lo normal. Lo lógico. Volvió a maldecirse por haber aceptado ayudarla. Lo mejor era terminar cuanto antes y olvidarse de ella una vez más.

Por su parte Inés encontró el teléfono para comprobar que se trataba de Björn. Le encantaba que se preocupara por ella, pero en aquel momento le resultaba incómoda su llamada.

–Hola –dijo en voz baja–. No puedo hablar en este momento.

Pedro bajó el volumen de la música para que no estorbara en su conversación. Oyó al otro lado un ronroneo masculino, por lo que dedujo de quién podría tratarse.

–Estoy en ello –contestó Inés a lo que le habían preguntado.

Siguieron devorando kilómetros, mientras ella contestaba con monosílabos y Pedro disimulaba su curiosidad. Evidentemente aquel tipo del otro lado del teléfono hablaba español, aunque con un acento que delataba su origen.

–Y yo a ti –respondió Inés a su interlocutor–, aunque haga apenas dos horas que hemos hablado.

Sonrisas y cuchicheos, que lo enervaron. Pisó el acelerador hasta el límite de la velocidad. Nunca había tenido tantas ganas de acabar con algo como con aquello.

–Yo también –concluyó Inés antes de colgar–. Un beso.

Guardó el teléfono en el bolso y se apartó el cabello de la cara. Cuando se giró para mirarlo, él parecía sonriente, aunque el brillo de sus ojos podría desmentirlo. Pedro también la miró, pero de una forma distinta, como si fueran dos desconocidos, como si algo hubiera cambiado en la atmósfera, algo de lo que ella apenas había sido testigo.

–Creo que voy a subir la música –dijo Pedro mientras giraba el volumen hasta un punto donde hablar sería imposible en adelante–. Relájate, que en breve estaremos en nuestro primer destino.

Capítulo 9

La segunda vez que se vieron también fue guiada por la casualidad. O al menos eso quiso creer Inés.

Estaba sentada en la barra de la cafetería, dándole los últimos sorbos a un capuchino mientras repasaba los apuntes. Aún le quedaba una clase aquel día, y le gustaba echar un vistazo a sus notas antes en entrar. Era una hora bulliciosa en la facultad, aunque siempre había sido capaz de aislarse con facilidad.

En algún momento, cuando levantó la vista, lo encontró sentado en el taburete de al lado, con la mano apoyada en la mejilla y una expresión sonriente en el rostro.

—¡Tú! —exclamó, tan sorprendida como indignada—. ¿Me has seguido o qué?

—Te aseguro que es pura casualidad —respondió Pedro sin moverse un ápice de donde estaba—. He venido a saludar a un colega, te he visto, me he acercado para estrecharte la mano, pero estabas tan concentrada que no he querido molestar.

Inés estaba realmente incómoda. No esperaba cruzarse nunca más con aquel individuo.

–Pues debería darte vergüenza acercarte siquiera a mí.
–¿Por qué debería estar avergonzado?
–¿Y me lo preguntas? –se escandalizó–. ¡Me dejaste tirada de noche y en mitad del río!
El rostro de Pedro adquirió una expresión tan dramática que costaba creer que fuera cierta.
–Yo jamás haría eso –exclamó ofendido–. Soy un caballero.
–¿Quieres que te refresque la memoria?
Dejó unas monedas sobre el mostrador, recogió sus cosas y salió de la cafetería, dejándolo con un palmo de narices. Pero aquella estrategia por alejarlo no funcionó. Al instante, Pedro aparecía a su lado, siguiendo sus pasos.
–¿Te refieres a lo del río y los juncos? –prosiguió él mientras ascendía, junto a ella, las escaleras a toda prisa–. No te abandoné a tu suerte si es lo que crees. Hice lo que creí mejor para ti.
–A otra con ese cuento.
–Si me dejas explicarme.
–Eres...
–Si me dejas explicarme te lo aclararé todo. ¿De acuerdo?
Pedro se detuvo, y por algún motivo Inés también lo hizo. Ella llevaba la carpeta de los apuntes firmemente abrazada sobre el pecho, como una coraza. Parecía evaluar si merecía la pena darle una oportunidad a aquel tipo. Con ropa, aquel aspecto de Tarzán solo se manifestaba por la anchura de su espalda. Su cabello rubio lucía bien peinado. Jersey azul marino sobre camisa blanca. Vaqueros. Lo único que desentonaba en aquel aspecto de chico formal era los botos cam-

peros que le daban cierto aire canalla. Lo miró a los ojos. No recordaba que fueran verdes, aunque solo se habían visto una vez, era de noche y estaban a cierta distancia. Eran hermosos y expresivos, rodeados de pestañas tupidas y cubiertos por unas cejas espesas y masculinas. Había cierto aire de desamparo en su mirada, lo que consiguió doblegar su voluntad de dejarlo plantado cuanto antes.

—A ver —dijo al fin.

Él sonrió, como si le hubieran dado la mejor noticia. Por algún motivo, aquella expresión risueña produjo un efecto casi físico en el estómago de Inés.

—Estabas asustada —intentó explicarse Pedro sin demasiado acierto—. Más bien histérica.

—Solo estaba nerviosa porque...

—Bien, simplemente nerviosa —corrigió a tiempo—. Al principio reconozco que tonteé un poco. Incluso he de pedirte perdón por lo de las ratas. Pero era casi de noche, y con mi kayak era imposible sacarte de allí. Mi estrategia fue ponerte algo furiosa para que no pensaras en otra cosa hasta que pudiera avisar a los del bote neumático que te rescató. Y por lo que me han contado, funcionó.

Ella tardó unos segundos en reaccionar. Era cierto que apenas veinte minutos después llegó un bote salvavidas del club de remo que la ayudó a salir de aquella maraña de plantas. Había pensado que el hecho de localizarla era una casualidad, pues sabía que daban una ronda antes de cerrar, pero nunca...

—No me lo creo —contestó sin demasiada convicción.

—Piénsalo. O, mejor dicho, pregunta en el club quién dio el aviso. Durante el tiempo que tardaron en llegar seguro que solo te acordaste de insultarme. Si

me hubiera limitado a decirte que te quedaras hasta que llegara la lancha...

Podía tener razón. Llevaba una semana odiándolo y al final resultaba que era su salvador. Esbozó una sonrisa hierática y continuó ascendiendo por la escalera.

—Bien, si es así te lo agradezco.

Al instante él estaba de nuevo a su lado.

—Pero quiero mi recompensa.

Ahora fue ella quien se detuvo sin necesidad de que él se lo pidiera.

—No hay forma de que entiendas una negativa, ¿verdad?

—Intento ser justo.

—Pues me temo que tu recompensa consiste en un hasta nunca. Buenas tardes.

Se dio media vuelta, dejándolo de nuevo plantado. Esta vez no la siguió. Pedro la vio alejarse entre los alumnos que abarrotaban el pasillo, hasta que giró para meterse en una clase, y entonces él sonrió mientras se rascaba la cabeza.

Cuando Inés ocupó su sitio aún no había llegado el profesor, y estaba más alterada de lo que quería reconocer. No sabía qué pensar de todo aquello. Quizá ese tal Pedro tuviera razón y fuera su salvador, pero se había jurado a sí misma que nada de chicos hasta acabar los estudios, y cuanto antes se lo quitara de la cabeza, mejor.

Durante los próximos minutos apenas fue capaz de entender nada de lo que explicaban. Su mente se empeñaba en revivir una y otra vez la conversación que habían tenido, el brillo de los ojos de aquel tipo, y la postura un tanto chulesca con la que se había planta-

do frente a ella. Era una sensación extraña, inusual, y por supuesto la primera vez que le pasaba. Tuvo que hacer un gran esfuerzo para concentrarse y apartarlo de su mente, pero al fin lo consiguió.

En el autobús, camino de su casa, se descubrió sonriendo al recordar ahora con otros ojos la escena de los juncos. Era posible que, si lo hubiera conocido de otra manera, en otro momento de su vida, aquel chico le hubiera gustado... «Pero, ¿qué estoy diciendo?», la frenó su mente funcional. Debía acabar sus estudios de máster y dejarse de tonterías. No era momento de chicos ni de probar nada nuevo. Desde que tenía uso de razón sabía muy bien lo que quería en la vida y un novio en el momento más inoportuno no era una de esas cosas... «¿Un novio?». Casi soltó una carcajada en el autobús. Estaba yendo demasiado lejos por un muchacho que la había parado en las escaleras de la facultad.

Al día siguiente, de nuevo en clase, un chaval de cuarto se presentó con un ramo de flores para ella. Fue muy correcto. Llegó antes de que entrara el profesor y se las dejó en el pupitre. Sus compañeros se burlaron hasta sacarle los colores, pero la llegada del profe hizo que se olvidaran de ella.

Aun así, esperó un buen rato hasta atreverse a bajar sus ojos hasta el manojo de flores de jardín atadas con una cuerda que reposaba encima de su mesa. Las habían arrancado cualquiera sabía de dónde, pero era evidente que no eran compradas en una floristería. Atravesado por la cuerda había un trozo de papel doblado. Miró a ambos lados antes de abrirlo: «Sal conmigo», estaba escrito a boli con una letra fuerte y masculina.

Si no estuviera tan avergonzada hubiera sonreído.

No tuvo dudas de quién era el que las mandaba, y tampoco se extrañó de que fuera tan temerario. Parecía decidido a conseguir lo que se proponía y al parecer ella le había llamado la atención. Tomó la decisión de que la primera negativa en la vida de aquel creído sería la suya, lo que la hizo sonreír de placer.

Aquella noche soñó con él. Algo inconcreto, pero cuando despertó excitada y empapada en sudor, su rostro sonriente fue lo primero que le vino a la cabeza.

La tarde siguiente, cuando llegó a clase, la escena del ramo de flores se repitió de nuevo. Y la siguiente. Y la siguiente también.

En las dos últimas ocasiones intentó salir detrás del chico que los traía, pero era tan veloz que antes de que pudiera alcanzarlo desaparecía de su vista.

«Sal conmigo», seguía diciendo la nota atada de cualquier forma.

Las risas de sus compañeros se habían tornado en otra cosa. Ahora la miraban con cierto estupor, incluso con cierta envidia, porque evidentemente era el objeto de deseo de alguien empecinado. El quinto día no entró en clase, pero sí esperó cerca de la puerta, resguardada por un saliente de la pared, a que el encargado de entregarle las flores apareciera por el pasillo.

Salió de su escondite cuando él ponía la mano en el pomo.

—¿Me vas a decir quién las manda? —preguntó al aire, a pesar de que sabía la respuesta.

El chico se volvió, y cuando la vio plantada frente a él, con los brazos cruzados sobre el pecho, cortando la salida, pareció desinflarse.

—No conozco su nombre. Nos habíamos visto por ahí.
—Descríbemelo.

–Alto, rubio, ojos claros, cachas. No sé. Es un tío simpático.

No había duda, ni ella misma lo habría descrito mejor.

–¿Y qué quiere de mí?

El chico pareció no comprenderla.

–Es evidente, ¿no? –contestó–. Salir contigo.

–Pues dile que pare con esto.

Él se encogió de hombros.

–No creo que me haga caso. Tiene pinta de cabezota –sonrió, como si hubiera tenido una buena idea–. Queda con él y díselo tú.

–Te tiene bien enseñado, ¿eh?

–Estoy tentado en seguir su táctica. Mi novia dice que es la cosa más romántica que ha visto. Creo que me va a obligar a imitarlo.

Una idea peregrina acudió a la cabeza de Inés. Quizá aquel chico tuviera razón y era ella quien debía decírselo a la cara. Y de una forma tan clara que no le cupiera la menor duda.

–De acuerdo –hizo como que cedía–. Le vas a decir que nos veremos este sábado. A las ocho. Bajo el reloj del ayuntamiento. Pero que hasta entonces no quiero una sola flor más, ¿entendido?

El chaval parecía satisfecho, como si hubiera logrado un arduo objetivo.

–De acuerdo –dijo, a la vez que se miraba las manos, donde aún estaba el ramo de flores de jardín–. ¿Te quedas con estas?

–Mejor te las llevas.

Asintió. Eso le gustaba menos.

–Por cierto –comentó de nuevo–, una amiga de mi novia dice que ese tío tiene pinta de hacerlo bien en la

cama. En verdad ha utilizado otra expresión, pero tú eres una chica cultivada y no veo bien repetírtela.

Inés de nuevo esbozó aquella sonrisa hierática que era la máscara perfecta cuando cualquier otra expresión podía ser malinterpretada.

—No creo que vaya a tener la oportunidad de comprobarlo —dijo sin inmutarse—, pero dale las gracias a esa chica por la apreciación.

Sin más lo dejó donde estaba y entró en clase con una sonrisa de curiosidad en los labios.

Capítulo 10

Durante el resto del viaje apenas habían cruzado palabra. El volumen de la música, que Pedro había subido tras la llamada de Björn, funcionó como una campana aislante, apartando la necesidad de llenar los vacíos de silencio.

«¿Cómo he podido ser tan estúpido de creer que ella no habría construido una vida al otro lado de Europa?», se recriminaba Pedro.

De hecho, era raro que no hubiera ya un par de críos danzando a sus pies y gritándole «mamma» en noruego. Era insólito cómo se comportaba el corazón humano. Durante diez años la presencia de Inés había estado agazapada en su subconsciente, para tomar fuerza en cuanto sus ojos se habían cruzado. Mentiría si dijera que no se había acordado de ella en todos estos años. Mentiría, y mucho. Pero se había convertido en una especie de recuerdo de otra época. En un pasado que el tiempo dulcifica y pule las aristas. En una presencia conformada con una mezcla de sueño y realidad que a veces no estaba muy seguro de si había existido en realidad.

Inés no era una mujer fácil. No lo era en ningún sentido. Podía ser tremendamente reservada sobre aquellas cosas que le causaban dolor. Indecisa cuando temía que su osadía pudiera cambiar mínimamente el curso de los acontecimientos. Desconfiada con lo desconocido, que abrazaba con cautela. Pero detrás de toda esa fachada él había sabido ver a la mujer que una vez fue y que sospechaba que seguía siendo, y solo había una palabra que la describiera: deslumbrante.

Este adjetivo le parecía perfecto porque a veces pensaba que Inés emitía luz propia. O al menos una especie de magnetismo que tenía la facultad de atrapar a los tipos como él en un aura, en una órbita de la que eran incapaces de escapar, como cometas cautivos. ¿Seguiría existiendo esa mujer debajo de la preciosidad que viajaba a su lado en el coche? ¿Le habría pasado lo mismo que a él a aquel noruego que había llamado hacía un par de horas?

Continuó conduciendo por las calles de Córdoba, siguiendo las indicaciones del GPS.

Ya se habían detenido una hora antes, al pasar por Écija, pero en la dirección que indicaba la carta había un gran supermercado, y cuando preguntaron si llevaba allí mucho tiempo, el hombre que les contestó dijo que desde que recordaba. Las averiguaciones que había hecho en la comisaría ya le indicaban algo así, pero sabía que hasta no pisar terreno no debían confirmase las sospechas.

Si en la ciudad de la mezquita no tenían tampoco suerte proseguirían hasta Montoro, y si allí tampoco era posible encontrar información, lo replantearía todo de nuevo y comenzaría a investigar en otra dirección.

Cuando el GPS les indicó que habían llegado a su destino, ambos miraron hacia la acera. Había un bloque de pisos con el número siete, el mismo que indicaba el sobre de papel. Estaban cerca de la estación de trenes y del Jardín de la Victoria, en una zona elegante de la ciudad.

–Hemos llegado –confirmó Pedro–. No es necesario que hagas esto. Puede ser duro para ti. Yo me puedo encargar y tú solo tienes que esperarme aquí.

–Si no lo hago yo, si no soy yo quien ve el rostro de esa mujer, me quedará la duda. Cuanto antes terminemos con todo esto, mejor.

E Inés tenía razón, porque así ella podría regresar a aquel país de hielo y él volver a olvidarla, que era lo natural en dos personas que ya no tenían nada en común.

Tuvieron que callejear durante un cuarto de hora hasta encontrar un aparcamiento, pero al final dejaron el coche en la calle de atrás. Cuando al fin se apearon, Pedro la miró, lo que había estado evitando hacer durante los últimos minutos. Inés tenía la frente fruncida y la mirada turbia. Aquella indefensión lo llenó de ternura. En breve se enfrentaría a una verdad que podría cambiar la percepción que tenía de su padre para siempre. Estaba asustada.

–Piensa que vamos a aclarar esa maldita confusión.
–¿Y si es cierto?
–Si fuera así, entonces nos preocuparemos de eso. Por ahora vamos a creer que todo es un gran error, y que dentro de un rato tú y yo nos partiremos de risa delante de una cerveza, contándonos lo absurdo que es todo lo que habíamos llegado a pensar sobre tu viejo.

Inés se lo agradeció con una sonrisa, y uno al lado del otro llegaron a la puerta del edificio. El portal estaba abierto y no había nadie. Ella lo dudó antes de entrar. En el peor de los casos, tras aquella cancela estaba la respuesta a algo que no quería saber, pero que estaba obligada a averiguar.

Miró hacia el cuadro de botones donde se indicaba cada piso de aquel bloque. 3B era el que su padre había garabateado en el sobre, y allí estaba, igual que los demás, pero tan diferente que fue el único número capaz de ver. Iba a pulsarlo, pero Pedro detuvo su mano.

–Mejor cara a cara –le dijo–. Así podremos leer no solo sus palabras, también sus gestos.

Ella asintió, y ambos tomaron el ascensor. Fue un recorrido eterno. En el pequeño habitáculo Inés escuchaba el latido de su corazón, como una ola que arremetiera contra un malecón. Suspiró, y Pedro la tomó de la mano. Cuando ella lo miró, sorprendida por el gesto, y encontró un rostro cómplice, una sonrisa de ánimo. Notó cómo el miedo desaparecía, cómo se calmaba, y se lo agradeció con un ligero apretón.

Ambos volvieron la vista al frente, inmersos en sus propios sentimientos. Pedro pensando en ella, e Inés recordando a su padre. Hasta que el ascensor se detuvo.

–¿Preparada? –preguntó él antes de salir.

–Vamos allá.

Las dos personas que se plantaron ante la puerta rotulada con el 3B eran diferentes a las que habían entrado en el edificio. Pedro era ahora el policía sagaz que retomaba su papel profesional para llegar hasta el fondo de una situación. E Inés, por su parte, parecía segura de sí misma, y no vaciló en ser ella la que pulsó el timbre.

No tuvieron que esperar, porque unos instantes después oyeron cómo se descorrían los pestillos, y una mujer de mediana edad se les quedó mirando, sin abrir del todo la puerta.

—¿En qué puedo ayudarles? —preguntó al encontrar a dos desconocidos frente a su casa.

Inés no podía apartar los ojos de ella. Sesenta y tantos, hermosa y rubia. Le recordó a su madre, a Clara. Incluso la forma de detenerse y ladear la cabeza, a la espera de una respuesta, era similar. ¿Sería aquella la mujer a la que su padre le había escrito la carta? ¿Tendría, la señora que tenía delante, la respuesta a las dudas que la torturaban?

—Disculpe esta intromisión —Pedro esbozó una sonrisa deslumbrante y le tendió la mano—. Estamos haciendo una encuesta a los vecinos del barrio. El ayuntamiento quiere replantearse hacer un nuevo aparcamiento público y quiere saber qué piensan los ciudadanos.

—¡Ya era hora! —la mujer terminó de abrir. Aquel joven parecía haberse ganado su confianza—. He llegado a desesperarme por encontrar un lugar donde dejar el coche.

—¿Vive aquí desde hace tiempo?

—No llega a cuatro años.

—¿Cree que esta es una buena zona de la ciudad?

—Aparte del centro, para mí la mejor.

—¿Tiene amigos que vengan a visitarla con asiduidad?

La mujer entornó los ojos. Aquella pregunta le resultaba un poco extraña.

—¿Qué tiene eso que ver?

—La siguiente en la lista es si vienen a visitarla en coche y qué le cuentan sobre el aparcamiento.

–¡Ah, claro! –lo comprendió al instante–. Todos se quejan. Cuando no hay que pagar zona azul hay que dar mil vueltas o dejar el coche en la otra punta de la ciudad.

–¿Son todos de aquí? Sus amigos me refiero. ¿Son de Córdoba o vienen de fuera?

–Un poco de todo. Mi marido es médico y hacemos mucha vida social

–¿Su marido? –preguntó Inés, que hasta ese momento no había abierto la boca y era incapaz de apartar la mirada de aquella mujer.

–Está dentro –contestó–. ¿Quieren que le avise?

–No es necesario –terció Pedro al instante–. ¿Si le enseño unas fotografías podría valorar del uno al cinco qué grado de estrés le causan?

–Sí, claro.

Trasteó en su bolsillo trasero, de donde sacó tres retratos un tanto arrugados. Cuando los desplegó ante la mujer, Inés notó que su corazón daba un vuelco. Una de aquellas imágenes representaba a su padre. Era un retrato de medio busto, un poco más joven, pero con su inconfundible sonrisa de triunfo.

–Son hombres –exclamó la mujer extrañada, pues había imaginado alguna foto urbana.

–¡Los psicólogos! –de nuevo Pedro esgrimió su sonrisa más cautivadora–. Nos obligan a hacer estas cosas. Es como esos test de manchas. Ellos después sabrán qué hacer con el resultado.

La explicación no pareció convencerla, pero aun así miró las fotos con detenimiento. A Inés tampoco, aunque intentó no perder un solo gesto de aquella mujer al enfrentarse con la imagen.

La señora no parecía haberse sorprendido al ver la imagen de su supuesto amante en manos de unos encuestadores. Dudó qué decir, pero al final emitió su veredicto.

–Este un dos. Este un tres –por último, señaló al padre de Inés–, y este un uno.

–¿Reconoce a alguno de ellos? –insistió Pedro.

–¿Debería?

Inés no lo soportó más. Quizá aquella técnica de policía de película le funcionaba a Pedro, pero ella necesitaba una respuesta clara que tenía que ser un sí o un no.

–En realidad no estamos haciendo ninguna encuesta –dijo sin importarle lo que Pedro pensara.

–No comprendo –la mujer la miró extrañada.

–No somos encuestadores. Necesitamos encontrar a una persona.

La señora los miraba a uno y a otro, y empezaba a comprender que no debía de haber atendido a esos extraños. Pedro, por su parte, se había dado cuenta, e intentó reconducir la situación.

–Déjame a mí.

–¿Quiénes son ustedes? –la mujer había reculado, y ahora sostenía la puerta con la clara intención de cerrarla en sus narices.

–Verá, señora. Buscamos a este hombre. Si pudiera ayudarnos.

–Es mi padre. Si usted lo conocía necesito saberlo –exclamó Inés, sin comprender que por ese camino no encontraría nada.

–Será mejor que se vayan o tendré que llamar a mi marido.

–No hemos pretendido intimidarla –insistió–. Ha fallecido, se carteaba con una mujer que vivía en esta casa. Se llamaba María.

—Me llamo Rafaela.

—Por favor —su estrategia estaba destruida, Pedro acudió a su último recurso—, ayúdenos.

La mujer volvió a mirarlos de arriba abajo. Ella parecía una chica de buena familia: guapa, refinada, elegante. Él tenía un aire un tanto canalla, pero con aquella sonrisa y ese brillo en los ojos no podía ser un mal tipo. Además, era guapo a rabiar. La mirada ansiosa de Inés y la sonrisa seductora de Pedro terminaron por convencerla.

—Cuando nos mudamos aquí, por lo que dicen los vecinos, la mujer que vivía antes en este piso se llamaba así. María. No sé si se referirán ustedes a ella.

—Cualquier cosa que pueda contarnos será valiosa —afirmó Pedro.

—Estuvo muy poco tiempo. No llegó al año. Era cuidadosa porque el piso estaba impecable. Creo que se casó con un extranjero.

—¿No sabe a dónde fue? Un apellido. El de su marido —insistió Inés.

—Nada de nada. Y dudo que puedan sacar mucha más información. Dicen que no tenía amigos. Al parecer era reservada. No se relacionaba con nadie.

Pedro sabía cuándo un interrogatorio había terminado. Si apretaba más solo conseguiría alarmarla, o que empezara a recordar cosas que en verdad nunca habían existido, y eso siempre era contraproducente.

—Gracias por todo —le tendió la mano, cortés, que ella estrechó—. Espero no haberla molestado.

—No pasa nada. Yo espero que encuentren a esa mujer. Y que no haya pasado nada grave.

—Gracias de nuevo —añadió Inés sabiendo que se había precipitado.

La mujer se despidió, cerró la puerta y ellos entraron en el ascensor.

Pedro tenía la frente fruncida y los labios sellados.

–Siento haberlo estropeado todo –se excusó Inés.

–Es normal. Era tu padre.

–¿Cómo es que tenías su foto?

–Soy policía, ¿recuerdas?

–Podías habérmelo dicho.

–No quería removerte recuerdos amargos.

Ella asintió, y en el fondo se lo agradeció.

–Existe –murmuró Inés mientras el ascensor descendía–. Esa mujer existe.

–No sabemos si era ella.

–Pero en ese piso ha vivido una mujer con ese nombre. María. Es ella.

–Eso no significa nada. Más de la mitad de las mujeres de su edad en este país tiene ese nombre.

Pedro sabía lo que decía. Había tenido cien casos donde todas las piezas encajaban, como ahora, pero de pronto aparecía una disonancia que los llevaba en la dirección opuesta.

El ascensor llegó abajo, e Inés agradeció la bocanada de aire fresco del exterior.

–¿Qué haremos ahora? –le preguntó.

–Tú esperar en el coche.

–¿Y tú?

Pedro echó una ojeada a un lado y otro de la calle. Tenía claro por donde continuar.

–Voy a hablar con los vecinos y los comerciantes de la zona. Pero yo solo. ¿De acuerdo?

Inés no rechistó. Había veces, aunque fueran pocas, donde era mejor dejarse llevar.

Capítulo 11

Inés llegó bajo el reloj del ayuntamiento con diez minutos de retraso. No es que se quisiera hacer esperar, sino que los autobuses le jugaron una mala pasada.

Estaba segura de que alguien que había sido tan insistente para arrancarle una cita ya estaría allí, sin embargo, no había rastro de Pedro. Se sintió un poco estúpida. Incluso llegó a pensar si todo aquello no había sido una broma y aquel tipo se estaría ahora riendo de ella con sus amigos. Pero cuando había decidido largarse reparó en alguien que le hacía señas desde el otro lado de la plaza.

Allí estaba: vaqueros, botos camperos y un polo negro. Dudó si acercarse, pues él parecía no tener intención de hacerlo. Los malos tragos era mejor pasarlos cuanto antes, y aquella cita de compromiso era algo a lo que aún no sabía muy bien por qué había accedido. Atravesó la plaza peatonal y fue a su encuentro.

—Por un momento he pensado que no vendrías —dijo él, reprimiendo el ademán de darle un par de besos.

—No hubiera aceptado quedar si pensara en no hacerlo.

—¿*Qué te apetece hacer?*
—*No había pensado en nada. Creí que ya tenías un plan.*
—¿*Y quién ha dicho que no lo tenga?* —*le tendió un casco de motocicleta*—. *Toma.*
Ella lo miró como si quemara, y no hizo por cogerlo.
—*No... verás... las motos no me gustan.*
—*No es una moto. Es una Vespa.*
—*Es lo mismo.*
—*Uf* —*Pedro se llevó una mano a la frente*—. *Yo no diría eso en público y en voz alta.*
Al final Inés tomó el casco, sin saber muy bien qué hacer con él.
—*No parece un gran comienzo que, la primera vez que nos vemos, me pidas que me suba en una moto.*
Pedro simplemente sonrió y se cruzó de brazos. Aquel día su cabello parecía indómito. Una mata de pelo rubiáceo desordenado.
—¿*Se consideraría un atrevimiento decir que estás muy guapa?*
—*Más bien un cumplido.*
—*Pues lo estás.*
Inés se sintió mal por ser tan grosera con él, pero en verdad debería estar en la biblioteca, estudiando, y no ligando con un desconocido del que únicamente sabía que era persistente y que tenía un extraño sentido del humor.
—*Me has preguntado por los planes, pero no a dónde vamos* —*le comentó él mientras buscaba las llaves de su Vespa.*
—¿*A dónde vamos?*
—*Tendrás que descubrirlo cuando lleguemos.*

Sin más se colocó el casco, subió a la moto y con un impulso desancló el caballete.

—Tenemos que irnos o nos quedaremos sin luz.

Inés lo pensó antes de hacerle caso. Había imaginado que darían una vuelta, se tomarían quizá una cerveza, ella le agradecería su esfuerzo y, a menos que sucediera un milagro, ahí terminaría todo. Sin embargo, iban a dar una vuelta en aquel trasto, un cacharro que odiaba.

Si su padre se enteraba se llevaría un disgusto. Le había advertido sobre aquel asunto en concreto: no subirse en motos de ligones, y menos de alguien a quien no conocía. Porque... ¿Qué sabía de Pedro? Nada en absoluto: ni dónde vivía, ni a qué se dedicaba ni siquiera cuál era su apellido. Podía dar un acelerón con aquel trasto, llevarla a un descampado y... dejó de darle vueltas a la cabeza. ¡Estaba un poco neurótica! Quizá porque todo aquello la desconcertaba y ese chico no se parecía en nada a los que hasta entonces había conocido.

Al final se colocó el casco y se sentó detrás de él. Sujetándose a su cintura. Pedro le hizo un gesto con la mano y la moto empezó a andar. Conducía bien y no corría. Aquello la tranquilizó hasta el punto de relajar su temor inicial. Fue entonces cuando reparó en que se sentía cómoda. Solo veía la espalda de Pedro, y los cabellos rubios que escapaban del casco y cubrían su nuca. Aquel chico olía a agua de colonia, y desprendía un calor agradable. Se dio cuenta que le excitaba tenerlo tan cerca, lo que la dejó desconcertada, porque para nada era su tipo. El asiento no daba para mucho, así que estaba completamente pegada a su espalda. Sintió un ligero cosquilleo entre las piernas, justo donde ambos cuerpos se rozaban, y con una sonrisa, burlándose de ella misma, llegó a la conclusión de que estaba fatal. De que se tomaba demasiado en serio lo de los estudios, y el hecho de llevar dos años sin estar con un chico le estaba pasando factura.

La moto maniobraba ágilmente por las estrechas calles del centro de Sevilla. Habían abandonado plazas y avenidas, y ahora transitaban por estrechos callejones encalados que el atardecer teñía de dorados.

Pedro detuvo la Vespa encima de una acera casi inexistente, e Inés se bajó de inmediato.

—¿Ya hemos llegado? —preguntó lo evidente mientras se quitaba el casco y se ordenaba el cabello.

—¿Te gusta?

Ella miró alrededor. Un largo muro, alto y pintado de un blanco reluciente, y al otro lado algunas casas que parecían desiertas. No conocía aquella zona, pero era evidente que no era una de las de marcha.

—Sí, pero... ¿Dónde vamos exactamente?

—Quiero enseñarte algo. Me alegro de que hayas venido con ropa cómoda.

Inés no supo qué pensar. Se había puesto vaqueros, zapatillas y un top de verano, pues era una primavera cálida. No había pensado demasiado en eso mientras se vestía. Su idea había sido despacharlo pronto y no darle muchas esperanzas. Ahora se arrepentía, pero ignoraba por qué.

—Sígueme. Te va a gustar.

Ya se alejaba, e Inés decidió dejar a un lado sus reparos y acompañarlo.

Bordearon el alto muro, hasta un callejón aún más estrecho donde torcía, para convertirse en un recodo. Continuaron recorriendo el perímetro hasta una por-

tezuela de metal oxidado. No había cerradura, sino un alambre enroscado que hacía de candado. Pedro trasteó con él hasta conseguir abrir.

–No pensarás que entremos ahí, ¿verdad?
–Si no hay peligro no hay aventura.
–Es una propiedad privada.
–No te preocupes. Sé lo que me hago.

Sin más desapareció en su interior. Inés permaneció indecisa unos segundos. Aquello no era muy cabal, sin embargo, le apetecía enormemente descubrir qué había al otro lado. Miró en todas direcciones y a final franqueó el umbral y encajó la puerta tras de sí. Era un patio diminuto, lleno de trastos.

–Por aquí.

Miró hacia Pedro. Había subido los primeros escalones de una escalera de obra también en muy mal estado, sin baranda, y que ascendía sobre una pared desconchada.

–¿Dónde estamos?
–Cuando llegues arriba lo verás.

Lo siguió, llena de dudas. Era bastante empinada, y cuando llegaron a la parte superior, se encontró con un corredor al aire libre que deambulaba sobre un murete, a un lado, y una alta balaustrada al otro.

–Echa un vistazo, pero sé discreta.

Inés se alzó sobre las punteras y miró hacia abajo. Al otro lado había un patio con una fuente circular en medio, muchas macetas... y monjas.

–¡Es un convento!
–Un remanso de paz. Hay un trozo del camino más adelante donde debemos ser rápidos. No es habitual que alguna de las hermanas esté mirando cuando nos toque cruzar, pero es mejor no arriesgarse. Pueden enfadarse.

Continuaron recorriendo el perímetro del claustro. Pedro abría la marcha e Inés, sorprendida por el extraño placer que le proporcionaba aquella aventura, le seguía.

—Aún no me has dicho a qué te dedicas —le preguntó a su guía.

—Terminé Derecho y me preparo las oposiciones.

—¿A abogado del estado?

—A madero.

Aquello la dejó boquiabierta.

—¿A policía?

—Es el sueño de mi vida.

—Y estamos asaltando una propiedad privada —tuvo ganas de reír—. Si yo tuviera que evaluarte ya estaría suspendido.

—Míralo de esta manera: no hacemos mal a nadie. No destruimos nada de valor. No nos van a coger. De ti sé que estudias ingeniería. Chica lista.

—Es difícil. Quiero decir, es una carrera complicada para mí, que me obliga a trabajar mucho, pero es lo que quiero.

—Quieres ser ingeniera.

—Quiero diseñar objetos. Muebles para ser exacta. Los mejores muebles del mundo.

—Eso suena bonito.

—Quiero hacerlo desde que tengo uso de razón. Y vivir en el extranjero. Dos sueños que han sobrevivido a la adolescencia y han sido una especie de motor en mi vida.

Él le sonrió, a la vez que le indicaba que había llegado el momento de peligro. Atravesaron la zona sin murete que Pedro le había advertido. Primero pasó él y cuando estuvo al otro lado la esperó. Inés miró hacia *abajo. Había un par de hermanas sentadas en sillas de enea, cosiendo bajo los últimos rayos del sol. Dio una carrera, y de pronto topó con él. Sin darse cuenta se encontró en sus brazos, la había tomado por la cintura para que no trastabillara, tan cerca que cuando lo miró a los ojos se quedó sin aliento.*

—Pensé que te ibas a caer —dijo él sin la más mínima intención de soltarla.
—Estoy bien.
—¿Seguro? —aquella pregunta encerraba muchas cosas.
—Continuemos.
Pedro le hizo caso y prosiguió el camino, mientras Inés lo seguía, preguntándose qué diablos le había pasado a su corazón cuando él la había tenido un instante entre sus brazos.

Subieron un par de escalones, siempre al amparo del muro exterior. Recorrieron una larga galería y subieron otros escalones más. A final salieron a un espacio abierto, como una pequeña terraza, con tres lados abalaustrados hacia la calle, y un tercero ocupado por un alto muro que Inés dedujo que sería una fachada de la capilla.
—Hemos llegado.
Pedro había soltado su mochila en el suelo y ya rebuscaba en su interior. Inés, por su parte, se sentía nerviosa. Seguía sin saber qué hacía allí y se recriminaba su temeridad. También notaba una extraña sensación. Miró hacia abajo, hacia la calle. Callejones solitarios sin un alma. Si gritaba nadie se enteraría. Si echaba a correr tropezaría antes de poder salir de allí. Apartó de nuevo aquellas ideas absurdas de su cabeza. Pedro parecía un buen chico, y siempre le quedaban las rodillas: su padre le había enseñado a dar una buena patada en los testículos.

Cuando se volvió para preguntarle a su acompañante: «Y ahora qué», se quedó sin respiración.

Aquel enorme muro a su espalda, al que no le había prestado atención hasta ahora, estaba decorado.

Era algo muy sutil, en tonos azules, amarillos y desvaídos, pero de una belleza sobrecogedora. Representaba un firmamento, sin duda. La Vía Láctea. Estrellas agrupadas en racimos, en círculos, formando figuras extrañas. La gradación de tonos era tan cuidadosa que si entornaba los ojos parecía estar mirando una de aquellas imágenes del universo que se veían en el planetario. Lo más impactante eran los colores. Nada de negro y blanco, sino una progresión delicada, irreal, pero que lo volvía, si cabe, más auténtico.

Pedro estaba trasteando con pintura en aerosol. Varios botes se desparramaban sobre el suelo. En aquel momento retocaba sobre una de las esquinas inferiores, de espaldas a Inés.

—¿Lo has hecho tú?

—Sí —contestó él mientras marcaba un trazo—. ¿Te gusta?

—Es... me gusta mucho —se había quedado casi sin palabras—. Así que eres grafitero.

—Solo aficionado —cambió el bote que tenía en las manos por otro aerosol de color—. Pero me gusta encontrar lugares inaccesibles y pasar unas horas a solas con mis pinturas.

—Me encantaría que el cielo nocturno fuera así.

—Aquí no molesta a nadie, no se ve desde ningún sitio de la ciudad, es solo para nosotros.

La luz de la tarde era ya muy difusa. Parecía que los últimos rayos de sol se empeñaban en impactar contra aquella pared, haciendo que emitiera luz pro-

pia, como si cada una de aquellas estrellas latiera para ella.

—¿Desde cuándo estás trabajando en esto?
Pedro hizo como que lo meditaba.
—Desde la noche en que nos conocimos en el río.
La respuesta la cogió desprevenida, y vino acompañada por un escalofrío que no supo interpretar.
—¿Quieres decir que yo tengo algo que ver?
Se encogió de hombros, aún de espaldas.
—Yo diría que sí.
Si aquello era una táctica para llevarla al huerto, era tremendamente sofisticada. La otra opción era que de verdad le hubiera impresionado a aquel chico, cosa que veía poco probable.
—¿Y por qué un firmamento?
—Porque esa noche había estrellas. No pude dormir, y cuando vine aquí y pensé en ti, fue lo que me vino a la cabeza.
Pedro había terminado de retocar. Dejó el bote en el suelo y se acercó a ella. Fue entonces cuando pudo apreciar lo que había estado haciendo. En el ángulo inferior derecho había una inscripción. Al leerla sintió que sus mejillas se sonrojaban:
«Para Inés».
—¿Has hecho esto para mí? ¿Tan seguro estabas de que accedería a salir contigo?
—Sí, y sí.
No sabía qué decir. Quizá era porque tenía muy bajas expectativas de aquella cita, pero debía reconocer que estaba impresionada.
—¿Hay muchos más murales de estos repartidos por la ciudad?
—Muchos. Pero dedicados a una chica solo este.

Estaban muy cerca. El cielo había adquirido ese color azul añil que contrastaba con la luz intensamente dorada del atardecer. Inés lo miró a los ojos. Parecían ambarinos, ligeramente matizados de verde. Eran hermosos y expresivos. Muy viriles. Atrayentes. De nuevo aquel escalofrío. Pensó que podía haberse resfriado, uno de esos de primavera. ¿O era otra cosa?

–¿Y ahora qué? –preguntó Inés con voz queda, sin poder apartar los ojos de los suyos.

–A cualquier otra chica, en un momento así, la hubiera besado.

Ella no contestó. Quizá porque no podía. Quizá porque en el fondo estaba esperando aquel beso.

–Pero no voy a cometer la torpeza de besarte en la primera cita –terminó él–. Contigo no.

Le costó un gran esfuerzo escapar de aquel extraño embrujo. Apartó los ojos e intentó disimular.

–¿Qué haremos entonces? –le preguntó a Pedro.

Él seguía cautivado, con una mirada llena de luz colgada de los ojos. Seguía sin comprender qué tenía aquella chica para que le atrajera tanto. Para que no saliera ni un instante de su cabeza. Era bonita. Sin duda. Preciosa. Pero no solo eso. Había algo más: su resistencia, su orgullo, la manera con que quería deshacerse de él. Quizá no estaba acostumbrado a eso. El de arriba le había dado una buena labia y un buen cuerpo, así que con el género femenino no tenía problemas desde los catorce. Pero con ella...

–Aún no me has dicho tu nombre –recordó de pronto.

Ella sonrió y se plantó en medio de la terraza con los brazos cruzados bajo el pecho.

–Me llamo Inés.

—*Lo sabía. He intentado saberlo todo de ti estos días.*

—*¿Y qué has descubierto?*

—*Que estudias Ingeniería Industrial, pero eso ya te lo he dicho. Que vives en Santa Clara. Que no te gustan las anchoas, y que no tienes novio ni nada que se le parezca.*

—*¿Cómo has sabido esto último?*

—*Fue lo primero en lo que me interesé, y lo que con más ahínco he investigado.*

Inés acababa de comprender qué era aquel escalofrío, y la respuesta la había dejado perpleja.

—*Creo que vas a ser un buen policía. Pero aún no me has dicho qué haremos ahora. Has traído a una chica a los tejados de una iglesia y no vas a besarla. ¿Cuál es el plan entonces?*

Él se acercó peligrosamente hacia ella, con paso muy lento. El tacón de su bota sonaba sobre el suelo de barro a cada paso. Las manos en los bolsillos. La cabeza ligeramente ladeada. Se detuvo muy cerca. Tan cerca que solo con respirar con un poco de más fuerza sus cuerpos se tocarían. Era una distancia injusta, porque provocaba el deseo e impedía que se consumiera.

—*Pretendo arrancarte una próxima cita* —dijo Pedro con voz muy baja, mientras no apartaba los ojos de los suyos.

—*¿Y cómo piensas hacerlo?*

—*Supongo que vendiéndote mis mejores cualidades.*

—*Estoy ansiosa por oírlas.*

Él hizo la pantomima de recordar, y ella reprimió una sonrisa.

–Soy un buen partido –comenzó–. Pronto tendré un trabajo fijo. Me gustan los niños. No detesto el matrimonio...

–Para, para... –contestó ella de buen humor–, me vas a hacer salir corriendo.

–Dicen que soy atractivo y que beso bien, aunque hoy me voy a mantener firme en mi promesa –lo pensó un poco más–. También dicen otras cosas, pero son de mal gusto contarlas en una primera cita.

Inés no se había apartado. Era como ceder, y eso nunca. Se mordió el labio inferior, percatándose al instante de cómo los ojos de Pedro iban hasta allí.

–No terminas de convencerme.

Él dio un paso más. Muy corto. Lo justo para que solo los separara la distancia de un beso.

–Soy empecinado cuando quiero algo, y te quiero a ti.

Inés noto cómo su corazón se aceleraba, pero no retrocedió.

–Eso está un poco mejor.

–Y te puedo invitar a un par de tapas y a una hamburguesa.

Una sonrisa de él, acompañada por una de ella.

–Mejoras por momento.

–¿Es entonces un sí?

Tardó en contestar. Tenía que encontrar la respuesta correcta.

–Acepto las tapas y la cerveza –dijo al fin–. Pero mi respuesta a si volvemos a vernos va a quedar en el aire hasta el final de la noche.

Él hizo un mohín de disgusto.

–Eso es malvado por tu parte.

–No te lo iba a poner tan fácil, amigo.

Capítulo 12

El coche de Pedro se detuvo junto a la valla del jardín. Al otro lado estaba la casa de Inés que lucía exactamente igual que la última vez que la vio, hacía muchos años.

El camino de regreso desde Córdoba había sido silencioso. Inés había caído en el mutismo cuando él regresó con la mala noticia de que nadie sabía nada sobre aquella mujer, sobre la tal María.

La cabeza de Inés no dejaba de dar vueltas a la misma idea desde entonces. ¿Cómo era posible que esa mujer existiera? Y, sobre todo: ¿Hasta dónde podía ahora fiarse de quién había sido su padre?

Los contornos de su gran héroe, del hombre perfecto, se iban diluyendo, como un dibujo en un papel atacado por unas gotas de agua. Empezaba a ser un desconocido, algo que no soportaba. Era como si todo su pasado hubiera sido una mentira. Pero sobre todo era la sensación de no conocer a alguien de quien estaba segura de saber hasta sus secretos más íntimos. Esa idea llegaba a ser insoportable porque desestabilizaba un pilar muy sólido en su forma de ser y en su pasado.

Su padre no era precisamente un hombre discreto. Lo contaba todo. Lo compartía todo. Su enorme facultad de repartir alegría y buen humor era contagiosa, también su capacidad de amar a mamá y decírselo al mundo... eso era lo que más le gustaba de él, lo primero en buscar en un hombre, y quizá la razón por la que las cosas no terminaban de funcionar en su perfecta vida.

Ambos, Inés y Pedro, permanecieron silenciosos en el interior del vehículo. Ella mirando hacia el frente con la vista perdida. Pedro pendiente de su menor gesto, analizando cualquier cambio en su rostro.

Hacía diez años que Pedro no volvía a aquella casa. En el pasado la había llevado en Vespa en más de una ocasión. Seguía exactamente igual: un muro encalado, al otro lado un jardín que era en verdad una larga pradera de césped y un emparrado, y la casa al fondo con la puerta enmarcada por dos elegantes pinos. Sintió nostalgia de aquellos años, cuando no había demasiadas preocupaciones, cuando su único objetivo era conseguir a aquella chica, a la mujer medio desconocida que se sentaba ahora a su lado.

Si entonces hubiera jugado las cartas de otra manera, si no se hubiera dejado llevar, ahora su vida podía ser distinta. Ignoraba si mejor o peor, pero al menos sí más parecida a lo que seguía soñando, a lo que la presencia de Inés despertaba de nuevo en él.

—Hemos llegado —murmuró, porque era el fin y necesitaba alejarse de ella, ya que otro desenlace no era posible.

—Todo un día de viaje, y para nada.

—Yo no lo vería así. Hemos descubierto que una mujer llamada María existió, y que no es posible saber quién era ni qué relación tenía con tu padre. Asunto zanjado.

–Solo abre nuevas incógnitas. Y no sé muy bien cómo continuar.

Estaba abatida, y lo entendía. No tener una explicación sobre algo importante era algo demoledor. En eso tenía experiencia.

–¿Aceptarías el consejo de un viejo amigo?

–Por supuesto –dijo ella volviéndose hacia Pedro.

–Olvídate de todo esto, Inés. Quédate con la imagen que tienes de tu padre, con sus recuerdos, con lo que fuisteis. Eso es la verdad. Lo demás son solo incógnitas que seguramente nunca podrás despejar.

Ella bufó. Algo en su interior le decía que era uno de los mejores consejos que le habían dado en su vida. Pero...

–Sé que tienes razón, aunque no estoy segura de poder hacerlo.

–Quizá haya llegado el momento de volver a casa.

Inés sonrió ante la forma en que Pedro había llamado a su apartamento de Oslo, donde en esos momentos seguía nevando a diferencia de aquella deliciosa noche sevillana, cálida y embalsamada por el aroma de los jazmines.

–Una sabe que ha madurado cuando ya no llama «su casa» al hogar de sus padres.

–Allí tienes una vida y alguien que te espera. Aquí...

–Solo recuerdos.

–Espero que algunos de ellos sean buenos –dijo él, lanzándole un guiño cómplice.

Inés sonrió. Algunos eran los mejores de su vida, y entre ellos había un puñado en los que Pedro era el indiscutible protagonista.

Volvió a mirarlo con cierta sensación de culpa. Después de aquel final, hacía diez años, meterse de nuevo en su existencia como lo había hecho sonaba un poco al asalto de un tren en marcha.

–Siento haber interrumpido así en tu vida.

Él se encogió de hombros.

–Un terremoto de vez en cuando no está mal.

–Me ha encantado verte de nuevo.

–A mí también.

–Si me hubiera quedado algún tiempo más quizá hubiéramos podido salir a tomar algo, por los viejos tiempos.

–Hubiera estado bien.

–Si alguna vez vas a Oslo...

Por alguna razón Inés no quería bajar del coche. Se preguntó si era porque no deseaba enfrentarse de nuevo a su realidad, o porque se sentía muy a gusto allí.

–Si voy a Noruega te buscaré y te obligaré a que me lleves a todos los garitos –contestó Pedro.

–Tengo un par de amigas que se volverían locas contigo.

Él no dijo nada. En verdad le importaban un rábano sus amigas si ella estaba presente. Le pasó hacía diez años y le pasaba ahora. Cuando Inés hacía acto de presencia todas las demás desaparecían, se difuminaban. Era un poder especial que tenía aquella mujer sobre su capacidad de percibir la realidad.

–Hasta siempre entonces –dijo él como despedida.

Fue entonces cuando Inés lo abrazó con fuerza, hundiendo su cabeza en el hueco de su cuello. A Pedro aquel gesto lo cogió desprevenido. En un principio se quedó con los brazos abiertos, sin saber qué hacer. Pero después la abrazó, colocando una mano a su espalda.

Tenerla tan cerca, separada de su piel por la fina tela de la camiseta, fue como si una pequeña bomba hubiera detonado en su interior. Inclinó la cabeza para apoyar la mejilla en su pelo. Notaba cómo su fuerte corazón palpitaba agitado, lo mismo que su piel, igual que la incomodidad que empezaba a sentir bajo sus vaqueros.

Fue entonces cuando ella levantó el rostro, sin apartarse, y lo miró a los ojos.

Estaba tan cerca como la distancia de un beso. Solo tenía que atraerla suavemente hacia sí para saborear su boca. Aquello hizo que se excitara aún más, así que fue él quien se apartó.

—Espero que tengas un buen viaje.

Ella se recompuso. No estaba muy segura de lo que le había pasado, pero por un momento fue como si el tiempo no hubiera trascurrido, como si ellos siguieran siendo dos muchachos y sus cuerpos un único destino.

—De nuevo gracias. Ha sido un placer.

—Ha sido mío, te lo aseguro —contestó él.

Inés bajó del coche y atravesó el jardín.

Pedro la siguió con la mirada. Aquel balanceo de su cuerpo siempre había tenido algo hipnótico. Justo antes de entrar en la casa se volvió y se despidió con la mano. Él correspondió al saludo.

Tenía la mente nublada de deseo.

Necesitaba sacarse todo aquello de encima.

Necesitaba olvidarla de nuevo.

Y sabía cómo hacerlo.

Capítulo 13

Correr un par de horas diarias era parte del entrenamiento de Pedro. También iba al gimnasio cada mañana y al menos tres tardes a la semana practicaba con el kayak.

Las pruebas físicas de acceso al Cuerpo de Policía eran duras, pero, además, el deporte siempre había sido una de sus pasiones.

Aquella tarde hacía calor, y después de hacerse ocho kilómetros estaba sudoroso. Llevaba la camiseta en la mano. Le tocaba el esprint final y ya soñaba con los estiramientos y con una buena ducha.

Iba a dar el acelerón cuando otro corredor se puso a su lado.

—Ten cuidado cuando llegues al otro lado —le advirtió—. Si te enfrías de golpe puedes lesionarte.

Supuso que se refería a que si tras el esfuerzo no tenía paciencia a la hora de recuperarse podría tener problemas, por lo que intentó ser amable por un consejo que sabía desde siempre.

—Gracias, pero vivo cerca. Bajar de intensidad y directo a casa.

—*Eso es un lujo. Yo tengo que coger el coche cuando quiero correr por el río.*
—*Todo tiene sus ventajas.*
—*Me llamo Carlos.*

Le tendió la mano sin disminuir la marcha. Pedro la miró, inerte en el aire. Alguna vez le había pasado que quien se acercaba tenía la intención de ligar. Aquel era un tipo alto, en evidente buena forma. Rozando los sesenta quizá, aunque su cabello abundante no tenía apenas canas. Su rostro le resultó familiar. Era agradable, transmitía confianza. Al final se la estrechó.
—*Pedro.*
—*¿Corres por aquí todos los días?*
—*De vez en cuando.*
—*¿Cuánto has hecho hoy?*

Una cosa era que se tratara de un tipo amable y otra que aquello fuera el principio de una gran amistad. Seguía sin fiarse de qué quería aquel corredor, estaba cansado, necesitaba ducharse y aquel día tenía una cita muy especial
—*Me temo que debo terminar. Tengo un poco de prisa.*

Iba a acelerar cuando el otro habló de nuevo.
—*Soy el padre de Inés.*

Pedro se detuvo en seco, jadeando por el esfuerzo. El hombre hizo un tanto de lo mismo. Había apoyado las manos en las rodillas para recobrar el aliento.
—*Así que esto no es un encuentro casual.*
—*Tu nombre ha salido seis veces a la hora del almuerzo durante la última semana y he decidido venir a conocerte.*

El impacto inicial había ido cediendo, dando paso a la incredulidad.
—*¿Ella lo sabe?*

*–Si se entera me mata.
–¿Y ahora qué? Ya me conoce.
–La primera impresión me dice que estás en forma.
–No sé si eso es bueno o malo para usted.
–Eres un chico guapo y tienes buen cuerpo. Supongo que te será fácil lanzar el anzuelo.
–No soy un mujeriego si es eso lo que le preocupa.
–Me preocupa. Inés tiene claro lo que quiere en su vida casi desde antes de echar los dientes. Este año es vital para sus estudios, y no estoy muy seguro de que sea una buena idea mariposear con un chico en vez de centrarse en su futuro.
La forma en que Carlos lo decía era amable, adornada con una sonrisa que transmitía confianza, pero el contenido de sus palabras era claramente punitivo.
–Eso tendrá que decidirlo ella, ¿no cree? –contestó Pedro, a la defensiva.
–Ella lo tenía claro hasta que tú has aparecido.
–Verá –intentó encontrar las palabras justas–, no sé qué pretende viniendo a verme, pero si es convencerme para que deje a Inés...
–Vas demasiado rápido –le palmeó la espalda. Un gesto de condescendencia que no le gustó–. Entre tú y ella no hay nada. Una primera cita, según me ha dicho.
–Hemos quedado dentro de un rato.
–¿Y le vas a proponer matrimonio?
–La voy a besar.
La respuesta heló la sonrisa en los labios de Carlos. Se había imaginado otro tipo de chico. A ella le gustaban más tradicionales, morenos según decía, y nunca había dicho nada de los deportistas. Con veinticinco años aquel muchacho parecía demasiado maduro, con*

las ideas demasiado claras. Comprendía por qué le gustaba a su hija, aunque ella no lo hubiera dicho. Pero la conocía tan bien como a sí mismo, y aquella mirada perdida, aquella sonrisa bobalicona en los labios cuando decía el nombre de aquel muchacho solo podía significar una cosa.

Carlos no estaba acostumbrado a que le dijeran las cosas a la cara. Normalmente era él el que las decía. Los otros, los novios que había tenido Inés, solían tenerle respeto. Incluso miedo. Aquel chico no parecía intimidado en absoluto.

—Estás hablando con su padre.

—Y usted con alguien que tiene claro lo que quiere con su hija.

—Eres un poco descarado.

—Y usted un entrometido.

Estaba claro que ese muchacho no iba a dejarse amilanar.

—¿Crees que enfrentándote a mí vas a conseguir que ella te acepte?

—No quiero enfrentarme a usted. Si es importante para ella tendrá que serlo para mí. Pero no me gusta que me digan qué camino debo tomar. Y menos si se trata de Inés.

Carlos se acercó, para señalarlo desde muy cerca con el dedo.

—Bien, pues que sepas que te vigilaré. Y si piensas jugar con mi niña yo que tú me lo pensaría dos veces.

Pedro no permitió que le intimidara. Cuando tenía algo claro luchaba por ello hasta el final.

—Si quiere saber lo que pienso se lo puedo dejar claro: pienso enamorar a su niña, pienso acostarme con ella, y pienso casarme con ella. Por ese orden.

Carlos recibió cada palabra como un mazazo.
–Porque eres un crío, si no te partiría la cara aquí mismo.
–Hágalo. Seguramente conseguiría encajarme unos cuantos golpes, pero le garantizo que se llevaría a casa otro puñado de ellos.
Fue entonces cuando Carlos sonrió.
Pedro ya se había preparado para recibir el primer gancho. El padre de Inés era más grande que él y más fuerte, pero confiaba en ser más rápido con los golpes. Sin embargo, aquel tipo acababa de sonreír, lo que le dejó más tumbado que un puñetazo en la mandíbula.
–Ten cuidado con ella –dijo Carlos–. Y detesta el vinagre y el pepino en la ensalada.
Pedro tragó saliva. No estaba muy seguro de qué sucedía, pero aquella conversación acababa de dar un giro vertiginoso.
–¿Algo más que deba saber?
–Cuando se muerde los labios, es que has acertado.
–Lo tendré en cuenta.
–Estaré vigilante.
–Hace bien.
–No te pierdo de vista.
Sin más desapareció camino del aparcamiento, tal y como había llegado. Pedro lo vio alejarse por la orilla del río. Fue entonces cuando soltó un largo suspiro y dejó escapar toda la tensión. Era la primera vez que le pasaba algo así, pero había tenido clara cada una de las respuestas.
Volvió a casa sin poder dejar de pensar en ello. Cuando se metió bajo la ducha se preguntó si no tendría un duro obstáculo con aquel hombre protector. Había conocido a muchas chicas, pero nunca a sus

padres. Decidió que era mejor olvidarse de aquello, y por supuesto no decirle nada a Inés. Si Carlos quería contárselo, adelante, pero él no le explicaría que su padre había intentado convencerlo de que se apartara.

Ese día tenían su segunda cita. Había pensado en algo más convencional: tomar un par de cervezas en el Salvador, un par de tapas en la Alameda, y si a ella le gustaba bailar, terminar la noche en el Ochenta y Siete. Aunque se pusiera en ridículo con sus dos pies izquierdos.

Salió de la ducha y, aún mojado, fue hasta la cocina. Su madre le gritó que, al menos, se cubriera con la toalla, pero nunca lo había hecho, y esta vez no iba a ser diferente. Las amigas de su hermana estaban en el salón, y cuando él lo atravesó, denudo y mordiendo una manzana, rieron como adolescentes excitadas. Pedro no les prestó atención, tampoco lo hacía nunca, y volvió a su dormitorio.

Cuando abrió el ropero notó un cosquilleó extraño en el estómago. Le venía sucediendo cuando pensaba en Inés, lo que por otro lado le ocurría casi todo el tiempo. Eligió unos vaqueros desteñidos y una camisa blanca. Nunca le había prestado demasiada atención a la ropa, pero hoy quería estar guapo para ella.

Cuando terminó de vestirse se miró en el espejo. Por supuesto sus sempiternos botos camperos, sin ellos se sentía desnudo. La imagen que le devolvió le gustó, y solo entonces fue en busca de su Vespa.

Inés llegó con diez minutos de retraso. De nuevo los autobuses. Cuando Pedro la vio aparecer su corazón latió con fuerza. Se había puesto un vestido de verano, de tirantes, y largo hasta los pies, con un aire hippie que su cabello al viento adornado con una flor acen-

tuaba. Estaba preciosa, tanto que a Pedro se le cortó el aliento.

Cuando Inés llegó a su lado sonrió, se apartó el cabello de la cara y fue a saludarlo, pero él avanzó como una exhalación el puñado de pasos que los separaban. La tomó por la cintura con una mano y la pegó a su cuerpo. Con la otra acarició su nuca, enredando los dedos en su pelo.

Y la besó.

En verdad la devoró, porque llevaba tanto tiempo queriendo hacerlo que necesitaba saciar aquella hambre atrasada.

Fue un beso pasional que a ella al principio tomó desprevenida, pero en que al instante participó con un interés parecido. Sus cuerpos estaban estrechamente apretados: pecho contra pecho, vientre contra vientre, sexo contra sexo. Desapareció la plaza llena de gente: el ruido de los niños que gritaban sus juegos, el de los amigos que entrechocaban sus manos, el de los taxistas que charlaban mientras esperaban a los clientes.

Pedro saboreó cada recodo de su boca, se enredó con su lengua, trazó minuciosamente el mapa de sus labios. Era mucho más deliciosa y más tierna de lo que había imaginado. Tanto que, mucho tiempo después, cuando al fin se separaron, se puso como objeto volver a besarla antes de que acabara la noche.

—Te dije que contigo no habría besos en la primera cita –le susurró con voz ronca, rota de excitación–. Pero en la segunda... llevo soñando con esto desde que te vi en el río.

Ella no contestó, porque sus piernas aún temblaban, y no dejaba de preguntarse qué era lo que empezaba a sucederle.

Capítulo 14

Carmina entró al jardín a través de la puerta de la cocina, para encontrarse a Inés sentada bajo la parra, con la mirada perdida en algún punto impreciso.

–Si adivino lo que piensas me invitas a cenar.

Inés salió de su letargo y miró a su amiga. Verla era como un soplo de aire fresco en la cálida tarde sevillana.

–Ni yo misma sé en qué estaba pensando. Me alegra que te hayas pasado.

Se conocían desde segundo de primaria y seguían siendo las mejores amigas desde entonces. Las pocas veces que Inés volvía a Sevilla intentaba encontrar un momento para verla, y las muchas que Carmina iba a Oslo «con la intención de echarse encima a un vikingo» según sus propias palabras, se hospedaba en su casa para pasar largas mañanas charlando ante un café cargado.

Las dos amigas no podían ser más distintas. Carmina era una belleza gitana, morena, exuberante, siempre al límite de todo. Mientras que a Inés había que mirarla dos veces para reparar en ella. Detrás de aquel cuerpo de vértigo que Carmina mostraba tanto como podía, se encontraba una analista de sistemas, científica y concienzuda, que tenía muy claro qué le pedía a la vida.

La amiga de Inés había tenido un papel fundamental durante los duros acontecimientos de las últimas semanas. Prácticamente no la había dejado un momento: desde ir a recogerla al aeropuerto hasta obligarla a comer. Pero después de los primeros días, Carmina había tenido que volver al trabajo, aunque la llamaba cada mañana, e intentaba pasarse a verla cada tarde.

—Te he traído una cerveza de la nevera —le dijo tendiéndole el botellín y sentándose en la silla vacía al otro lado de la mesa.

Inés se lo agradeció y alzó la botella.

—Por ti.

—Por nosotras. A ver, qué has hecho los últimos días sin mí.

Inés no estaba muy segura de hasta dónde contar. Era su mejor amiga, la persona en quien confiaba ahora que papá no estaba, pero algo en su interior le decía que fuera prudente.

—Acompañar a mamá y reconciliarme con esta ciudad —se desperezó—. Ya no recordaba el calor del verano.

Carmina la miró de una forma muy suya, que significaba que algo no le cuadraba.

—«La señorita responsabilidad» deja su trabajo perfecto, su casa perfecta y a su perfecto novio para cuidar a mamá. Y eso que mamá sabe cuidarse por sí misma. Ha sido un golpe muy duro, del que tardarás meses, años en recuperarte, pero te conozco, Inés Lara, y hay algo más. Lo sé, pero también sé que no me lo vas a decir.

Inés soltó un suspiro. Era imposible guardar secretos. Se conocían demasiado bien. Volvió a estirarse. Si su madre la veía desperezándose en público, incluso delante de Carmina, la reprendería. Las madres son así, y la echó de menos.

—Hasta que no lo tenga claro prefiero guardármelo —confesó al fin—. Seguramente será una estupidez, y no quiero alarmar a nadie.

—Lo sé, lo sé. Te conozco. Pero si necesitas hablar…

—También lo sé.

Ambas continuaron en silencio. La cerveza helada en formato pequeño era una delicia para alejar el calor. De fondo, el ruido de los pájaros que empezaban a agruparse en las copas de los árboles para esperar la noche. A Inés le encantaba ese preciso momento, donde la luz ya no era diurna, pero tampoco nocturna. Era un instante mágico donde podía suceder cualquier cosa.

—Tu madre me ha dicho que ayer te trajeron a casa —preguntó su amiga—. Un chico.

—Era Pedro.

—No sé quién es.

—Pedro.

La forma de decirlo fue especial. Era como si recalcara algo evidente. Al principio Carmina no la entendió, pero su cabeza ató cabos hasta llegar a una única conclusión.

—¿Aquél Pedro? ¡Dios! He sabido de él pero no he vuelto a verlo en todos estos años. Quizá alguna vez. De refilón, por la calle, y estaba igual de bueno. ¿Sigue teniendo esos bíceps y ese culo?

—No me he fijado. Simplemente hemos charlado como viejos amigos.

—¿Viejos amigos? Ese tío te ha echado los mejores polvos de tu vida.

—¡Carmen! —la llamaba así cuando tenía que frenarla.

—Es verdad, joder, tú misma me lo has dicho en más de una ocasión.

—Pero con seis copas de más.

Carmina apoyó los codos en la mesa y la miró fijamente. Esa actitud presagiaba que iba a remangarse e intentar arreglarle la vida. Casi le entraron ganas de reír porque esa era la historia de ellas dos, cuando no era su padre. Allí estaba su amiga para que tomara las decisiones juiciosas.

—Vamos al grano —dijo Carmina con su cara de conversación seria—. ¿Y qué pasa con Björn?

—Nada, ¿por qué?

—¿Seguro? Pedro ha sido el hombre de tu vida, y ahora vuelve a aparecer.

Aquella afirmación le resultó hilarante.

—Déjate de cuentos chinos. Éramos dos críos. Con veinticinco años yo estaba en la luna. Solo me preocupaba de mis estudios. Era fácil estar confundida.

—Oye, bonita, que yo estuve allí y fue mi hombro sobre el que lloraste.

—El pasado es pasado. Solo somos viejos amigos.

—¿Te ha besado?

—No.

—¿Te ha puesto ojitos?

—No.

—¿Te ha tocado?

—Yo a él, un abrazo de despedida. Nada más.

—Entonces estás en peligro —dio una palmada en el aire—. Yo lo viví todo hace diez años y si las cosas vuelven a ser la mitad de intensas que fueron entonces, te vas a volver de nuevo loca por ese tío.

El teléfono móvil de Inés vibró sobre la mesa, lo que agradeció porque la batería de preguntas podría ser interminable. Ambas lo miraron, para ver un nombre en la pantalla: *Björn*.

–Demuéstrame que no pasa nada entre vosotros –dijo Carmina–. Dale al manos libres.

Se miraron desafiantes. Inés no estaba muy segura, pero necesitaba saber que lo que había dicho era verdad, y que lo que argüía su amiga eran meras estupideces. Con un gesto inusual en ella, descolgó y pulsó el altavoz, dejando el teléfono sobre la mesa.

–Hola, cariño.

–¿Qué tal vas? –sonó perfectamente la voz de Björn, con su acento escandinavo lleno de encanto.

–Todo bien. No creo que esté por aquí mucho más tiempo.

–Te echo de menos.

Miró triunfante a Carmina, que no perdía detalle.

–Yo también a ti.

–¿Qué llevas puesto?

Su amiga enarcó una ceja y ella se ruborizó. Era un juego erótico al que se entregaban cuando no podían verse. Aún no vivían juntos, y aunque pasaban muchas noches acurrucados, el trabajo de Björn y los viajes de Inés no siempre hacían posible una noche de pasión.

–No voy a decírtelo porque Carmina está a mi lado.

–Pues llámame esta noche. Cuando estés sola en la cama.

Inés llegó a la conclusión de que aquello del manos libre jamás se repetiría.

—De acuerdo.
—Solo quería saber si todo marchaba bien. Hablamos luego. Te quiero. Saluda a Carmina de mi parte.
—Un beso.
Colgó y se quedó mirando, desafiante, a su amiga.
—No hay problemas entre nosotros —remarcó cada sílaba.
—No le has dicho que le quieres. De hecho, he observado que nunca lo haces.
—Es que nunca lo hago. Con nadie. Ni siquiera contigo —remarcó lo obvio—. No decirlo no significa nada.
—Significa todo. Es una negación. Una barrera.
—Psicología de manual, no, por favor.
Se tapó la cabeza con las manos. Lo último que le apetecía era que su amiga cuestionara su vida feliz en el país del hielo. Era la que quería. Exactamente la que quería. ¿Por qué todo era tan complicado? ¿Por qué su padre había tenido que escribir aquella maldita carta? ¿Por qué mierda había tenido que ir a ver a Pedro? ¿Por qué las cosas no continuaban como siempre habían estado, con el pasado enterrado para siempre?
—¿Te ha pedido que te cases con él? —insistió Carmina.
—Por supuesto que no. Lo nuestro es... estamos bien así.
—Miedo al compromiso.
Inés soltó una carcajada fingida.
—Björn no tiene miedo al compromiso.
—Por supuesto que no, lo tienes tú.
El teléfono volvió a sonar sobre la mesa, impidiendo que Inés respondiera a esa acusación. En cierto modo lo agradeció, porque no sabía qué responder.

Ambas lo miraron. En la pantalla aparecía ahora otro nombre masculino, aunque muy diferente al anterior: *Pedro*.

—¡Le has pedido el teléfono!

—Por supuesto que no, pero nunca borré el suyo y arrastro esta agenda desde que tengo un móvil.

—Pues ahí lo tienes —de nuevo Carmina enarcó una ceja—. ¿Qué vas a hacer?

—Cuando te empeñas en algo eres incansable.

—¿El hombre de tu vida aparece de nuevo y yo debo hacerme la idiota?

—El hombre de mi vida es Björn.

—Entonces pulsa el manos libres.

Podía hacerlo, por supuesto, pero algo en su interior le dijo que esta vez no. Aquella era una llamada que no esperaba, y sabía que su amiga iba a leer cada expresión de su rostro, cada modulación en la voz de Pedro, cada palabra dicha con todos sus significados.

—Ve a por otras dos cervezas, anda —le pidió con una sonrisa, mientras tomaba el teléfono y empezaba a dar un paseo por la amplia alfombra de césped.

Carmina comprendió que esta vez no iba a ser partícipe de la conversación, así que se puso de pie y fue hacia la cocina. Cuando estuvo a solas, Inés descolgó.

—Tienes el mismo número de teléfono de hace diez años —dijo la voz tremendamente masculina y gutural de Pedro.

—Solo lo uso cuando estoy en España.

—No quería molestarte.

—No es molestia. ¿Ocurre algo?

De fondo se oía el ruido de gente hablando, también música. Inés supuso que estaba en algún bar.

–He estado echando una ojeada a este asunto de tu padre, y me gustaría hablar contigo. En persona. Estos temas no me gusta tratarlos por teléfono.
–Por supuesto.
Hubo un instante de silencio, como si Pedro dudara.
–¿Cenamos?
Su primer instinto fue decirle que sí. Pero tras la conversación mantenida con Carmina supo que era algo a lo que no debía arriesgarse. Aunque tuviera claro que el hombre de su vida era Björn. Aunque lo que hubo entre ellos solo fue cosa de niños.
–Estoy un poco liada –se excusó–, pero puedo encontrar un hueco para una cerveza rápida. ¿Te parece?
De nuevo un instante de silencio, como si Pedro hubiera estado aguantando la respiración.
–Por supuesto. En una hora. Te mando mis coordenadas al WhatsApp.
Cuando colgó tenía una sensación extraña.
Carmina no tenía razón, de eso estaba segura, pero algo muy dentro de sí misma le advertía de que tuviera cuidado.
Cuando se giró para volver al emparrado se topó con su amiga, que estaba a su lado. Quiso leer en su expresión si había estado escuchando, y qué pensaba de todo aquello. Pero el rostro de Carmina era inexpresivo, algo inusual en ella, y simplemente le tendió una cerveza helada y volvió sobre sus pies bajo la parra donde las uvas ya tenían un buen tamaño.
Inés fue tras ellas. Su cabeza era un torbellino, pero llegó a la conclusión de que las intenciones de Pedro no iban más allá de resolver el asunto de su padre. Y de que debía aviárselas para largarse en media hora sin que Carmina se oliera a dónde iba.

Capítulo 15

Para Pedro, sin duda, eran los mejores altavoces que había en la ciudad. Los bajos vomitaban un sonido profundo, como el palpitar de la tierra, que hacía que el suelo y el techo retumbaran como en un gran terremoto. En aquel momento sonaba Sex on sax *y la pista estaba a rebosar de gente de su edad bailando y saltando desenfrenados. Las luces parpadeantes paralizaban los movimientos, y en la zona de la barra, donde estaba él, la cola para pedir una bebida era interminable.*

Viernes noche, la primavera calentando con el viento del sur, y toda la vida por delante: esa era la sensación que no dejaba de trastornarlo mientras miraba aquella marea humana, viva, pertinaz, disfrutando de la existencia hasta sus últimas consecuencias.

A Pedro nunca le habían gustado las discotecas, aunque no desaprovechaba una oportunidad de pasarlo bien. Quizá porque era muy consciente de haber nacido incapacitado para el ritmo. Pero cuando Inés se lo propuso no lo dudó. En cierto modo había descubierto que su mayor afición era cumplir sus deseos.

Ver cómo brillaban sus pupilas ante la sorpresa o la ilusión, era un asunto al que dedicarse, y estaba dispuesto a ello.

Habían pasado un par de horas bailando, inmersos en aquella marabunta que saltaba y gritaba. Inés se había contoneado, feliz, mientras él intentaba seguirle el ritmo. Cuando ella bailaba, se transformaba, como una crisálida. Al principio sus movimientos eran tímidos, engarrotados. Pero cuando la música la poseía, todo su cuerpo vibraba, se contorsionaba, se volvía una con la música. Él a lo máximo que llegaba era a intentar no hacer demasiado el ridículo a su lado y a besarla de vez en cuando.

Cuando Inés le había dicho que necesitaba ir al servicio, lo agradeció porque así podía salir de la pista de baile.

Pedro no apartaba la mirada del lugar por donde ella había desaparecido. Eran las cuatro de la madrugada y muchos de aquellos colegas llevaban encima unas copas de más. Ellos dos no: Inés no pasaba de la segunda cerveza, y él igual, pues no podía permitírselo con el entrenamiento físico que estaba llevando a cabo cada día para lograr superar las pruebas de acceso a la policía.

La vio aparecer al final de la pista, al otro lado de la discoteca. Ella se detuvo un momento y lo buscó con la mirada. Pedro no perdía detalle. Cada gesto de aquella chica preciosa era un mapa del firmamento, difícil de leer. Estaba deslumbrante, o al menos eso le parecía a él, con su oscuro cabello suelto, una camiseta de verano con tirantes y escotada, y unos vaqueros ajustados.

–Por favor, que lo haga. Que lo haga –murmuró Pedro para sí, pidiendo un deseo.

Ella giró otra vez la cabeza, y al fin lo vio, cerca de la barra, apoyado en una pequeña baranda que se abría sobre la pista.

Y entonces sonrió, cumpliendo el secreto deseo del muchacho.

Pedro fue a su encuentro. La tomó por la cintura y le dio un beso.

—¿Nos vamos de aquí? —le susurró al oído.

—Me parece una buena idea.

Cuando salieron aún quedaba mucho para el amanecer; una noche sin luna.

Estaban a las afueras de la ciudad, y a esa hora todos los garitos estaban clausurados. No tenía sueño, y no quería apartarse de ella. Lo que su cuerpo le pedía hacer era diferente a lo que creía que debía hacer. Aún no. Con ella no. Quería que fuera perfecto, que ella lo sintiera como el mejor instante de su vida, porque para él lo sería, y era algo que quería recordar como un encuentro común y en perfecta armonía. Hasta ese momento solo había habido besos, pero tendría que conformarse hasta ver en su rostro, en sus ojos, que Inés estaba dispuesta a ir más allá.

—Tengo una idea —le dijo Pedro a la vez que le tendía el casco—, ¿te apetece una aventura?

—Contigo me vuelven locas las aventuras.

Él sonrió y la volvió a besar. Con cada beso su cuerpo reaccionaba. Sabía que ella lo notaba, insistente a través de los pantalones, incontrolable, como un ariete, pero todo tenía su momento y no era aquel.

Se agradecía el aire fresco de la madrugada, después de un día de sofocante calor. Aún quedaban algunas horas hasta el amanecer, y no pensaba acercarla a su casa hasta que los pájaros trinaran en el cielo.

La Vespa los llevó por estrechas carreteras rurales, donde a esa hora no había tráfico. Ella se había abrazado a su cintura, y tenía la cabeza apoyada sobre su ancha espalda.

Los besos se habían convertido en la forma preferida de expresarse. A Inés le encantaba la forma en que Pedro lo hacía. Veía el anhelo reflejado en sus ojos antes de arrojarse a sus labios. Había besado a otros chicos, pero nunca así. Nunca de aquella manera interminable, que despertaba en ella un deseo difícil de calmar.

Por ahora no habían dado ningún paso más. Él no se lo había pedido, y ella no estaba segura de querer hacerlo. ¿Habría llegado el día? ¿El día en que tendría que decidir si avanzaba en su relación? Carmina, por supuesto, la había recriminado con respecto a ese asunto. Que no se acostara con él en la primera cita estaba bien. Que tuviera reparos en la segunda, daba una imagen muy noble de ella. Pero que quisiera hacerlo, como le había confesado, y aquella quinta vez que se veían siguiera sin echar un polvo, lo veía de idiotas.

Cuando Pedro detuvo la Vespa, Inés se dio cuenta de que no había estado prestando atención a su alrededor. Cuando lo hizo, descubrió que no había nada. Solo un espacio infinito en todas direcciones, que se convertía en horizonte mirara a donde mirara.

—¿Dónde estamos?

—En medio de los arrozales.

—No hay casas, ni luces.

—Nada que estorbe la vista.

Era de una llaneza impresionante. Kilométricas plantaciones de arroz en las marismas del Guadalquivir, donde ningún elemento rompía la absoluta hori-

zontalidad. Sin resaltes en el paisaje, solo aquel terreno plano, inundado, bordeado por estrechos caminos de tierra, como si fueran arterias. La oscuridad era total, y cuando Pedro apagó las luces de la Vespa, por un momento se quedó ciega, perdida en aquel mar infinito y profundamente verde.

Él se apoyó de lado en la Vespa, y la abrazó por detrás, descansando la cabeza en el hueco de su cuello. Tenerla entre sus brazos era su ideal de perfección. Era como llegar al hogar después de la guerra, como encontrar el Vellocino de Oro tras surcar todos los peligros de los siete mares.

—Quiero que veas aquí, conmigo —le confesó Pedro—, el amanecer.

—¿Estamos mirando hacia el este?

—Sí, pero ahora observa el cielo.

Cuando Inés levantó la vista se quedó sin palabras.

Allí estaban todas las estrellas, la Vía Láctea, perfectamente perfilada en el negro firmamento. Era la misma imagen que Pedro había pintado sobre la pared del convento. Un cielo enorme, repleto de luces que parpadeaban como luciérnagas.

—Es... sobrecogedor.

—Psss... solo mira, busca una estrella fugaz y pide un deseo.

Inés le hizo caso. Quería que nunca terminase aquel momento: los fuertes brazos de Pedro rodeando su cintura, su calor reconfortándola, el cielo estrellado como si en aquel momento naciera el universo, y la expectativa de un lucero perdido que escucharía su deseo.

Buscó con ahínco, en todas direcciones. El espectáculo era tan espléndido que la tenía sin aliento. No *había luces que distorsionaran aquella belleza, solo el paisaje absoluto de un cielo nocturno embarazado de estrellas.*

Entonces sucedió.

Ignoraba cuánto tiempo había trascurrido, pero una pequeña luz blanca atravesó el firmamento, cruzándolo de norte a sur, para difuminarse al contactar con la atmósfera.

Inés cerró los ojos, muy fuerte: «Que sea él, el hombre de mi vida».

Cuando los abrió estaba segura de que se cumpliría su deseo, porque un cielo así no podía quedarse indiferente ante lo que empezaba a sentir por el chico que la abrazaba.

Capítulo 16

Pedro ya esperaba en el Mercado del Barranco cuando llegó Inés.

Había escogido una mesa apartada en la terraza, en la zona más cercana al río. Un lugar discreto donde poder charlar sin ser molestados. También, sin proponérselo, era un sitio romántico, rodeado de plantas y con unas vistas espectaculares del remanso del Guadalquivir. Cuando Inés se acercó, él se puso de pie para recibirla.

–Siento estas prisas –se excusó–, pero no estaba muy seguro de cuándo volverías a Noruega.

–Aún no he sacado pasaje. Supongo que mañana o pasado.

–¿Una cerveza, un vino?

–No voy a beber nada, gracias. Tengo que volver dentro de un rato. He dejado a mi madre y a Carmina juntas y de ahí puede salir cualquier cosa.

–Carmina… la recuerdo. Seguís siendo amigas.

–Las mejores, igual que entonces. Aunque nos vemos menos de lo que quisiera. Vivir tan lejos tiene sus inconvenientes, y el principal es echar de menos a la gente que quieres.

Pedro se preguntó si en algún momento él habría entrado a formar parte de aquel grupo añorado. También comprendió que la reunión tenía que ser tan breve como ella le había anunciado. En cierto modo lo agradeció. Aún no estaba muy seguro de por qué había insistido en darle vueltas a un asunto ya cerrado.

Inés se sentía incómoda, y Pedro también. Para colmo empezó a sonar aquel tema de Alejandro Fernández, *Me dediqué a perderte*, que fue importante para ellos en el pasado, lo que volvió la situación aún más embarazosa: la brisa del Guadalquivir, la tibieza de la tarde sevillana, la música sonando como un susurro, y el aroma de las glicinias del río. Todo parecía confabularse para convertir aquel instante en algo lleno de dobles intenciones.

Para Pedro, Inés estaba preciosa con aquella diminuta blusa blanca y el cabello recogido en una coleta alta, lo que dejaba al descubierto su cuello estilizado, como el lomo suave de un felino. Apartó la vista para concentrarse en lo que había venido a decirle, porque en aquel entorno todo hablaba de lo que una vez fueron.

–No he podido sacarme de la cabeza ese asunto de la carta desde que nos vimos. Te animé a que te olvidaras de él, y sin embargo yo no he sido capaz.

–Yo tampoco. Lo único que he conseguido es desesperarme. La figura de mi padre se está desmoronando dentro de mí, y no sé qué hacer para reconstruirla. Pero ya había imaginado que a ti te pasaría lo mismo.

Pedro sonrió. Aún lo conocía bien. Siempre había sido incapaz de pasar de puntillas sobre un misterio sin resolver.

–Ayer tuve un rato de calma en la oficina –prosiguió–, mis hombres estaban fuera y pude dedicarle tiempo a este asunto.

–¿Has descubierto algo más?

–No estoy muy seguro, por eso quería hablarlo contigo. Cuanto menos me ha resultado extraño y necesitaba contrastar la información.

–Cualquier cosa, lo que sea, será valioso para mí.

Estaba esperanzada. Sus ojos brillaban como si emitieran luz, abiertos de par en par. Era el espectáculo más espléndido de la naturaleza. Pedro aún los recordaba así: sorprendidos, enfrentándose al mundo con curiosidad y miedo. Una mezcla que la volvía irresistible. Tuvo que tragar saliva para poder continuar.

–No sé si lo sabes, pero aun siendo inspector no tengo libre acceso a todos los archivos y expedientes policiales. Intentar fisgar en cualquiera de ellos debe estar justificado, ya sea porque pertenezca a un caso abierto o porque haya detrás una orden judicial. De otra forma, hacerlo es un delito grave que Asuntos Internos castiga con dureza.

–No me perdonaría que te pusieras en apuros por mí.

–Sin embargo, hay otras fuentes que son públicas, libres, al alcance de todos, de donde sacamos la mayor parte de la información que utilizamos. Cruzarlas es la clave, y tener el instinto de saber qué estamos buscando.

–Sigue, por favor –Pedro había conseguido captar toda su atención. Pero… ¿Cuándo no había sido así?

–Encontrar información sobre esta tal «María» a secas es prácticamente imposible –continuó él–: no tenemos sus apellidos, ni un teléfono, ni se censó en la dirección que conocemos. Lo he intentado todo: servicio de correos, suministros, comunidad de propietarios, pero ha sido un fracaso.

La desilusión se dibujó en el rostro de Inés.

–¿Entonces por qué era importante vernos?

«Hay varias respuestas a esa pregunta», pensó Pedro, pero apartó aquella idea de su mente de inmediato.

–Se me ocurrió que el único dato claro que tenemos es precisamente aquella dirección de Córdoba. Es precisa, concreta, e investigable. He empezado por ahí.

–¿Y qué has descubierto?

–Que aquel piso se adquirió a través de una inmobiliaria y era ese nombre el que figuraba en la comunidad de vecinos y en los registros, algo extraño. Así que me he puesto en contacto con ellos para preguntarles por los datos de la anterior inquilina. Una Nota Simple hubiera sido suficiente, pero tarda tres días y temí que para entonces tú estuvieras ya en Oslo.

Inés se acercó hacia él, apoyando los codos en la mesa. Pedro estaba en la misma postura, lo que provocó que ambos se encontraran muy cerca. Él tuvo que tragar saliva, aunque fue ella quien expresó algo que ambos sentían.

–Estás consiguiendo que me ponga nerviosa.

–Antes de continuar quiero hacerte una pregunta.

–Dispara.

–Es delicada.

–Dispara –insistió.

–¿Tu familia y tú tenéis una propiedad en la playa?

Inés no comprendió a qué se refería. Había esperado otra cosa: algo secreto, oculto, un escándalo familiar.

–Veraneábamos en la costa de Cádiz –dijo titubeando–, pero siempre de alquiler, cada año en un apartamento distinto.

Pedro ya lo había supuesto, pero necesitaba aquella confirmación.

–Pues me temo que tu padre sí la tenía.

Aunque lo escuchó de sus labios fue como si su cerebro se negara a hilvanar aquellas palabras.

–No lo entiendo.

–El piso de Córdoba –prosiguió él–. El piso donde vivía esa mujer estaba comprado a nombre de tu padre, y con el dinero de la venta, él mismo adquirió un apartamento en el municipio de Vejer de la Frontera, Cádiz.

–Eso no puede ser cierto. Lo hubiéramos sabido. Hubiéramos tenido constancia...

En verdad Inés sabía que era cierto. Todos los asuntos los llevaba su padre: facturas, pagos, impuestos. Ella jamás le había prestado atención y su madre tampoco. Podía existir algo así y no haberse enterado.

–¿Se ha abierto el testamento de tu padre? –preguntó Pedro con cautela–. ¿Las últimas voluntades?

Inés suspiró. Aquel nuevo descubrimiento difuminaba aún más la imagen que tenía del hombre al que más había respetado.

–Aún no –contestó.

–Quizá todo esto venga reflejado allí.

–¿Crees que esa mujer..? –la pregunta había estado bailando en sus labios desde que Pedro le había revelado ese nuevo aspecto de su padre.

Él tardó en contestar. Le dio un trago a la cerveza y la miró a los ojos.

–Sí, lo creo –dijo al fin–. Que lo compró para ella.

Inés se recostó en la silla y lanzó un largo suspiro.

–Ahora sí me tomaría un whiskey solo.

Pedro levantó la mano y al instante llegó el camarero. Le pidió la bebida mientras ella perdía la mirada en las aguas del río. Sus ojos se movían de un lado a otro, sin fijarse en un punto en concreto. Supuso que estaba intentando asimilar la información, intentando comprender quién había sido en verdad el hombre al que había llamado *padre*.

El camarero dejó la copa sobre la mesa, y ella la vació de un trago. Solo entonces volvió a hablar.

–¿Qué crees que debemos hacer?

Pedro conocía bien la respuesta a esa pregunta. Era la única posible. Cualquier otra sería ahondar en asuntos y sentimientos que no traerían nada bueno.

–Tú volver a Oslo –dijo con firmeza–. En eso nada ha cambiado. Yo me acercaré a Vejer a echar una ojeada. Con lo que descubra acordaremos cómo proseguir.

Ella asintió. Había cruzado los brazos sobre el pecho, lo que era un claro símbolo de que necesitaba protegerse de todo aquello.

–¿Cuándo piensas ir?

–Mañana domingo. Es un buen día.

–Voy contigo.

Él arrugó la frente.

–Inés, ahora me arrepiento de habértelo contado.

–Has hecho lo correcto.

–Será desagradable. No quiero que pases otra vez por eso.

–No necesito que me protejas. Sé hacerlo por mí misma.

–Inés...

Pero ella no lo dejó terminar.

–Aunque no lo creas, no soy la misma de hace diez años. Eso nunca más. Si no me dejas acompañarte iré yo sola. La única verdad es que no pienso quedarme con los brazos cruzados.

Pedro la miró fijamente, intentando descubrir si había un farol en aquellas palabras. Pero su determinación era tan firme que no dudó de que lo haría.

—Bien, entonces te recogeré en tu casa a las ocho.

—No, prefiero quedar en otro lugar. No quiero que mi madre se haga ideas extrañas.

—¿Qué ideas?

Sin darse cuenta Inés se ruborizó ligeramente, e hizo aquel gesto de apartarse un mechón de pelo del rostro que él tan bien conocía.

—Que tú y yo estamos viéndonos de nuevo.

El corazón de Pedro empezó a latir con fuerza. Era sorprendente cómo los cambios más sutiles en el rostro de aquella mujer lograban alterarlo.

—Eso es absurdo —exclamó con menos firmeza de la que pretendía.

—Por supuesto, pero prefiero que ni siquiera pase esa idea por su cabeza.

—De acuerdo —terminó él—. Aquí a las ocho.

Inés se puso de pie, y él hizo lo mismo.

—Me tengo que ir. Muchas gracias. No sé qué hubiera hecho sin ti. Sigues siendo el hombre perfecto.

Le tendió la mano, y sin más se alejó, dejando en Pedro la misma sensación de que se avocaba a un desastre como la última vez que se vieron.

Capítulo 17

Ese fin de semana Pedro estaba en Tarifa, desde donde un grupo de amigos iban a atravesar el Estrecho a nado. Era un gran proyecto programado desde hacía meses al que no podía dejar de asistir. Inés no había querido acompañarlo en el bote de apoyo, pese a su insistencia. Necesitaba estudiar, ya que llevaba una semana sin apenas repasar sus apuntes y los exámenes finales estaban próximos.

Los últimos días con Pedro habían sido mágicos. Le costaba reconocerlo, pero era cierto. Tenía la capacidad de sorprenderla, de entusiasmarla, de hacerle romper las normas sin ningún sentimiento de culpa. Y también estaban sus besos.

No era una experta en materia de chicos. De hecho, había tenido tres relaciones que apenas alcanzaron unos meses, y un par de rollos en el instituto. Sin embargo, ninguno de aquellos besos se parecía a estos. Carmina lo había definido bien cuando Inés intentó explicárselo: «Son de los que hacen que se te vuelvan los ojos», y así era. Porque cada centímetro de su piel se erizaba cuando sus labios se unían, sus lenguas se entrelazaban y sus cuerpos se abrazaban sin dejar espacio de por medio. Notar su excitación también la excitaba a ella. Incluso había llegado a algo más mientras mantenía los ojos apretados y dejaba que él le devorara los labios, aunque aún se ruborizaba solo de pensarlo.

Sábado a media tarde y segundo café.

Que su padre estuviera en casa un fin de semana era extraordinario, así que mamá había preparado la tarta de manzana de los cumpleaños.

Inés intentaba centrarse en sus apuntes, pero Pedro no salía de su cabeza. Clara estaba leyendo en su sillón favorito, junto a la ventana, y Carlos repasaba un periódico, que tenía manoseado.

Aquel momento de silencio, con la tele apagada, y los tres disfrutando de ellos mismos, era una de esas cosas que quería recordar cuando alguno faltara. Felices y sencillos, como los buenos recuerdos. Solo le faltaba Pedro para que fuera perfecto.

Como si supiera que hablaban de él, un SMS sonó en su teléfono.

«Te echo de menos. Los delfines también».

Inés sonrió y su rostro adquirió una expresión que su padre, de reojo, reconoció al instante.

«Yo también a ti. Y a los delfines».

«¿Debo sentirme celoso?».

«Yo de ti tendría cuidado».

«¿Hace calor en Sevilla?».

«Yo sí lo tengo».

«Yo pienso en ti y también me acaloro».

Inés levantó la cabeza. Se acababa de dar cuenta de que sonreía como una tonta mientras se mordía los labios y apretaba las piernas. Su madre seguía absorta con Pérez Reverte, y su padre estaba concentrado en la cotización bursátil.

«Tengo que dejarte. Estoy con la familia y tenemos una tarta por delante», le escribió, a pesar de que dejarlo era lo último que le apetecía.

«Antes de salir he hecho algo insensato, para que no me eches de menos. ¿Quieres que te la cuente?».

«Estás tardando en hacerlo».

Esta vez la respuesta se hizo esperar.

«Te he dejado un mensaje escondido en un libro. En tu librería favorita. Sección de guías de viaje. India».

«¡Estás loco!».

«Por ti».

No hubo más mensajes. Ella insistió, pero su teléfono permaneció mudo. Imaginó que Pedro no tendría cobertura, o que le era imposible seguir escribiendo en el bote.

Su madre sirvió la tarta, pero Inés no podía quitarse de la cabeza lo que Pedro le había dicho. ¿De verdad le habría dejado un mensaje escondido en una guía de viajes? Volvió a sonreír mientras saboreaba la tarta.

—No recordaba que te gustara tanto —exclamó su madre, confundiendo aquel gesto.

—Está buenísima —consiguió salir del paso—. Pero tengo que marcharme. Voy a estirar las piernas un rato.

—¿Ya has terminado con los estudios? —intervino papá.

—Por hoy está bien. Os veo esta noche. Me llevo tu coche.

Salió sin dar tiempo a que leyeran en su rostro las sensaciones encontradas que sentía. ¿Cómo podía echar tanto de menos a un chico que conocía de poco más de unas semanas? La respuesta era evidente, pero por entonces no quería poner adjetivos ni sustantivos.

Encontró aparcamiento antes de lo que esperaba, cosa inusual un sábado. No se explicaba cómo Pedro podía haberse acordado de cuál era su librería favorita. Lo había comentado solo de pasada en una ocasión, al principio de conocerse.

La dependienta la saludó con una sonrisa cordial. Solía comprar allí todos sus libros, tanto de ficción como los manuales de su carrera. Esta vez no fue al departamento de ingeniería, sino que se dirigió, ansiosa, al de viajes. Las guías ocupaban toda una pared, cuidadosamente ordenadas en tres categorías: España, Europa, Otros países. Buscó con cierta ansiedad la «I», hasta encontrar una balda donde estaban todas las guías de la India. Miró a ambos lados antes de tomar la primera. Estaba dedicada al norte del país y era bastante voluminosa. Ojeó todas sus páginas, como si fuera un abanico. Allí no había nada.

Cuando tomó la penúltima empezó a pensar si todo aquello no habría sido una broma de Pedro, lo que le confirmó no hallar nada en la última de las guías de la estantería. Se sintió un tanto estúpida, sin comprender ni por qué Pedro le había gastado esa broma ni por qué había salido de su casa a toda velocidad en cuanto él le había insinuado aquello.

Iba a marcharse cuando se dio cuenta de que aún le quedaba una por revisar. Estaba fuera de sitio, tumbada sobre la cubierta, justo en la balda superior a la indicada. En el lomo ponía claramente India. *Lo dudó antes de cogerla. Estaba un poco enfadada consigo misma y con aquel juego. Volvió a mirar a ambos lados y al final, con cuidado, la deslizó de donde estaba.*

Al abrirla apareció el papel. Estaba justo en el centro, doblado sobre sí mismo. Un trozo de libreta, a cuadros, con algo garabateado.

¡Creía que nunca me descubrirías! ¿Ha sido difícil? Seguro que ahora sonríes. ¡Objetivo conseguido! Pero esto no va a ser tan sencillo como crees. Me gusta cuando suspiras. Te he dejado otro mensaje donde suspiran las tres. ¿Seguimos?

Una sonrisa boba se colgó de sus labios. ¿Cómo era posible que aquel chico medio desconocido supiera exactamente cómo iba a reaccionar? Quizá fuera evidente. Quizá cualquier chica, ante un mensaje como aquel, hubiera hecho lo mismo. Quiso creer que no era así y salió de la librería con la firme intención de descubrir aquel secreto. De pronto se encontró en medio de una de las calles más transcurridas sin saber a dónde dirigirse.

«Suspiros». Esa era la clave. A diferencia de lo que ocurría en Venecia, en Sevilla no había un Puente de los Suspiros, ni nada similar. ¿Se referiría a un árbol, una canción, una calle? Miró el callejero, pero no encontró ninguna pista. El buscador tampoco le dejó nada claro.

–Tres suspiros, tres suspiros –murmuraba mientras caminaba sin rumbo.

De pronto se le ocurrió una idea peregrina, y encaminó sus pasos hacia allí. Creyó haber hablado alguna vez de aquello con Pedro. Estaba lejos, pero no tenía nada mejor que hacer y su chico no volvería hasta el lunes. Además, aquella era una manera de estar más cerca de él.

Veinte minutos después llegaba al Parque de María Luisa. Accedió al jardín atravesando el Prado de San Sebastián y en unos minutos entraba en la Glorieta de Bécquer. Siempre le había encantado aquel lugar. De hecho, era uno de sus sitios preferidos, y por supuesto se lo había contado a Pedro: Un espacio perdido, con un gran árbol en el centro, alrededor del cual se sentaban tres figuras de mármol, tres mujeres que suspiraban por el amor ilusionado, poseído y perdido. Alrededor del monumento había un pequeño arriate.

Esperó a que una pareja de turistas se marchara y, con cuidado de no pisar las flores, se acercó al monumento. Dio un par de vueltas a su alrededor, pero no tardó mucho en encontrar lo que esperaba. Entre las manos entrecruzadas de la primera figura había un trozo de papel doblado de la misma naturaleza que el encontrado en la librería.

De nuevo aquella sonrisa iluminó su cara. Salió deprisa de aquel cercado, con el mismo cuidado que al entrar, y se sentó en uno de los bancos, notando cómo se le aceleraba el corazón en el pecho:

Si has llegado hasta aquí es que eres una chica lista, además de preciosa. ¿Qué vas a hacer un sábado por la tarde sin tu hombre? Tengo que hacer algo para entretenerte. Una vez me dijiste que de niña te gustaba darles de comer a los patos. Yo volvería a hacerlo. Y una isla en medio de un lago es el lugar perfecto.

Esta vez no tuvo dudas. Sabía a dónde debía dirigirse. La tarde era agradable, y a pesar del frescor el parque estaba solitario. Le gustaba así. Ella era solitaria también, en el fondo era consigo misma como mejor se encontraba... hasta la aparición de Pedro.

Atravesó plazas y avenidas bordeadas de una vegetación frondosa, hasta llegar al estanque. De pequeña iba hasta allí con su padre para darle de comer a los patos y los cisnes. En el centro del lago artificial estaba la Isleta de los Pájaros a la que se accedía por un puente. No había nadie en los alrededores, pero no sintió miedo. Creía saber a donde tenía que dirigirse.

En un extremo apartado de la isleta estaba el pabellón, un pequeño cenador, abovedado y rodeado de columnas que se adentraba en el lago. Era uno de aquellos espacios únicos, recónditos, y tremendamente románticos de la ciudad.

Cuando llegó al templete se dio cuenta de que casi corría.

Tenía muchas ideas sobre dónde había podido dejar Pedro el nuevo mensaje: entre las columnas, pegado a la barandilla de metal, en alguno de los ángulos que formaban los bancos de cerámica.

A su alrededor los árboles lo inundaban todo, con una sombra fresca y agradable.

Cuando se dio cuenta estaba en medio del cenador, mirando hacia el frente.

—Creí que nunca llegarías.

Al girarse allí estaba Pedro.

Su sonrisa pícara.

Sus ojos verdes y brillantes.

Las manos en los bolsillos.

La cabeza ladeada, como si se preguntara cuánto tiempo iba a tardar su chica en tirarse a sus brazos.

—Estabas aquí.

–*Había temporal en el Estrecho. Hemos llegado y nos hemos vuelto.*
–*¿Y por qué todo esto?*
–*Porque mi cabeza no para un instante de dar vueltas sobre qué tengo que hacer para conseguir enamorarte.*
Ella no respondió.
Se arrojó a sus labios y le dio un beso.
El beso.
Porque aquel chico descarado ya no tendría que hacer nada más para lograr su objetivo.

Capítulo 18

–¿Sigues teniendo aquella Vespa?

Habían salido temprano, camino de Vejer, y hacía tiempo que abandonaron la autovía para deambular por las dehesas gaditanas. Pedro apartó un instante la vista de la carretera para mirarla a los ojos. Una pregunta solitaria tras un rato de silencio y algo de conversación banal, donde habían evitado hablar de ellos mismos. Las pupilas de Inés estaban fijas en él, llenas de curiosidad.

–Está en el garaje de mis padres. Apenas la utilizo. ¿Aún te acuerdas de ella?

–No podría olvidarla.

–Mi mejor amiga.

–La primera moto en la que me subí y el primer chico motorizado con el que salí.

–No es una moto, es una Vespa.

–Por supuesto. ¿Cómo he podido cometer semejante error dos veces en mi vida? –dijo tras una sonrisa deslumbrante–. Y ahora que recuerdo, ¿sigues haciendo grafiti?

–Claro. Esa es una pasión que no se abandona.

—¿Y es compatible con ser policía?

—¿Por qué no?

—No sabía que estuviera permitido por la ley.

—Y no lo está. Es cuestión de hacerlo donde nadie pueda sentirse molesto.

—Como en aquella azotea del convento.

Pedro sonrió. Aún iba de vez en cuando a aquel lugar. El paso del tiempo había sido inclemente con su mural, pero mantenía cierto encanto.

Pedro quería saber más de ella. Todo de ella. Aunque no estaba muy seguro de dónde terminaría el límite de su nueva amistad. Intentó ser cauteloso.

—¿Hace tanto frío como dicen? En Noruega.

—Más del que te imaginas.

—¡Oye, que he escalado el Mont Blanc!

—Pues entonces es como si siempre estuvieras en la cumbre. La vida la hacemos en casa, o en la de los amigos. Cuando vuelvo a Sevilla lo primero que busco es tomarme una cerveza en la calle, disfrutar del sol rodeada de gente y hablando con desconocidos.

—Sol y amigos. Una buena combinación.

—Al final te das cuenta de que esas cosas que te molestaban cuando eras muy joven son las que buscas cuando no tienes acceso a ninguna de ellas. Gente que da los buenos días aunque no te conozca —volvió a sonreír—. El sur marca. Es casi una necesidad. Sin esta luz y sin este calor del que tanto nos quejamos nos sentimos desnudos.

Pedro la miró con una mueca cómica en el rostro.

—Pues sentirte desnuda en un país con tanto frío debe ser algo muy malo.

—No sabes hasta cuánto.

Ambos rieron de nuevo. Parecía mentira que solo

una hora antes apenas supieran qué decirse, atrapados juntos en el habitáculo de un coche. Cada uno intentando mantener una conversación intrascendente. Ahora todo parecía fluir de nuevo.

–¿Has encontrado allí el hogar que buscabas? –le preguntó con la mirada fija en el asfalto.

No quería que lo tomara como una curiosidad personal, sino como una conversación más entre viejos amigos.

–He llegado a una conclusión de subsistencias: que mi hogar está donde me encuentre yo y la gente a quien quiero, así que lo sigo teniendo repartido entre Oslo y Sevilla. Un corazón dividido, ya ves.

–Porque allí... te quieren –insistió él.

–Eso dicen. Eso creo.

Por la forma en que Inés había ronroneado como una gatita cuando aquel tipo noruego la llamó camino de Córdoba, la cosa debía ir bien entre ellos dos. Si Inés le importaba a Pedro tanto como pensaba, su felicidad tenía que ser un motivo de dicha. Sin embargo, solo de recordarlo, conseguía que un sabor agridulce se le instalara en la boca.

–¿Qué tal tipo es?

–¿Björn? –Inés miró hacia el techo, como si necesitara recordarlo–. Es un artista. Viaja mucho y suele tener periodos donde necesita estar solo. En nada expondrá en Madrid. Si puedes, deberías ir a ver su colección.

Él asintió, pero no era eso lo que preguntaba.

–Me refería a cómo es.

De nuevo Inés tuvo que pensarlo. No se le había ocurrido definirlo. Cuando hablaba de Björn con Carmina todo se centraba en sus atributos físicos.

—Amable, cariñoso, atento —dijo al fin—. Supongo que el hombre perfecto.

Pedro arrugó la frente, pero no la miró.

—Así que por tu vida hemos pasado dos hombres perfectos.

Inés fue incapaz de adivinar el tono en el que lo había dicho. Supuso que en el mismo jocoso con el que seguían hablando. En el pasado ella decía precisamente aquello de Pedro. Que era «el hombre perfecto». Aún lo creía así. Al menos, el muchacho que fue, durante un breve plazo de tiempo, era «el chico perfecto».

—En verdad sois muy distintos —terció al cabo de un rato.

—¿En qué?

—A pesar de ser un pintor con cierto prestigio, Björn es previsible, tú eres... eras, una especie de incógnita llena de sorpresas.

Ahora sí la miró: cejas fruncidas y una expresión inidentificable en los ojos.

—Eso suena a algo muy malo.

—En absoluto —volvió a sonreír—, pero no creo que tú y yo hubiéramos podido llegar a nada serio. Tardé en comprenderlo, pero fue lo que me ayudó a sentirme bien.

—Lo nuestro fue muy serio para mí —insistió él.

—Éramos dos niños.

—¿Con veintitantos? —soltó un resoplido—. En lo sexual éramos completamente maduros. Y creo que nos sentíamos lo suficientemente adultos como para haber construido algo sólido.

Ella se sonrojó. Había varios motivos para ello. El primero, las noches en las que aún soñaba con Pedro desnudo, abrazándola. Era un sueño recurrente desde que se instaló en Oslo. Carmina decía que tenía que hacérselo mirar por un loquero. Ella estaba segura de que eran simples reminiscencias.

El segundo, porque con aquella afirmación llegaban a un punto al que hacía años que no había querido acercarse.

–Entonces... –dijo con cautela–, ¿por qué?

Pedro volvió la vista a la carretera, pero no relajó la frente. Hubo un instante de silencio, hasta que él habló de nuevo, más calmado.

–Quizá tengas razón, y fuéramos un tanto inmaduros.

El aire contenido en los pulmones de Inés salió en un largo y quedo suspiro.

–Me gusta que podamos hablar del pasado sin rencor –pudo decir ella, retirando un mechón de cabello de su boca, que el viento se empeñaba en arremolinar–. Ver que lo que hubo entre nosotros ha sanado. Cuando iba camino de la comisaría, la primera vez que nos vimos, pensaba en qué dirías. En cómo reaccionarías al verme.

–Nunca podría hacer nada que te hiriera –contestó Pedro con voz ronca–. En todo caso tú tendrías que reprocharme muchas cosas.

–El tiempo lo cura todo.

–Ahora somos un par de adultos responsables.

De nuevo se quedaron sin palabras. En aquel momento no eran necesarias, pero hubieran sido bienvenidas para ambos. Fue Inés la que quiso saciar su curiosidad.

–Me dijiste que no hay ninguna chica en tu vida. ¿Cómo es posible? En aquel tiempo solo tenías que chasquear los dedos. Y ahora, he de reconocerlo, eres más atractivo que entonces. Ese halo tuyo de rebeldía no puede pasar desapercibido a una mujer.

Él la miró, incrédulo.

–¿De verdad? ¿Me estás echando un piropo?

–No voy a volver a repetir eso, así que date por enterado.

–Es un poco más complicado que chasquear los dedos. Tiene que haber algo entre los dos, entre una chica y yo, ¿no crees?

Lo miró, incrédula.

–¿Y en todos estos años no has encontrado a ninguna mujer especial?

–¿Te refieres a si he sido casto?

–Eso entiendo que no.

¿Cómo se lo explicaba? Le gustaba el sexo como al que más. Se desvivía por satisfacer a su compañera de cama. Pero cuando has rozado algo perfecto, todo lo demás se convierte en una tenue sombra de aquello. ¿Cómo lo explicaba sin echarlo todo a perder?

–He salido con muchas mujeres –contestó con cautela–. Con algunas durante algún tiempo. Pero al final las cosas no eran como alguno de los dos quería.

–Espero que tengas suerte en el futuro.

–Yo también –aquella conversación le había trastornado más de lo que esperaba. Decidió que ya había llegado la hora de abandonarla–. Vamos a aparcar por aquí.

Vejer de la Frontera se alzaba, como el lomo plateado de un felino, sobre la ladera de una alta peña a cierta distancia de la costa. Pero Pedro no había conducido hasta la villa. Se había desviado a la costa, a unos diez kilómetros de la ciudad, para aparcar en una zona medio desértica de playas rurales que ella conocía bien.

–¡El Palmar! –exclamó Inés, extasiada.

–Si caminas un kilómetro hacia la derecha hay un

par de bares abiertos, y hacia la izquierda no te encontraras con un alma. Puedes elegir.

–Pero...

–Te he dejado que me acompañes –esta vez el tono serio de la voz de Pedro no admitía réplica–, pero allí arriba solo me entorpecerás. No es una decisión paternalista, ni siquiera machista, como puedes estar pensando. Yo soy el profesional y sé cuando tengo que tomar las riendas de un asunto. ¿De acuerdo?

Inés no se atrevió a replicar porque sabía que llevaba razón.

–De acuerdo.

–Si encuentro a esa mujer volveré a por ti para que hables con ella. De todas formas estaré aquí en un par de horas. Hace un día espléndido, disfruta del sol.

–Te estaré esperando. Quedarme en Sevilla hubiera sido insufrible.

Inés vio cómo el coche se alejaba, y agradeció no haberse tenido que enfrentar a aquello que habían venido a buscar. En Córdoba había sido no solo doloroso, sino que había perdido los papeles. Sabía que aquí sucedería lo mismo, porque descubrir el pasado de su padre se asemejaba a abrirse en canal y echarse sal.

Pasó la mañana deambulando por la playa, una enorme extensión de arena blanca bañada por un mar de un azul sorprendente. Pensaba en cómo hubiera sido su vida si no hubiera dado el gran salto de cambiar de ciudad, de país, de mundo. Sabía que todas aquellas elucubraciones eran tan falsas como un billete de quince euros. El tiempo no se podía reescribir. Simplemente pasaba. Y las oportunidades eran como un tren en marcha con un único destino, o te subías o no volverían jamás a la estación.

La inmensidad de arena blanca logró serenarla. De pequeña había veraneado allí un par de años, una playa salvaje donde la naturaleza lo inundaba todo. Ya no era así. Había más construcciones, y algún equipamiento playero. En la dirección que le había marcado Pedro se detectaba cierto movimiento, pero en la zona donde se encontraba no había ni un alma.

No supo cuánto tiempo había pasado cuando vio aparecer el coche de Pedro. Él lo dejó en el mismo sitio de antes, y recorrió los metros que los separaban hasta la orilla del mar.

—¿Qué has descubierto? –le preguntó en cuanto él se derrumbó a su lado, acomodándose en la arena.

No parecía muy contento.

—He encontrado el piso. Está cerrado desde hace tres años. Los vecinos y tenderos dicen que no ha cambiado de dueño. Cuando nos llegue la nota simple del Registro o se abra el testamento de tu padre sabremos si sigue siendo de él, o de la inmobiliaria que le ayudó a encontrarlo.

—¿Te han hablado de mi padre?

Se encogió de hombros. Desde que había salido de Vejer estaba preguntándose cómo contarle todo aquello.

—He enseñado su foto. Algunos lo recuerdan, aunque vagamente. Dicen que hace cuatro o cinco años venía de vez en cuando por aquí. Sobre todo los fines de semana. ¿Tiene eso sentido para ti?

Claro que lo tenía. De hecho, parte de la mentira que había sido su vida tenía como punto de partida aquellos fines de semana.

—A causa de su trabajo papá se marchaba los viernes y volvía los martes –contestó intentando contener las lágrimas que automáticamente habían acudido a sus ojos al enterarse de que esta sospecha también era cierta–. Apenas pude disfrutar de un domingo con él, solo las pocas veces que no tenía que viajar.

–Pues me temo que ya sabemos a dónde venía. Al menos en los últimos años y hasta hace un par de ellos.

–¿Y la mujer?

Pedro volvió la vista al mar. Las olas rompían suaves a unos pocos metros de donde estaban sentados.

–A ella la recuerdan bien. Frecuentaba, además de a tu padre, a otro hombre –continuó–. Me la han descrito como morena, muy bonita. Elegante. Una mujer de bandera, me han dicho. Ella vivía aquí, y él la visitaba muchos fines de semana.

–Así que es verdad. Ha existido y eran amantes. O quizá, por lo del otro hombre, una mujer que vendía su amor por dinero.

Pedro se recostó en la arena, sosteniéndose sobre los codos.

–Puede haber otra explicación, pero esa, por ahora, es la más coherente.

El grito de las gaviotas y el sonido exiguo de las olas al morir en la orilla era lo único que les rodeaba. Hubo un instante de silencio, hasta que Inés pudo procesar toda aquella información que ya había supuesto, pero que aún se negaba a admitir.

–Durante toda mi infancia mi padre nos dejaba a mí y a mi madre para irse con otras mujeres. Esa es la conclusión. La misma que sospeché en el instante que leí la carta.

–Quizá solo fue durante un breve periodo de tiempo –él intentó aliviar el golpe–, durante estos cinco o seis años. Una aventura de hombre maduro. No juzgues todo su pasado solo por eso.

Inés negó con la cabeza.

—Si nos engañó a mi madre y a mí con esta mujer, ¿quién me asegura que no ha sido siempre así? ¿Que desde el principio no estuvo con unas y con otras?

—Yo no me precipitaría en mis conclusiones y me atendría a lo que sabemos. Hemos llegado al final y la única conclusión cierta es que tuvo una amante durante algunos años. Asimílalo y sigue adelante. El mundo no se derrumba por eso.

Ella se tapó la cara con las manos. Pedro no parecía entender que todo se resumía en una enorme sensación de no haber vislumbrado a la persona a la que más había querido.

—Todo ha sido mentira, no lo conocía en absoluto. Eso es en verdad lo que me duele. La infidelidad le tocará purgarla a mamá, pero la traición, eso es una herencia de las dos.

—Lo que viviste fue real —puso una mano sobre su espalda, que retiró al instante—. Cualquiera de nosotros guardamos un secreto. Eso no implica que el resto de nuestra vida sea una mentira.

—¿Tú guardas un secreto?

Lo miró a los ojos, desafiante, y él mantuvo la mirada durante algunos segundos.

—Sí.

—¿Uno que puede cambiar el destino de los que te quieren? Porque ese tipo de secreto era el que tenía mi padre.

Si ahora apartaba la mirada, pensó Pedro, ella seguiría hundiéndose en aquella idea nefasta, así que no lo hizo.

—Sí, es posible que mi secreto sea de esa naturaleza.

Inés también se recostó en la arena. Estaba cansada y también angustiada.

—No lo conocía. He vivido engañada todos estos años. ¿Cómo se lo voy a decir a Mamá? Se enterará cuando se abra el testamento. ¿Cómo va a asimilar que el hombre con el que ha compartido su vida era un falso y un mentiroso?

—Te precipitas, Inés.

—¿Cómo va a entender ella que su vida ha sido una mentira?

Empezó a llorar, y Pedro llegó a la conclusión de que eso era algo que no podía permitir.

De un salto se puso de pie.

—Vamos.

Ella apartó los dedos del rostro un instante para mirarlo. Él le tendía la mano, pero ignoraba para qué.

—¿A dónde?

—A bañarnos. Hace calor. Nos despejará.

Se sentó de nuevo en la arena. Había dejado de llorar y lo miraba sin comprender.

—No he traído bikini.

—Tampoco yo bañador.

—¿En ropa interior?

—No era esa mi intención.

Sin más se quitó la camiseta, que arrojó a la arena, dejando el torso desnudo. Inés contuvo la respiración porque un flash de aquel mismo cuerpo acababa de aparecer en su cabeza, de muchos años atrás pero casi tan perfecto como ahora. Había un pequeño tatuaje en forma de corazón roto, justo en la zona donde este debería de estar. Era nuevo. Antes no estaba allí. Pedro, utilizando la puntera de una bota ya se había sacado la otra y ahora trasteaba con el cinturón.

–Vamos –insistió, mientras se bajaba los pantalones, quedándose en slips–. Somos amigos y adultos, y ya nos hemos visto desnudos en el pasado.

Con un último tirón se deshizo de la ropa interior, quedando desnudo frente a ella. Inés lo miró, sin saber qué hacer. Su cuerpo era como el diseño acabado de un boceto que conocía bien en su juventud. Ahora todo era más anguloso, más marcado, más fuerte. Siempre le había gustado aquella ligera línea de vello oscuro que dividía sus pectorales y bajaba hasta su pubis. Siempre le había fascinado la forma definida de su canal inguinal, que separaba y definía los fuertes abdominales. Recordaba haber recorrido aquel surco con la yema del dedo, como si fueran un camino de baldosas amarillas.

–Estás loco –exclamó.

–Sé cómo aligerar las penas de una buena amiga.

Seguía de pie, ante ella. El sol a su espalda, creando a su alrededor un aura como si irradiara luz. Como un Apolo.

Aquella seguridad de siempre, la forma diferente en que Pedro resolvía los problemas, lograba provocar en ella cosas que hacía años que creía olvidadas. Al fin Inés se puso de pie, y antes de empezar a desnudarse, pensó que Björn nunca hubiera hecho algo así, y que debía de andarse con cuidado.

Porque precisamente aquel tipo de locuras eran las que hicieron que en el pasado se enamorara como una tonta del hombre desnudo que tenía delante.

Capítulo 19

Por la forma en que Inés se arrojó sobre el sofá, su padre supo que las cosas no andaban bien.

–¿Te preparo un café? –preguntó Carlos, dejando a un lado el ordenador portátil en el que había estado trabajando.

–No.

–¿Un vaso de leche?

–Nada, gracias. Estoy bien así.

–Pues entonces me dejas sin recursos para adivinar qué te pasa.

Ella no lo miró. Sabía que si lo hacía encontraría unos ojos amigables y una sonrisa de comprensión, y no quería enfrentarse a eso.

–No me pasa nada –bufó una vez más.

Esta vez Carlos no se hizo rogar. Se sentó a su lado y la cogió entre sus brazos, como cuando era pequeña. Por supuesto su hija se revolvió. No le gustaba que la tratara como a una niña. Aunque en el fondo, muy en el fondo, eso era lo que venía buscando cuando había dado con sus huesos en el sofá.

–Así que estás enfadada.

—No.
—La vida para ti es una puta mierda.
Solo decía tacos cuando quería arrancarle una sonrisa, y a pesar de su mal humor lo consiguió. Eso le dio ánimos a Carlos para indagar.
—¿Me vas a contar ahora a qué viene esa cara avinagrada?
Inés aún lo pensó antes de decirlo. Su padre tenía grandes expectativas puestas en ella. No solo temía defraudarlo, sino que tampoco quería que la imagen que él se había construido de su única hija se desvaneciera.
—He suspendido «Gestión de proyectos» —soltó como una confesión arrancada con un hierro candente.
Carlos apretó los labios y la abrazó más fuerte.
—No es tan grave —le dijo—. Lo recuperarás más adelante.
—No es solo eso. Todas mis notas han empezado a bajar. No quiero un aprobado. Quiero una matrícula.
Estaba angustiada. Había sacrificado muchas cosas en los últimos años para cumplir su sueño: mientras sus amigas se divertían, ella estudiaba; mientras salían con chicos, ella estudiaba; mientras disfrutaban de la vida, ella estudiaba. Y ahora que la recompensa estaba al alcance de la mano, sentía cómo se le escapaba de los dedos, como un trofeo que suben en un tren en marcha, y que por más que corres intuyes que nunca alcanzarás.
—Seguro que lo conseguirás —afirmó su padre con vehemencia.
—En este momento no apostaría por ello.
—¿Y a qué crees que se debe este bajón en tus notas? —preguntó Carlos con cautela.

—No lo sé.

Claro que lo sabía, pero iba a tener que ser él mismo quien pronunciara su nombre.

—¿Es posible que ese tal Pedro tenga algo que ver?

—Es posible —dijo ladeando la cabeza para mirarlo a los ojos.

Su padre la observaba con enorme ternura. Esa que nunca le faltaba cuando sus pupilas se fijaban en ella, aunque tuviera que reprenderla o ponerla en su sitio.

—¿Y qué piensas hacer? —preguntó al fin.

Ella suspiró. Esa era la cuestión: que hacer. Las cosas fáciles siempre eran las más complicadas.

—Cuando estoy con Pedro —dijo mientras buscaba las palabras adecuadas—, tengo la sensación de que eso es lo único importante en mi vida, estar con él. Y cuando no lo estoy, lo echo tanto de menos que solo pienso en verlo de nuevo. Lo malo es lo que me ha pasado esta mañana. Cuando me llega una nota suspendida, mi cabeza no deja de decirme si no estaré desatendiendo lo que de verdad importa, que son mis estudios y mi proyecto de futuro.

Carlos hizo una mueca con los labios. No esperaba menos de su hija que un serio análisis de la situación.

—Si alguien me pidiera un consejo yo se lo daría.

Ella sonrió. Su padre le había enseñado a decidir por sí misma y a no fiarse de los consejos de los demás: «cada persona es un mundo y cada circunstancia única». Eso decía.

—¿Qué crees que debo hacer, papá? —le preguntó, encogiéndose sobre sí misma.

—Si estás bien con ese chico, no lo dejes. Nunca se sabe cuándo puede aparecer la persona adecuada. Habitualmente lo hace en el momento menos oportu-

no: cuando estamos terminando los estudios, como en tu caso, o cuando la vida te lleva en la dirección contraria. Así es.

–Pero... –no esperaba ese consejo. Estaba contrariada–. ¿Y si sigo suspendiendo?

–Es un riesgo –se encogió de hombros–. Quítale horas al sueño, dosifica los espacios de tiempo en que os veis, actúa como creas conveniente. Pero si crees que ese muchacho merece la pena, no lo dejes escapar.

Lo abrazó con fuerza. Aquellas palabras eran exactamente lo que necesitaba oír, aunque fuera lo contrario a lo que podía esperar que le aconsejaría su padre.

Esa mañana, cuando había recogido la nota, lo primero en lo que pensó fue que lo que había entre Pedro y ella debía terminar. Pero si su padre, la persona en quien de verdad confiaba, no lo veía así, quizá...

–Temía contártelo –confesó Inés–. Pensaba que le echarías la culpa a Pedro y me obligarías a que dejara de verlo.

–Eso nunca. Sé cuando mi «saco de huesos» está encandilada.

Ahora fue ella quien lo abrazó con fuerza y le dio un beso en la mejilla.

–Te quiero, papá.

Él se lo devolvió.

–Y yo a ti. Eso no lo dudes nunca. Ni siquiera cuando ya no esté.

Odiaba que hiciera esos comentarios. ¿Cómo no iba a estar? Jamás la abandonaría. Él no.

–Eso no pasará nunca, papá –lo regañó–. Eres demasiado controlador como para dejarnos a mamá y a mí solas.

–Tienes razón, pero jamás se sabe qué nos depara el destino.

Inés pasó la tarde dándole vueltas a sus apuntes, sin poder concentrarse. A las siete ya se había dado cuenta de que aquel día estaba perdido para el estudio. Se dio un baño en la piscina, pero seguía teniendo aquella sensación de que le faltaba algo. Sus padres habían salido, pero le habían dejado el coche. No lo pensó más. Fue a darse una ducha y al poco estaba vestida y conduciendo camino del centro de la ciudad.

Sabía que Pedro terminaba de remar a aquella hora. Si se daba prisa le daría una sorpresa. Aquel día no habían quedado. No porque él no hubiera insistido, sino porque ella quería avanzar en sus estudios.

Cuando Pedro dejó el kayak en el pantalán la encontró en tierra firme, apoyada en uno de los postes que bajaban al río. Nada más verla, su rostro cansado por el esfuerzo se iluminó. Le pasaba siempre que la veía, y más cuando la descubría sin esperarla.

Fue hasta ella y la tomó por la cintura, aunque sin apretarla contra su cuerpo como otras veces: estaba sudoroso y necesitaba una ducha cuanto antes.

–No esperaba verte aquí –ronroneó cuando consiguió apartar sus labios, cosa que no fue nada fácil.

–Quería darte una sorpresa.

–Pues me has hecho feliz.

Otros remeros ya volvían al club, que cerraría sus puertas en breve.

Una chica preciosa acababa de dejar la piragua. Al pasar junto a ellos le puso a Pedro una mano en el hombro.

–¿Cuántos largos te has hecho?

–Cinco.

—Eso hay que celebrarlo con una cerveza.
—¡Hecho! Habrá que buscar un hueco —contestó él guiñándole un ojo.

Aquella chica apenas se fijó en Inés, o más bien la ignoró como si no existiera.

Pedro volvió a besarla, aunque esta vez ella no le correspondió, pero él no le dio importancia. Supuso que debía oler fatal después de dos horas de ejercicio al máximo rendimiento.

—Me doy una ducha, cinco minutos, y nos vamos. ¿De acuerdo?

Ella se apartó un poco, apenas un paso atrás, lo justo para salir de su influencia.

—Mejor... creo que voy a volver a casa.

Pedro la miró extrañado.

—¿A casa? ¿Por qué?

Acababa de llegar. Había supuesto que irían a tomar algo juntos y que le permitiría acompañarla de vuelta.

—No sé —dijo ella, metiendo las manos en los bolsillos—. Quizá quieras tomarte algo con tu amiga.

Pedro no terminaba de comprender qué había sucedido.

—¿Esa chica y yo? Tenemos el mismo preparador físico. También quiere ser policía —una idea clara empezó a iluminar su mente—. ¿Estás celosa?

—Por supuesto que no —dijo al instante.

—¡Estás celosa!

El rostro de Pedro se había iluminado de nuevo con una enorme sonrisa.

—No seas absurdo —se quejó Inés.

—Un poco de celos significa que te importo un poco. ¿Del uno al diez?

–Un dos, si acaso.
–Mientes de nuevo. Al menos un nueve. Lo veo en tus ojos.
–Solo he venido a saludarte –de nuevo reculó un par de pasos. Sucedía algo y Pedro no lograba saber qué era–. He de volver a casa.
–Quédate conmigo.
–No puedo.
–Por favor.
–¿Es que no entiendes que tengo otras cosas importantes que hacer?
Él recorrió la distancia que los separaba y la tomó de nuevo por la cintura.
–Por favor.
Para Inés era tremendamente difícil gestionar todo aquello. Demasiadas emociones, algunas de ellas desconocidas hasta ese instante, como los celos. Porque sí, se había sentido celosa cuando aquella chica bonita había tonteado con Pedro ante sus narices.
–Me gustas –exclamó Inés sin saber muy bien qué decía–. Pero has llegado en el peor momento.
–No hay malos momentos si existe magia entre los dos. Y sé que entre nosotros corre a raudales.
Que era algo maravilloso era incuestionable. No solo lo que los dedos y los labios de aquel chico lograban con su piel, sino los sentimientos que lograba despertar, como la conciencia de que formaban parte de un mismo centro, dividido en dos por el destino.
Sin embargo, algo dentro de Inés la impulsaba a apartarse de él, con cualquier excusa, buena o mala, pero que lograra devolverla a aquel estado de paz, de serenidad en que se encontraba antes de que Pedro apareciera.

—*Para ti todo es muy fácil* —*le recriminó.*
—*Te aseguro que no es así.*
—*Has terminado tus estudios, te preparas unas oposiciones que sabes que vas a aprobar, y el resto del día haces deporte y encandilas a las chicas que se te acercan.*
—*Eso es una forma muy dura de juzgarme.*
Había fruncido la frente, pero sus ojos seguían brillando, clavados en ella.
—*Es la verdad* —*insistió Inés*—. *Yo tengo que romperme la espalda estudiando, porque no soy tan lista como tú, ni lo tengo tan claro como tú, ni soy tan encantadora y fascinante como lo eres tú.*
Llegados a aquel punto, Pedro estaba completamente perdido. Nunca había entendido a las chicas, pues actuaban por impulsos muy diferentes a los de sus colegas o él mismo, pero aquella situación escapaba completamente a su capacidad de encontrar pistas, indicios, sobre algo terrible que había debido hacer sin darse cuenta.
—*¿Qué diablos te pasa?* —*exclamó.*
—*Creo que no debemos seguir viéndonos.*
Aquella revelación, cuando él estaba seguro de que todo marchaba a la perfección entre los dos, lo cogió desprevenido.
—*¿Por qué?*
—*Porque vamos en direcciones opuestas.*
—*Dime qué dirección debo tomar y la tomaré.*
—*No es tan fácil.*
Tenía la sensación de que ella se le escapaba de los dedos, como el agua de las manos de un sediento, y no sabía qué hacer para retenerla.
—*No hablo de fácil o difícil* —*intentó explicarse*—. *Si*

para que estés conmigo tengo que saltar en paracaídas lo haré, o tirarme a un pozo, o ir a un concierto de Luis Miguel. Estoy dispuesto a hacer todos los sacrificios.

–Te lo tomas a broma –protestó Inés, buscando también una excusa dentro de sí misma para actuar como lo estaba haciendo.

–Pocas veces he hablado tan en serio.

Ella lo miró a los ojos. Graves y fijos en los suyos, sin pestañear. Intentando descifrar qué sucedía en la cabeza de aquella chica preciosa que lo tenía trastornado. Inés tenía una sensación de vacío que no había conocido antes. Todo en ella la arrastraba hacia los brazos tendidos del joven que la miraba con dureza y desamparo. Pero algo, una sola razón, hacía imposible que siguiera sus instintos.

–Los siento –dijo haciéndose la dura–. No funciona.

Sin más dio la vuelta y se alejó de él.

Esta vez Pedro no la siguió. Se había quedado clavado a la tierra, como un árbol centenario de profundas raíces.

–Inés –la llamó.

–Ha estado bien –se volvió sin dejar de caminar–, pero no funciona.

–Por favor, no te vayas.

–Busca a otra chica –no iba a llorar. Delante de él no iba a hacerlo–. A alguien que no te vaya a joder la vida.

Pedro fue incapaz de ir en su busca, porque acababa de comprender que quizá él no era el hombre perfecto para ella, como había pensado desde el mismo instante en que la vio.

Capítulo 20

El camino de vuelta a la ciudad había sido silencioso.

Bañarse en el mar, desnudos, resultó una experiencia tan emocionante como extraña. Como si, en un parpadeo, hubieran desandado diez años y nada hubiera cambiado.

Pedro había dado un puñado de zancadas y se había arrojado de cabeza al mar. Ver su cuerpo desnudo, bañado por la luz atlántica del sol, llegaba a ser deslumbrante. Ni ahora ni entonces sentía el más mínimo pudor por desnudarse ante cualquiera. Era una mezcla de seguridad en sí mismo y de arrojo ante los acontecimientos. Una forma de enfrentarse al mundo tal y como era. Y era hermoso. Un cuerpo fuerte, modelado por la afición al deporte y por una naturaleza que había sido generosa con sus atributos.

Inés intentó no mirarlo mientras se mostraba expuesto ante ella. Sabía lo que él estaba haciendo: *deconstruyendo* una situación lastimosa para transformarla en algo distinto, y tenía que agradecérselo.

Ella fue más cautelosa. Se quitó la ropa deprisa,

mientras Pedro buceaba, y casi gritó cuando el agua helada del Estrecho lamió su piel.

En ningún momento él hizo por acercarse. No traspasó la barrera invisible de su seguridad, aquel aro magnético que los mantenía como a viejos amigos del mismo polo, sin ningún futuro posible. Bromearon. Jugaron con el agua. Él nadó hasta perderse en el horizonte. Y ella flotó, vaciando su cabeza de pesadumbres y de las ideas angustiosas que la habían llevado hasta allí.

Solo el hambre los sacó del mar. Pedro lo hizo primero, tendiéndole la mano. Fue un solo instante, pero cuando ella lo miró, las gotas de agua pendiendo de sus labios, tuvo que contenerse para no arrojarse a devorarlos.

Esta vez sí aceptó su ayuda, y salió del agua junto a él. De nuevo un solo instante en que ambos se miraron, curiosos por los cambios que el tiempo había provocado en dos cuerpos conocidos. Ambos en la orilla, el agua hasta las rodillas, desnudos y hambrientos. Apenas un segundo donde hubiera podido suceder cualquier cosa. Pero simplemente salieron a la arena. Se secaron con sus camisetas, sin mirarse, y en silencio se vistieron.

Tomaron pescado en un bar de la costa. Hablaron un poco más de todo aquello que Pedro había descubierto, pero ya no con desesperanza y rencor, sino intentando comprender qué más escondían aquellas pistas perdidas.

Habían vuelto a Sevilla al atardecer. De nuevo Pedro había subido el volumen de la música, aislándolos a ambos en un mismo habitáculo durante el trayecto.

Ella pensó en su padre. En el hombre que empezaba a conocer y que no estaba segura de si perdonaría.

Pedro pensaba en ella. En su cuerpo desnudo a la orilla del mar. En cómo los años habían afinado su cintura y ensanchado sus caderas, algo que le enloquecía en una mujer. En el lunar junto al pezón que una vez lo volvió loco y que había tenido que parpadear para que ella no se diera cuenta de cómo sus ojos viajaban hacia allí. En su ombligo perfecto, antesala de su sexo. Pensó en cómo sus manos lo hubieron recorrido una vez y en cómo lo extrañaba. En las veces que su piel había intentado encajar en cada recodo de la otra piel. En los suspiros lanzados en la boca. En los alientos mezclados con el calor de dos cuerpos. En los combates perdidos y ganados. Pensó en ella como todo y como nada. Como el principio y el fin. Como un sueño imposible del que despertó años atrás y que si no alejaba de su mente se convertiría en una nueva pesadilla.

–Gracias una vez más –dijo Inés cuando el coche de Pedro la dejó a las puertas de su casa.

–No hay de qué. Ya puedes volver a Oslo con la cabeza despejada.

–Veré qué tal anda todo con mamá, y entonces decidiré cuándo me marcho –lo miró para apartar la vista al instante–. Si alguna vez viajas a Noruega… pero eso ya te lo he dicho.

–Te llamaré, aunque no entra en mis planes por ahora.

–Gracias de nuevo.

Esta vez ella no intentó abrazarlo. Él tampoco hizo por acercarse. No se tendieron la mano. Simplemente salió y, desde fuera, Inés agitó los dedos y él arrancó el motor para desaparecer al final de la calle.

A solas se quedó mirando el jardín, la alfombra de césped que recordaba desde siempre. Dentro estaría su madre. A esas horas le gustaba leer un rato en la sala de estar, al otro lado del salón.

La tarde declinaba por momentos, pero no le apetecía pasar, enfrentarse a las preguntas de su madre, y mentirle sobre lo que había estado haciendo. Eso le recordaba demasiado a la imagen nueva que estaba descubriendo del que fue su hombre perfecto.

Al final decidió pasear por la urbanización, una calle de altas tapias encaladas y setos tupidos que terminaban en buganvillas de colores. El cielo era de un azul profundo y el calor se había disipado, dando paso a una brisa agradable. No tenía rumbo fijo, pero un largo paseo la tranquilizaría lo suficiente como para enfrentarse a las preguntas inocentes de su madre.

El teléfono sonó, y por la hora supo al instante de quién se trataba.

–¿Pensabas en mí? –preguntó la voz masculina de Björn.

–Iba a empezar a hacerlo en este momento.

–Vuelve pronto –musitó–. No puedes hacerme estar tanto tiempo separado de ti.

–Mañana. Pasado. Antes de que lo pienses estaré allí.

–¿Qué has hecho hoy?

–Nada especial.

–¿Has quedado con Carmina?

–La vi ayer y hemos hablado esta mañana. No sé si vendrá esta noche.

–¿Algún antiguo amante?

La pregunta hizo que se detuviera. Se dio cuenta

de que tenía la boca seca, pero creía conocer a Björn y sabía que no ocultaba malas intenciones.

–¿Por qué lo preguntas?

Oyó el sonido cristalino de su risa.

–Una mujer como tú ha debido dejar en España una larga lista de corazones destrozados. ¿Alguno ha pasado a ver cuánto has cambiado?

Sabía que era una broma, pero se sentía incómoda hablando de aquello.

–Quizá.

–Pues déjales claro que eres mía y que no voy a permitir que se acerquen más de lo estrictamente necesario.

–Así lo haré.

Hubo un instante de silencio, en el que ella pensó en Pedro. Era curioso cómo su presencia se volvía más sólida cuanto más hacía por alejarla.

–¿Me vas a contar qué pasa? –preguntó Björn.

–Cosas de familia.

–Yo soy parte de ella, ¿no?

En verdad estaba siendo profundamente injusta con él. Era «el hombre», como llamaba Carmina a los tipos con los que salía, la persona indicada para contarle sus desgracias, sin embargo había preferido guardarlas para ella sola, quizá porque temía que una vez él conociera la verdadera naturaleza de su padre, a ella no le quedaría más remedio que aceptarla.

–Te lo contaré cuando vuelva –concluyó sin darle más vueltas–. Nos tomaremos el fin de semana libre para irnos a tu cabaña. ¿Te parece una buena idea?

Él soltó un silbido que hizo que Inés sonriera.

–¿Retomaremos la promesa de mi cumpleaños? Un fin de semana desnudos, haciendo el amor.

—La retomaremos desde el principio.

—Entonces vuelve pronto. Mi cuerpo y yo te echamos de menos.

Hubo algunos arrumacos. Björn le hizo un par de confesiones subidas de tono sobre lo que había tenido que hacer para no estallar mientras la esperaba. Se despidieron con un beso lanzado a las ondas, e Inés decidió que era hora de volver a casa.

La fachada ya estaba encendida, así como el salón y las luces de la cocina. Mamá debía estar preparando la cena.

Iba a entrar cuando se le ocurrió una idea absurda.

Rodeó la casa hasta el garaje, un módulo independiente en la zona lateral del jardín. Recordó que la llave estaba en el montón que le había dado Clara cuando llegó, atada con una cinta. Los días que había necesitado un coche, había tomado el de su madre, que estaba aparcado en el exterior. Abrió y vio al instante el viejo Ford de papá. Esa misma mañana, al traer algunas cajas, se había topado con él, pero no terminaba de acostumbrarse a no verlo trasteando bajo su capó. Al fondo, apiladas sobre la pared, estaban las cajas, perfectamente ordenadas, con todas las pertenencias del hombre que había aparcado allí su coche por última vez.

Se detuvo un instante para escuchar alrededor. La cocina estaba al otro lado de la casa, por lo que su madre no debería de estar escuchando su ajetreo. Sin embargo decidió ser cautelosa, pues no tenía una explicación lógica que dar si aparecía por allí.

Las cajas estaban rubricadas con rotulador: documentos, ropa, libros. Los libros serían llevados a la biblioteca pública y la ropa que estaba en buen estado entregada a la caridad.

Dejó a un lado la caja de los escritos, pues ella misma los había guardado allí. También la de los papeles, para centrarse en los objetos más personales. De estos se había encargado mamá, vaciando pacientemente cada armario.

En la primera estaban sus camisas y pantalones. No eran muchas, pues su padre le tomaba cariño a una prenda y la usaba durante años. Los desdobló uno a uno para volver a guardarlos una vez revisados. Tomaba una caja, la abría, examinaba con cuidado su interior, y volvía a dejarla en el mismo lugar, como si nunca hubiera cometido aquella profanación.

En una de las chaquetas, una vieja americana de solapa ancha y paño grueso, encontró algo en el bolsillo interior. Era una simple servilleta de papel arrugado. Cuando la desdobló, descubrió un número de teléfono escrito con un pintalabios rojo rabioso. Era un color que jamás se pondría su madre, que solo usaba tonos discretos y naturales.

Esta vez no se sorprendió. Era simplemente una pista más que perfilaba al hombre que había sido su padre y que cada vez tenía más claro que nunca había conocido. ¿Una nueva amante? ¿Un nuevo amor de fin de semana?

Se sentó en el coche y sacó el teléfono de su bolso. Tuvo que respirar profundamente antes de llamar. Miró hacia atrás. Las cajas estaban de nuevo apiladas, como si ella no hubiera estado trasteando. Solo la última, la que contenía la chaqueta de la nota, estaba abierta sobre el suelo. Al instante oyó un mensaje que le indicaba que aquel número no existía. Volvió a marcar, por si se había confundido, con idéntico resultado. Dudó si se trataba de un número telefónico, pero nueve cifras comenzadas en seis eran una evidencia clara. Llamó a la compañía de teléfono. Por los dos primeros números había deducido de cuál se trataba. Le informaron que, en efecto, era un número fuera de servicio, pero no pudieron indicarle a quién había pertenecido.

Solo le quedaba un camino que recorrer. Lo pensó antes de marcar porque no estaba muy segura de cuál era la razón última por la que quería hacerlo.

—¡Inés!, ¿ocurre algo? —sonó alarmada la voz de Pedro al otro lado del teléfono.

—No quería molestarte, pero he encontrado algo y eres el único a quien puedo llamar.

—Por supuesto —su voz sonaba rara, aunque no podía descubrir a qué matiz correspondía—. Cuéntame.

—He encontrado un número de teléfono en una vieja chaqueta de papá. Me preguntaba...

—Por supuesto —no la dejó terminar—, díctamelo y veré qué averiguo.

Ella lo hizo, y por el silencio de Pedro entendió que tomaba nota de todo.

Fue entonces cuando a Inés le pareció oír una voz desconocida al otro lado del teléfono. Un sonido de fondo de alguien más, que se dirigía a Pedro en un tono cálido. Una voz de mujer, que decía algo que tenía que ver con la cama y con las sábanas.

—Siento haberte molestado —dijo ella al instante, comprendiendo que acababa de interrumpirlo en una situación delicada.

—No lo has hecho —aun así su voz parecía tajante—. Si descubro algo te llamaré.

—No tiene que ser mañana. Creo que no me iré hasta el jueves.

–De acuerdo.
Eso fue todo.
Cuando colgó notó una extraña sensación.
Antigua y conocida, que no le trajo ningún recuerdo amable.

Capítulo 21

–¿Todo bien? –preguntó la mujer.
Pedro había permanecido callado después de la llamada telefónica. De pie, en medio de la habitación, y con los dedos ensortijados en el cabello, era la viva imagen del desconcierto.
Miró hacia la cama. Aquella preciosa rubia había apartado la sábana y palmeaba con delicadeza el hueco a su lado.
–Será mejor que me vaya –dijo él, buscando su ropa interior–. Mañana tengo un día complicado.
–Pensaba que ibas a quedarte toda la noche.
–Me hubiera gustado, pero no estoy de humor.
La mujer descendió de la cama y fue a su encuentro. Estaba desnuda, como Pedro, y sobre su piel aún brillaban algunas gotas de sudor debido al acalorado encuentro sexual que acababan de tener. Era preciosa: largas piernas, busto desbordado, y deliciosa cuando se había dejado comer. Se detuvo tan cerca, coqueta, humedeciéndose los labios, que él tragó saliva al aspirar el olor a sexualidad que aún emanaba de su cuerpo.
–Pensaba que íbamos a repetirlo de nuevo –mur-

muró ella, a la vez que uno de sus dedos, juguetón, seguía la línea entre sus abdominales hasta llegar abajo. Aquella parte de su cuerpo reaccionó al instante, volviéndose firme.

–Ha sido fantástico –con su índice, Pedro le alzó la barbilla y le depositó un beso en los labios–, pero he de marcharme.

Ella refunfuñó, poniendo un mohín encantador. Pedro al fin encontró su slip y se lo puso. En aquel momento solo intentaba no perder el equilibrio al encasquetarse los pantalones.

–¿Nos veremos de nuevo? –indagó ella.

–Es posible.

La mujer volvió a la cama, donde se tumbó a lo largo, expuesta, jugueteando con las sábanas.

–No me has dado tu teléfono, tampoco tu nombre.

Él ya se abrochaba el cinturón mientras buscaba con la vista el paradero de su camiseta.

–Me llamo Pedro. No suelo dar mi número a menos que haya algo más.

–Y entre nosotros no hay nada más.

–Una copa y los dos hemos estado de acuerdo en que aquí terminaría todo –se detuvo para mirarla fijamente a los ojos. Solía ser muy claro y no le gustaban los malentendidos–. ¿Te arrepientes de lo que ha ocurrido?

Ella comprendió que no era como otros tipos, promesas fáciles que se olvidaban tras lograr su objetivo. Él había sido sincero desde el principio: si los dos estaban de acuerdo habría sexo, y solo sexo, nada más.

–No me arrepiento en absoluto –dijo al fin–, pero me he quedado con ganas de más.

–Si nos vemos de nuevo y ambos estamos en la situación adecuada, podemos terminar lo que hemos empezado.

Se encasquetó la camiseta, que se ajustó a su cuerpo musculoso marcando los tríceps en las cortas mangas, y se sentó en la cama para ponerse los botos.

Ella no se acercó, a pesar de que era lo que deseaba: morderle la oreja mientras apretaba sus senos contra la espalda. Pocos se resistían a eso, si además sus dedos eran ágiles sobre la portañuela del pantalón.

Un buen amante era como un buen festín, y aquel había sido extraordinario. Jugueteó con uno de sus rubios rizos mientras decidía si debía soltar lo que pasaba por su mente o hacerse la inocente. Al final ganó la curiosidad.

–¿Qué significa ese corazón roto?

Pedro supo que se refería al tatuaje que llevaba en el pecho.

–Una noche de borrachera con los amigos.

–¿Seguro que no es el recuerdo de una chica con la que no terminó bien la cosa?

–No.

Fue tan tajante que ella se sintió aún más intrigada.

–¿Puedo hacerte otra pregunta incómoda?

–Adelante.

No solía indagar en la vida de los hombres con los que se acostaba, pero aquel era especial, y en sus ojos había algo que la tenía interesada desde el principio, y ahora creía saber de qué se trataba.

–¿Era tu esposa? La mujer que ha llamado.

Pedro se giró un momento para mirarla. Tenía la frente crispada, y la mirada turbia.

–No estoy casado. No soy de los que haría esto si lo

estuviera –dijo de mala gana, volviendo a ajustarse el segundo boto–. Era simplemente una amiga.

–¿Una amiga especial?

–Una amiga con novio que tiene un problema.

Pedro se puso de pie y se aseguró de que lo llevaba todo: la cartera, las llaves, y el trozo de papel donde había anotado el número que le había dado Inés.

–Pues me parece que esa chica tiene dos –dijo la mujer–. Dos problemas.

Volvió a mirarla mientras inclinaba la cabeza. Era aún más bonita de lo que recordaba, pero ahora necesitaba salir de allí. Sin embargo, aquella afirmación no podía dejarse sin contestar.

–Explícate.

–El primer problema es el que tú sabes y el segundo el que yo he visto.

Odiaba los galimatías. ¿Por qué la gente no llamaba a las cosas por su nombre?

–Sigo sin entenderte –exclamó un tanto exasperado.

Ella sonrió. Le gustaba de verdad aquel tipo. Guapo, fuerte, sincero, directo, y maravillosamente dotado para el sexo. Era una pena que estuviera ocupado. Al final decidió que no quería hacerlo sufrir. A este no. Este merecía lo mejor.

–Tú eres su problema –dijo con voz neutra–. No hace falta ser muy sagaz para darse cuenta de que estás colado por ella.

Pedro refunfuñó mientras iba hacia la puerta.

–Eso es absurdo. Solo somos colegas.

–Apuesto a que has pensado en ella mientras estabas conmigo.

La situación era realmente incomoda. No quería hablar de aquello.

–¿Podemos dejar este asunto? ¿Podemos despedirnos en paz?

Ella asintió. Era consciente de que se había pasado.

–Siento haberte molestado.

Él aflojó la dureza de su mirada y casi sonrió.

–Me ha gustado conocerte.

–Y a mí me hubiera gustado que me conocieras más veces.

Él encajó la broma con una mueca simpática.

–Buenas noches.

–No veremos de nuevo.

–Seguro que sí.

Abandonó el piso y tomó el ascensor hasta el garaje. Estaba de un humor de perros, y cuando era así saltaba ante la menor provocación. Si fuera otra hora se iría al gimnasio, a golpear un rato el saco de boxeo. Eso siempre le calmaba. Tenía otro en casa, pero no era lo mismo. Necesitaba una ducha y unas horas de sueño. De hecho era lo que tenía que haber hecho en vez de buscar consuelo en un bar.

Cuando había dejado a Inés a la puerta de su casa, tras el breve viaje a la playa, se había marchado directo a tomarse una copa. Necesitaba quitársela de la cabeza, poder pensar con claridad sobre lo que le estaba sucediendo. Había sido aquella chica rubia la que se le había acercado. Él no tenía ninguna intención de buscar compañía. Solo necesitaba estar solo consigo mismo. Pero ella le había pedido que la invitara a una copa. Pedro lo había hecho, una cosa llevó a la otra y acabaron en su casa revolcándose entre las sábanas.

Una hora de sexo era un buen antídoto contra los recuerdos. Pero cuando ella lamió su cuerpo y comentó que estaba salado como agua de mar, la imagen de

Inés desnuda, a su lado en la playa, tomó consistencia y le hizo el amor a aquella desconocida de una forma salvaje, demoledora, implacable.

La llamada de Inés había llegado un par de minutos después de que ambos se separaran, sudorosos y agotados, aún jadeantes por el esfuerzo empleado. En cierto modo el sonido del teléfono agitó su conciencia, haciéndole preguntarse qué diablos estaba haciendo. A qué se debía su confusión ante la presencia de una mujer que debía estar ya olvidada, pero que a cada instante tomaba más relevancia en su cabeza.

Llegó hasta su coche y, cuando intentó abrir, las llaves se le escaparon de las manos.

–¡Joder! –exclamó a la vez que daba una patada a uno de los neumáticos.

Después se apoyó en la carrocería para intentar calmarse.

Una vez más.

Solo una vez más.

Ayudaría a Inés y después se olvidaría de ella, de que había existido y de que llevaba una vida plácida a miles de kilómetros de distancia.

Más calmado, consiguió entrar en el coche y salir del garaje.

Conduciendo hasta su casa meditó de nuevo sobre los últimos acontecimientos, para llegar a una sola conclusión: seguía enamorado de Inés.

Como el primer día.

Como el último.

Y tenía que dejar de engañarse y decidir qué camino tomar.

Capítulo 22

Habían sido los peores días de su vida, pensaba Inés.

Cinco jornadas interminables donde echaba de menos a Pedro a cada instante.

Estaba de continuo mal humor, no tenía hambre, y, por más que intentaba estudiar, la cabeza se le llenaba de él y terminaba haciendo garabatos sobre los apuntes. También había llorado. Por la noche. Como si necesitara destilar la rabia contenida.

Sabía que dejarlo iba a ser una decisión complicada, lo que no imaginaba era hasta cuánto. Se conocían de apenas un par de semanas. ¿Cómo era posible que aquel chico hubiera impactado de aquella manera en su vida, como una bomba que lo arrasa todo, que cambia la configuración de mares y montañas? No se lo podía permitir. Llevaba toda una vida centrada en un único objetivo, y ahora no podía echarlo todo por le borda.

Pensar en él era un suplicio y no hacerlo algo imposible. Jamás se había sentido antes así. Jamás pensó que pudiera llegar a padecer aquella sensación amarga, gris, que la embargaba.

Durante aquellos cinco días no había salido de casa. No tenía clases y necesitaba recuperar el tiempo perdido en los estudios. Encerrada en su cuarto pasaba las páginas sin enterarse de lo que leía, y cuando necesitaba estirar las piernas deambulaba por las habitaciones rehuyendo el contacto con sus padres, que no habían querido dejarla sola, y que tampoco le habían pedido una explicación. Aunque no les había contado lo sucedido con Pedro ellos lo habían imaginado al segundo día que decidió quedarse en casa.

Por supuesto Pedro no lo había dejado sin más cuando ella cortó con él. Aquel día la había llamado insistentemente. Y el siguiente. Como Inés no contestaba empezó a enviarle mensajes de texto que ella se había negado a leer. Últimamente apagaba el móvil para no estar pendiente a cada instante y tener que debatirse entre leer lo que le escribía o no.

Aquel día sus padres se aseguraron de que se encontraba bien, pues debían salir a atender una cena de compromiso. Ella les prometió que estaba mucho mejor y que no debían preocuparse.

Quedarse a solas fue como liberarse de muchas tensiones, porque continuamente había tenido que enfrentarse a las miradas curiosas de los dos, que inquirían en silencio «cómo estás».

Como los días anteriores, no tenía hambre, pero bajó a la cocina a por un vaso de leche. Esa noche vería una película, romántica no, por supuesto, y se acostaría temprano para levantarse al alba a estudiar.

Trasteaba en el frigorífico cuando llamaron a la puerta. No tuvo dudas de quién se trataba: papá se dejaba olvidadas las llaves una vez de cada tres, así que fue a abrir sin preguntar quién había al otro lado.

Cuando lo hizo no supo cómo reaccionar ante la visita.

Pedro estaba allí plantado, con un ramo de flores de jardín, como los de la primera vez, en las manos.

—Llevo cinco días rondando tu casa como un bandido, para poder hablar contigo a solas.

Inés no supo qué decir ni qué hacer. Él llevaba una camisa blanca muy bien planchada. Su pelo rebelde peinado con esmero, quizá debido al casco de la moto, y sus botos recién engrasados. Olía a colonia fresca, a ducha recién dada. Estaba arrebatador, con sus verdes ojos prendados de los suyos. Temerosos de que ella cerrara la puerta y no fuera a dejarle explicarse.

—No deberías haber venido —dijo ella cuando pudo recomponerse de la sorpresa.

—Solo quiero saber qué ha pasado.

—No deberías estar aquí.

Iba a cerrar la puerta, pero él se adelantó colocando el pie dentro del marco.

—Me marcharé si me lo pides, pero déjame dos minutos, solo dos minutos.

Inés sospechaba que si lo dejaba hablar terminaría seduciéndola. Pero aquella era precisamente la prueba que esperaba. La que, si superaba, podría liberarla al fin de tenerlo continuamente en su mente.

—Adelante —exclamó a la vez que cruzaba los brazos.

Él tragó saliva, se apartó para no intimidarla, y se esforzó por explicarle aquello que llevaba rumiando cinco días.

—Cuando te vi en el río la primera vez solo pensé que eras una chica bonita que necesitaba ayuda, pero entonces te miré a los ojos y en ese momento supe que eras mucho más que eso —intentó encontrar las

palabras adecuadas–. No sabía exactamente qué, pero nunca antes había sentido algo así. Un cosquilleo entre las costillas, la boca seca, y dificultad para respirar cuando tú me mirabas como ahora. Me propuse conocerte. Indagar qué diablos me pasaba, porque era incapaz de dejar de pensar en ti. Te me habías metido en la cabeza como grabada a fuego, y lo peor de todo es que eras bienvenida. Cuando te besé supe que no podría pasar sin tus besos. Me olvidé de todos los anteriores, aunque no lo creas. Fue mi primer beso. El primero de verdad –intentó sonreír–. También han desaparecido todas las chicas. La del club de remo podría ser interesante si se pareciera a ti pero no es el caso. Y espero que no me cierres la puerta en las narices, porque esto último era una broma.

–¿Eso es todo? –dijo ella igual de seria que al principio.

–No sé qué te ha pasado, dónde he metido la pata o si ha sido en verdad culpa mía. Si no quieres decírmelo no lo hagas, pero déjame que al menos yo intente que tú seas feliz. Haré lo que quieras: pasearé a tu perro si es que lo tienes, estaré callado a tu lado si eso te place, iré a mil conciertos de Luis Miguel, sí de Luis Miguel, si es que te gusta, me cortaré el pelo, me dejaré barba, compraré la ropa que te agrade y quemaré mis botos, pero déjame estar a tu lado. Dame una nueva oportunidad.

–Cállate por favor.

–Pero...

–Cállate –insistió ella, alzando la voz–, o no podré besarte.

Inés se arrojó a sus brazos, tomándolo desprevenido. Se colgó de su cuello mientras devoraba su boca, porque echaba tanto de menos el olor de su cuerpo y la humedad de sus labios que aquello era en lo único que había pensado mientras lo dejaba hablar.

Pedro al fin reaccionó, tomándola por la cintura y alzándola para encajarla sobre sus caderas. Le acarició la espalda mientras la besaba, sin poder dejar de hacerlo. La estrechó tanto como pudo contra su cuerpo, que había reaccionado en cuanto los labios de Inés habían impactado contra los suyos.

Hubiera sido un momento eterno si ella no se hubiera apartado. Pedro intentó retenerla, anhelante, pero ella lo tomó de la mano y lo arrastró hacia el interior de la casa.

–Tus padres... –intentó él decir.
–Al diablo mis padres.

Subieron la escalera, deteniéndose en cada escalón para besarse y juguetear con los dedos. Su cuarto era la primera puerta, que los dos abrieron con el peso de sus cuerpos. Un ropero, una cama, mesita y un escritorio. Había una estantería llena de libros y pósteres de bandas musicales en las paredes. A Pedro todo aquello le dio igual, lo único que le interesaba era Inés y el nuevo sendero que empezaban a recorrer.

Ella trasteó con los botones de su camisa y él se dejó hacer, mientras intentaba besarla y ella lo esquivaba. Cuando se la hubo quitado, Inés se apartó un par de pasos e hizo lo mismo con su camiseta de tirantes, dejando el busto desnudo.

Él notó cómo se le secaba la boca. Por supuesto que los había tocado, no todas las veces que le hubiera gustado, pero nunca los había visto. Había imaginado cada trozo de aquella piel pero aun así le parecieron más perfectos. Había un pequeño lunar junto a uno de los pezones que lo volvió loco. Alargó la mano, pero ella se retiró y se deshizo de sus shorts, quedándose en braguitas.

Los ojos de Pedro eran un espectáculo. Tragó saliva y, nervioso, trasteó con su cinturón hasta desabrocharlo. Se bajó los pantalones sin pensar en los botos, por lo que se quedaron enganchados a la altura de sus rodillas. Su cara de pasmo era absoluta. Inés rio y se tumbó en la cama, tendiéndole la mano.

Por primera vez en su vida Pedro se ruborizó. Se imaginó cómo lo estaría viendo ella, patoso, atrapado por su misma ropa, y sin poder disimular la excitación que desbordaba el elástico de los slips. Debía ser un espectáculo bochornoso.

Se apoyó en al escritorio y se sacó los botos, primero uno y después otro. Al fin libre, el pantalón se deslizó hasta el suelo y él saltó a la cama.

Podía ser obvio, pero mientras sus labios se estrechaban contra la boca de Inés, sus manos juguetearon con sus pezones. Estaban duros, dispuestos. En un momento bajó su boca hasta allí mientras ella arqueaba la espalda, incapaz de contener el placer. Volvió de nuevo a su boca, y ajustó el cuerpo al de la mujer preciosa que tenía entre los brazos. Sus sexos solo estaban separados por dos trozos de tela, húmedos y palpitantes, uno pegado con fuerza al otro.

Pedro no sabía exactamente a dónde podía llegar, así que esperó, regodeándose con cada pulgada de su cuerpo, hasta que ella hiciera una señal.

Ella la hizo tirando suavemente de su slip hacia abajo. Pedro lo captó al instante y de un manotazo se deshizo de él, escapándosele un gemido cuando su miembro contactó con la piel suave de su chica. Ella trasteó entonces con sus braguitas hasta quitárselas, eliminando cualquier barrera entre sus cuerpos.

Abrazados, retozando y llenando la habitación de suspiros, Pedro bajó la mano hasta aquella zona húmeda que tanto ansiaba. Ella hizo lo mismo, hasta acariciar su envergadura, que palpitó entre sus dedos. Antes de entrar, Pedro la miró a los ojos, y cuando ella los cerró acarició la vulva con cuidado. Aquella cautela fue un martirio para Inés, que en ese momento estaba a punto de desbordarse. Con una habilidad muy ejercitada, Pedro encajó su dedo allí dentro, acariciando cada pliegue, jugando con la húmeda oquedad. Estaba tan excitado que en cualquier momento podía terminar, pero se sabía incapaz de parar.

Fue entonces cuando Inés alargó una mano, abrió un cajón de su mesita y sacó un preservativo.

—¿Estás segura? —murmuró él.

—Más que segura.

Feliz, con una sonrisa que solo distorsionaba el deseo, rasgó la envoltura y se ajustó su contenido. Era pequeño, pero le dio igual. Entonces la miró a los ojos. La besó con pasión y volvió a mirarla a los ojos. Se apartó lo justo para poder observarla, mientras empezaba a penetrarla. Fue con cautela. No quería hacerle daño. Moriría antes que eso. Ella al principio se quejó. No era virgen, por supuesto, pero Pedro estaba mejor dotado que sus anteriores amantes. Fue un momento lento y delicado. Entrando y reculando cuando el rostro de Inés se contraía. Pidiendo perdón, lo que ella acallaba con un beso. Al fin en su interior sintió cómo la felicidad lo desbordaba. Como si toda su vida hubiera sido creada solo para llegar a aquel momento.

Empezó a moverse. Lentamente. Sin dejar de observar cada cambio en el rostro de su amante. Cuando ella se mordió los labios aceleró el ritmo, soltando el gemido contenido en su garganta. Ella enroscó las piernas y se pegó aún más. Era tan delicioso, tan diferente a otras veces que le hubiera gustado que durara toda la vida, una eternidad.

Pero estaba demasiado excitado, como si fuera una primera vez. Y con un largo gemido se desbordó antes de lo que hubiera querido, mientras ella lo hacía a su vez, pegando el rostro contra la almohada para soportar aquel placer extremo.

Exhaustos, cansados, permanecieron abrazados, hasta que él miró por la ventana y vio el cielo oscuro salpicado de estrellas.

–Esto tiene que ser para siempre –le dijo él al oído mientras la abrazaba–. Me lo han asegurado las estrellas.

Capítulo 23

Pedro había estado todo el día de mal humor.

Le sucedía cuando se encontraba confundido. Era algo a lo que jamás se acostumbraba. Un cruce de cables que lograban cortocircuitarlo. Para él todo debía ser una consecuencia lógica de acontecimientos, parecer claro, y en aquel momento su vida era lo más alejado de aquello.

Aún estaba en la comisaría, en uno de esos días tranquilos donde las horas se volvían eternas. Deseaba terminar el papeleo que tenía entre manos para correr unos cuantos kilómetros, largarse al gimnasio y entrenar con el saco de boxeo hasta acabar agotado. Un buen sueño y todo encajaría de nuevo a la mañana siguiente. Estaba seguro. Más bien lo deseaba con todas sus fuerzas.

La puerta de su despacho se abrió y apareció Alejandro. Como siempre se quedó a medias, los pies fuera y la cabeza dentro. Le había dicho a los otros que no quería plantarse ante un tipo tan grande hasta no comprobar su humor. Aquel día era uno de aquellos en los que había que andarse con cuidado.

—Jefe, ¿una cerveza cuando terminemos?
—Tengo cosas que hacer —bufó Pedro—. Otro día será.
—¿Hay cosas más importantes que estar con tus colegas?
—Aunque te extrañe, mis colegas no son ni de lejos lo más importante de mi vida.

El otro hizo la pantomima de parecer ofendido.

—No era necesario tirar a matar.
—Entonces no me provoques cuando estoy de mal humor.

Pedro cerró la última carpeta. Por aquel día ya estaba bien. Había salido un par de horas más tarde durante la última semana para recuperar el tiempo perdido. El trabajo de oficina era más agotador que patrullar las calles.

Su amigo se decidió a entrar en el despacho, encajando la puerta a su espalda. Se sentó en el filo de la mesa, mientras Pedro apagaba el ordenador.

—Es por ella, ¿verdad?

Pedro arrugó la nariz, como cuando algo no le encajaba. Aquel cabrón acababa de dar en el blanco, pero no iba a ponérselo fácil.

—¿De qué diablos estás hablando?
—Vamos, no soy gilipollas —se cruzó de brazos—. Desde que esa chica apareció no has vuelto a ser el mismo.
—Es solo una vieja amiga. Ya te lo dije.
—Sigues viéndome cara de imbécil, ya veo.

Lo conocía bien, tanto que para él era transparente. Pedro decidió que era mejor no esquivar el tema, aunque siempre podía darle su versión del asunto.

—Bueno —dijo encogiéndose de hombros—, ella y yo llegamos a algo en el pasado, pero entonces éramos poco más que un par de críos. Ya está olvidado.

—Esas ojeras te desmienten.
—No he dormido bien.
—Tú siempre duermes bien.
—¿Acaso eres mi esposa?

Alejandro lo miró con una ceja levantada. Le había parecido sincero, pero dudaba hasta dónde había llegado esa sinceridad.

—Entonces esa chica no tiene nada que ver, ¿no? –aseguró más que preguntó.

Pedro soltó un bufido.

—Llegas a ser un auténtico pelmazo.

—Te lo digo porque ella está aquí –confesó al fin por qué había ido a molestarlo–. Quiere hablar contigo.

Pedro se puso de pie al instante, e instintivamente se pasó la mano por el revuelto cabello.

—¿Y por qué carajo no la has hecho pasar? –dijo con urgencia.

Aquella bajada de guardia no pasó desapercibida a su amigo.

—¡Ahí está! Una nueva prueba de que ella es la responsable de que te hayas convertido en *mister* Hyde.

Pedro se cruzó de brazos, mientras lo analizaba con la mirada turbia.

—Hazla pasar o te haré los días insufribles.

—Las cosas se piden por favor.

A pesar de que notaba cómo su corazón palpitaba acelerado, no pudo evitar sonreír.

—Por favor.

Alejandro le hizo una cómica reverencia y desapareció por donde había entrado. Pedro esperó con paciencia. Se quitó una mota inexistente de polvo de la camiseta. Soltó el aliento sobre la palma de la mano para comprobar que seguía oliendo a menta, y se ordenó el cabello, pasando por ellos sus dedos como si fueran rastrillos. Al final suspiró. Todo estaba perfecto. Todo menos su corazón.

La puerta se abrió y allí estaba Inés.

El cabello recogido.

Un top blanco y unos amplios pantalones del mismo color.

Aquel aire fresco le encantaba. Encajaba perfectamente en la imagen de ella que siempre había tenido. Ni collares ni pendientes. Nada más que un agradable olor a flores.

–Vuelvo a molestarte –dijo ella al pasar, siguiendo las indicaciones del policía que la había acompañado hasta allí, y que se retiró tras guiñarle un ojo a su jefe.

–Eso en absoluto. Nunca molestarías.

Le indicó una silla, pero ella no se sentó. Iba a ser breve y no quería demorarse.

–Ayer... –se ruborizó sin darse cuenta–, creo que te interrumpí en un momento inoportuno.

Pedro hizo un gesto con la cabeza, como apartando un recuerdo.

–No interrumpiste nada.

Hubo un instante de silencio donde él no podía dejar de mirarla y ella recorrió el despacho con la vista. Todo limpio y ordenado. Unos guantes de boxeo sobre una estantería y fotos de surf en las paredes. Todo era muy «él». Muy como lo recordaba. En la primera visita no había reparado en aquellos detalles. Entonces estaba desorientada. Ahora únicamente decepcionada.

–Al final he sacado los billetes para el sábado –rompió Inés aquel mutismo–, debo volver a casa y me preguntaba si habías descubierto algo sobre aquel número de teléfono.

Él también salió del trance en que lo había sumido su presencia. Seguía preguntándose por qué continuaba enamorado de una mujer con la que jamás llegaría a nada. Lo mejor era terminar cuanto antes y ser cortés, hasta que se machara.

–El número de teléfono, por supuesto –volvió a la realidad–. He estado haciendo algunas gestiones, pero no estoy seguro de que sea importante lo que he descubierto, por eso no te he llamado. Pensaba darle algunas vueltas más.

–Supongo que ya pocas cosas nos llevarán a descubrir quién fue mi padre.

–Era el teléfono de un hotel. Lo cambiaron hace un par de años, por eso te aparecía como inexistente cuando llamaste.

–¿Un hotel? –se extrañó, aunque al instante compendió que lo que empezaba a saber de su padre encajaba bien con aquella información.

–En la Sierra de Huelva. «Tres Lunas Azules». ¿Te suena?

–Fue donde mis padres celebraron su luna de miel hace treinta y seis años. Papá siempre me hablaba de él. Decía que era el mejor lugar de la tierra, a pesar de que su gran pasión eran los viajes. Ellos celebraban cada año su aniversario volviendo al mismo sitio. Era su paraíso particular. No conocerlo es una de mis asignaturas pendientes.

Pedro había arrugado la frente, porque se había quedado con una sola idea de lo que Inés acababa de contarle.

–La luna de miel –se acarició la barbilla–. ¿Y tú, más adelante, no les acompañabas nunca en esos viajes?

—Jamás. Era el momento particular entre ellos dos. Sin hija que incordiara. Me alegro de que al menos aquí no existan más misterios.

Pero Pedro no la escuchaba. Su intuición de sabueso seguía husmeando sobre una idea difusa que empezaba a tomar forma.

—Es extraño —murmuró para sí mismo.

—¿Qué es lo que no te encaja?

Él pareció salir de un trance, como si acabara de despertar.

—He comprobado los registros de hospedajes. No me preguntes cómo, pero tenía favores pendientes —le dijo—. Es cierto que tu padre reservaba habitación cada veinte de diciembre, al menos en los últimos cinco años.

—Es la fecha de su aniversario de bodas.

—La primera vez que se registraron fue hace treinta y seis años, como me has dicho. Pero si era su luna de miel... ¿Por qué tu padre reservó dos habitaciones?

—¿Dos habitaciones? —lo miró sin comprender.

—Dos suites. Las mejores. Es algo extraño. ¿No crees?

Podía ser cierto. La única que podía sacarla de esa duda era su madre, pero tendría que darle muchas vueltas para poder hacerle esa pregunta, y si algo caracterizaba a mamá era su sagacidad cuando ella se andaba por las ramas.

—¿Qué estás pensando? —le preguntó a Pedro.

—Nada —volvió a acariciarse la fuerte barbilla—. Supongo que es una casualidad. Lo mejor será no darle más vueltas.

—Creo que tienes razón. Siempre la has tenido. Tengo que olvidar este asunto o me volveré loca.

Él sonrió e Inés lo acompañó. Había llegado el momento de despedirse, y aún no sabía qué decirle.

–Así que te marchas el sábado.

–Björn ha insistido, y mi jefe me despedirá si no me incorporo pronto. Al fin cierro página.

–¿Volverás a Sevilla alguna vez?

–A ver a mamá, aunque espero que, ahora que no tiene otra cosa que hacer, pase largas temporadas conmigo. Es cuestión de convencerla.

–¿A él no le importará?

–No vivimos juntos –vio cómo algo brillaba en los ojos de Pedro–. Aún.

Era un momento incómodo. Él con las manos en los bolsillos y ella sin saber qué hacer con el bolso.

–Venía por lo del teléfono pero también a despedirme –se excusó Inés–. Ha sido bueno volver a verte.

–A mí también me ha gustado.

–Te deseo lo mejor –le tendió la mano–. Te lo mereces. Eres un buen tipo.

Pedro se la estrechó, pero tardó más de la cuenta en devolvérsela.

–Lo mismo digo, que ese vikingo te haga feliz.

–Ya lo hace.

–Estoy seguro.

De nuevo el silencio, sin que ninguno de los dos supiera qué hacer.

–Entonces, hasta la próxima –terminó Pedro.

–Hasta la próxima.

Se miraron por última vez a los ojos, y ella desapareció por la puerta. Pedro se quedó donde estaba, de pie, sin perder un solo detalle mientras ella desaparecía por el pasillo. Si aquella era la última vez que la veía quería recordar cada detalle: la forma en que sus caderas se movían, la manera en que se apartaba el cabello de la cara, el olor a flores frescas que emanaba de su piel.

Cuando Inés desapareció, un suspiro contenido se escapó de su boca.

Fue entonces cuando miró hacia sus compañeros, y vio seis rostros compungidos que lo miraban con pena.

Capítulo 24

Cuando sus padres llegaron, un par de horas más tarde, Pedro e Inés seguían desnudos y abrazados en la cama, sudorosos tras el segundo envite, y dispuestos a empezar un tercero.

Inés sabía que papá entraría a darle las buenas noches antes de retirarse, por lo que saltó de la cama de un brinco, se puso la diminuta ropa de dormir que se había quitado para Pedro, y lo apremió a que, en silencio, se vistiera cuanto antes. Tenía que darles tiempo porque la cancela acababa de abrirse. Sus padres aún debían dejar el coche en el garaje, atravesar el salón y subir a la habitación. Cuatro o cinco minutos que tenían que ser suficientes para ellos.

Justo cuando Pedro, ya vestido, se deslizó debajo de la cama, la puerta se abrió y apareció Carlos.

—Aún estás despierta —dijo desde el umbral.

—He estado estudiando hasta ahora.

Desde su escondite, Pedro sonrió, pensando que había sido la mar de aplicada en la materia que había tenido entre manos.

Su padre la encontró sentada en la cama, con la luz

encendida y uno de sus cuadernos de apuntes abierto sobre las arrugadas sábanas. Se preguntó si estaba reparando en lo desordenado de su cabello o en el olor del sexo que muy posiblemente impregnara la habitación, pero solo de pensarlo se ruborizó.

Carlos al fin se dio por convencido, y le dio un beso en la frente a su hija. Entonces reparó en algo que le hizo entornar los ojos y mirarla de una forma que a ella le aceleró el corazón.

–Creo que tienes fiebre. Estás caliente.

Ella, sin darse cuenta, soltó un suspiro de alivio, imaginando que Pedro estaría riéndose en silencio.

–No creo que sea nada. Bajaré a por un paracetamol y mañana estaré perfecta.

–Iré yo.

–No es necesario. Quiero tomarme un vaso de leche. Mejor acuéstate ya. Debes estar cansado.

Sin estar convencido del todo, su padre le dio otro beso en la frente y salió de su habitación un tanto preocupado. Se despidió antes de cerrar con cuidado de no hacer ruido y desearle las buenas noches.

Solo entonces la cabeza de Pedro salió de debajo de la cama, con una sonrisa picante encajada en el rostro.

–Si estás caliente puedo ayudarte, porque yo también lo estoy.

Ella se tapó la boca para que su padre no oyera el sonido de la risa que se le escapaba de entre los dedos.

–Si no hay moros en la costa bajaremos y podrás marcharte.

Al fin él salió de debajo de la cama sin ningún esfuerzo, y aún la besó apasionadamente antes de que Inés pudiera salir del dormitorio. Sus padres ya estaban en su habitación, todo estaba a oscuras, pero, aun *así, Inés extremó los cuidados mientras bajaban las escaleras.*

No quiso abrir la puerta principal. Era demasiado ruidosa. Fueron a la cocina, por donde se salía al jardín y de allí a la calle.

—Te voy a echar de menos esta noche –dijo él, tomándola por la cintura y besando suavemente la línea de su cuello.

—Debes estar agotado. Y mañana tienes que entrenar duro.

—¿Tú lo estás?

—Yo estoy feliz.

—Yo también. Ha sido mejor de lo que había soñado, y te aseguro que la cantidad de guarrerías que había imaginado que hacía contigo aún me ponen nervioso.

Ella rio encantada. Después se besaron abrazados. Un beso largo y cálido que volvió a excitarlos. Si no fuera por los padres de Inés hubieran hecho el amor allí mismo, pero era demasiado arriesgado, y podían buscarse un problema.

—Las flores –dijo él sin soltarla–. He debido dejarlas en alguna parte. Trátalas bien. Me han costado una fortuna.

—Algo me dice que ayer estaban creciendo en el jardín de al lado.

—Es posible. Pero tienen un perro enorme y el riesgo debe valer algo, ¿no?

Ella volvió a reír en voz baja, y tiró de él hasta la puerta de salida.

—Te veré mañana.

—No quiero irme.

—Mis padres pueden bajar si oyen ruido o me demoro demasiado en subir.

–No me refiero a ahora –murmuró sin dejar de mirarla–. No quiero irme nunca de tu lado.
Ella sintió cómo su piel asimilaba lo que acababa de decirle y se erizaba como una flor que recibe la luz del sol.
–Sabes decir las palabras adecuadas.
–No soy yo. Es mi corazón.
A pesar de que tampoco quería separarse de él, lo empujó hacia el otro lado de la puerta, y la cerró a medias, dejándolo a él en el jardín.
–Hasta mañana.
–Te quiero –musitó Pedro.
–Y yo a ti.
–No te he entendido.
–Y yo a ti.
Él puso una mano alrededor de su oreja, a modo de amplificador.
–Sigo sin comprender qué estás diciendo.
–Que te quiero.
Entonces sonrió. De aquella forma que la volvía loca. De la misma forma en que la conquistó.
–Entonces hasta luego –dijo Pedro sin moverse de donde estaba–. Te mandaré un SMS cuando llegue a casa. Otro cuando me meta en la cama. Y otro cuando sea capaz de pensar en dormir, porque dudo que esta noche pueda pensar en otra cosa que en ti.
–Hablamos por la mañana.
–Eso es demasiado tiempo.
–Nos van a pillar.
–Dime de nuevo que me quieres.
–Te quiero.
–No es suficiente.
–Si no te largas te dejaré de querer.

—*Esa sí es una buena amenaza.*

Sin poder contener la risa, Inés consiguió cerrar la puerta de cristal. Desde el exterior, Pedro continuó haciendo pantomimas, como que le clavaban un puñal en el corazón y caía moribundo sobre el césped. Ella lo observaba a través de la cristalera mientras sus ojos brillaban y su corazón latía con fuerza.

Al fin, de espaldas, Pedro recorrió la alfombra de césped hasta la cancela. No quería dejar de mirarla. No podía dejar de verla. Ella se despidió con la mano, apagando la luz de la cocina, y él aún aguardó unos segundos hasta atreverse a dar un salto ágil y pasar al otro lado de la tapia.

Mientras Inés, feliz, volvía a su habitación a soñar con el chico que acababa de marcharse, su padre, a oscuras desde la ventana del piso superior, lo había visto todo, y su rostro permanecía sombrío.

Capítulo 25

Cuando Pedro llegó al hotel la tormenta era ya un aguacero que hacía imposible ver la carretera. El nombre estaba inscrito a fuego sobre un trozo de madera rugosa: *Tres Lunas Azules*, al lado de tres faroles chinos encendidos. Había salido de Sevilla con buen tiempo, pero el temporal se había desatado a pocos kilómetros de la capital.

Había sido un duro día de trabajo, con enfrentamiento con el «gran jefe» incluido. Aunque aquel asunto del padre de Inés ya estaba cerrado, no había podido quitárselo de la cabeza, y cuando salió de la comisaría, bastante tarde, casi sin proponérselo había conducido por las estrechas vías de la sierra hasta encontrar aquel hotel perdido en medio de la nada.

Dejó el coche al lado de la entrada. Solo había otro más, aparcado justo enfrente. Era noche cerrada, el chaparrón no le dejaba ver nada, y quería terminar con aquello cuanto antes para volver a casa. Quizá encontrara allí una explicación o quizá nada, pero se conocía, y hasta no horadar la última pista no se quedaría tranquilo.

Corrió hasta el porche para no mojarse. Desde la entrada el paisaje debía ser espectacular si hubiera luna llena y la tormenta del siglo no estuviera sobre su cabeza: al fondo debían divisarse las montañas, y alrededor un horizonte tupido de encinas y arroyuelos que se multiplicarían hasta donde abarcaba la vista. Le dio pena no haber podido llegar antes. La naturaleza siempre lograba calmarlo. Serenar su espíritu. Pensó que era un buen sitio para enamorarse, y por supuesto para pasar una luna de miel.

En cualquier otra ocasión habría resuelto aquella visita con una llamada telefónica, pero sabía que la información que podría extraer en persona no tenía nada que ver con la frialdad de un teléfono, y estaba decidido a descubrir qué se escondía tras aquella doble reserva que el padre de Inés hiciera cerca de cuarenta años atrás. Si es que existían más indicios de los que ya obraban en su poder.

Al hotel se accedía por un par de escalones que daban a un porche donde se habían dispuesto mesas para la cena. La tormenta había alejado a los posibles huéspedes, por lo que todo estaba empapado y solitario. El recibidor estaba construido sobre la pared de roca, que sobresalía de la mampostería en varios puntos. Le gustó. Era un lugar rústico, agradable, lleno de energía.

Buscó la recepción, que estaba al fondo, pasando una desierta sala de descanso, y entonces la vio.

Inés estaba allí, de espaldas, charlando con el recepcionista.

No tuvo dudas de que era ella. La conocía bien. Por eso le había resultado familiar el coche aparcado en la puerta. Solo lo había visto una vez, de refilón, estacionado en la acera el día que la llevó a su casa, pero él no olvidaba esos detalles. Estaba entrenado para recordar.

Casi sin darse cuenta esbozó una sonrisa y fue a su encuentro.

—Así que nos olvidaríamos de este asunto. ¿Eh?

Ella se giró al reconocer la voz, y lo miró con los ojos muy abiertos.

—Tú también has venido.

—Será mejor que resolvamos esto cuanto antes... agente —le guiñó un ojo y solo entonces se dirigió al recepcionista, al que le dio su nombre, le estrechó la mano y enseñó la placa.

—Usted también es inspector, como la señorita —dijo el hombre al ver la documentación.

—Así es —contestó Pedro sin poder evitar mirarla—. ¿Por dónde vamos?

—Verá, inspector —dijo el hombre—, los registros antiguos existen, como le decía a su compañera, pero no estoy muy seguro de que aporten más información que la que ya tienen ustedes. Aun así aquí están.

Palmeó un viejo libro de registro con la fecha, 1980, grabada en el lomo, que soltó una ligera nube de polvo.

—Vamos allá —lo animó él.

El hombre buscó pacientemente la hoja indicada, donde debía de estar la anotación de los acontecimientos. Mientras pasaba páginas polvorientas, Pedro se dedicó a mirar a Inés, que no había vuelto a enfrentarse a sus ojos. Sabía que estaba nerviosa por la forma en que jugueteaba con el único anillo que adornaba su dedo. Sabía que se había sorprendido por su presencia allí, tanto como él, por aquella forma de evitar mirarlo. Sabía que estaba preciosa, y que su jodido corazón había vuelto a acelerar su ritmo cuando la había visto de espaldas.

—Aquí está —señaló el hombre, a la vez que giraba el libro de registro para que ambos pudieran leer la nota—. Veinte de diciembre. Mi jefe lo guarda todo. En breve tendremos que construir un nuevo hotel para meter todos sus trastos.

Pero Pedro ya no lo escuchaba. Repasaba la larga lista de nombres anotados en ambas caras del papel rayado. Con el número de identidad al lado. Encontró la primera anotación al momento y vio que Inés la señalaba. En el tercer recuadro había un garabato. Él la miró.

—Es su DNI y su firma —corroboró Inés.

Tardaron un poco más en encontrar la otra anotación, la de la segunda habitación, ya que la letra se apelmazaba y las inscripciones parecían amontonarse unas encima de otras.

—Que no estén una detrás de la otra significa que los huéspedes llegaron al hotel en diferentes momentos dentro del mismo día —aclaró el recepcionista.

Esta vez fue ella quien lo halló, señalándolo de nuevo con el dedo. Ambos, a la vez, siguieron la línea hasta el recuadro donde debía estar el documento de identidad. Era el mismo que antes. Para continuar con la firma. En esta ocasión era bien distinta, aunque claramente legible: «María González». Estaba escrito a modo de rúbrica, con una tímida línea debajo, para darle la consistencia de una firma.

Las conclusiones volaron por la mente de Pedro, y sabía que Inés estaba sacando las mismas que él.

—¿Puede hacernos una fotocopia de estas dos páginas? —pidió al recepcionista.

—Por supuesto, y les reservaré una mesa para la cena y un par de habitaciones para pasar la noche.

—No es necesario.

—Me temo que sí –insistió–. Con esta tormenta la carretera de salida a la autovía ya debe estar cortada por las correntías. Han podido llegar pero no podrán salir hasta que escampe.

Pedro siguió la dirección que le indicaba la mano de aquel hombre. A través de la ventana, la lluvia parecía portentosa pese a la oscuridad. Una cortina espesa que hacía invisible todo alrededor.

—Llamaré a mamá –comentó Inés, que acababa de comprender que no podrían salir de allí–. Le diré que ha surgido algo.

—¿Estás segura? Podemos intentarlo.

—Mi padre me habló de esto. Formaba parte del encanto del lugar. Si nevaba o llovía se quedaban aislados. Era algo que le entusiasmaba.

—Vayan al comedor –les sugirió el recepcionista–. Solo hay guiso de venado, pero les calentará el estómago. Mañana, cuando bajen, tendrán aquí sus fotocopias.

Les entregó dos llaves y aparentó ignorarlos mientras Inés y Pedro se miraban el uno al otro sin saber qué hacer.

—Detrás de ti –dijo él al fin, señalando en la misma dirección que había indicado aquel hombre.

El comedor era un pequeño salón con un puñado de mesas que daban a la cristalera del porche. El espectáculo en el exterior era tremendo. El cielo se iluminaba por los rayos, seguido de cerca por los truenos, en una tormenta que parecía propia de un crudo invierno y no de un apacible mes de septiembre.

Se sentaron cerca de la chimenea, encendida a pesar de que el verano aún no había terminado, y aguardaron a que el camarero les trajera la bebida, una botella de vino, y el guiso del día. Solo entonces Pedro se atrevió a hablar de lo que les había llevado allí.

—¿Decepcionada?

—Era ella. María. Por lo que hemos descubierto, mi padre la veía desde antes de que yo naciera. La trajo consigo a su noche de bodas. Se ha llevado más de treinta años engañando a mamá con esa misma mujer —no lo miraba mientras hablaba, sino que tenía la vista perdida en el fondo de su plato—. Fue aquí donde me concibieron. Y resulta que mi padre iba de habitación en habitación satisfaciendo a dos mujeres.

—Creo que ha llegado la hora de que se lo preguntes a ella. A tu madre.

—Eso nunca. Ahora que papá no está me toca a mí protegerla. Si supieras cómo se querían. Esta noticia puede acabar con ella.

—Es muy noble por tu parte, pero antes o después lo descubrirá, cuando lea el testamento y se pregunte por qué su esposo tenía propiedades que ella no conocía. O cuando haya una nueva imprudencia. ¿No crees que será mejor que lo sepa por ti misma?

—¿Cómo pudo hacerlo? —Inés no lo estaba escuchando—. Traer a su amante a su noche de bodas. ¿Quién era el hombre al que he llamado padre?

—No te atormentes.

Inés arrojó la servilleta sobre la mesa y se puso de pie.

—No voy a cenar. No puedo. Discúlpame.

Él hizo lo mismo. No podía dejarla sola en aquel estado. Solo se entretuvo el instante de dejar dinero sobre la mesa.

Ella subió las escaleras corriendo y Pedro intentó alcanzarla. Las habitaciones eran continuas, en la planta alta. Cuando llegó junto a ella, Inés ya había abierto la puerta de la suya, pero consiguió detenerla, tomándola del brazo.

–Inés, no puedes dejar esto así. Debes cerrarlo o no te dejará vivir en paz.

Solo cuando ella se volvió, se dio cuenta de que estaba llorando.

–¿Y cómo?

–Aceptando que la gente es como es. No juzgando más allá de las mil experiencias que tuviste con él y que siguen siendo maravillosas.

Lo miró a los ojos, a la vez que apartaba las lágrimas.

–¿Cómo contigo? –lo acusó

–Como nosotros dos.

Él no la había soltado. Fuera la tormenta parecía empeorar por momentos y el repiqueteo de la lluvia sobre los cristales era un sonido sordo y apenas amortiguado.

–Me costó mucho aceptar lo que hiciste –le recriminó Inés, sin dejar de mirarlo a los ojos.

–Pero aquí estás –contestó él sin replegarse–, y somos amigos.

Ella volvió a limpiarse el rostro con la mano. A Pedro le pareció que pocas veces la había visto más hermosa que aquella noche.

–¿A pesar de lo que siento cuando estás cerca? –murmuró Inés.

–A pesar de todo.

En algún sitio sonó el ruido de un teléfono y la magia de aquel momento hipnótico se vino abajo como un castillo de naipes.

–Será mejor que me retire –dijo ella.

–Inés.

Iba a entrar cuando él lo apostó todo a una sola carta.
No lo había pensado.
De ser así jamás lo habría hecho.
Simplemente tiró de ella y la besó.
La besó.
Ella recibió sus labios con sorpresa, sin saber qué hacer.

Las manos de Pedro se apoyaron en su cintura, pegándola suavemente a su cuerpo, mientras su lengua, lenta y sin descanso, iba abriendo cada capa de su intimidad, a la espera de que ella lo apartara en cualquier momento, lo abofeteara y le dijera que todo había acabado para siempre entre ellos dos.

Pero no fue así.

Inés al principio fue reacia, quizá debido al desconcierto. Pero aquella forma de besarla, de acariciarla, encendió algo en ella que apenas recordaba. Cuando pasó los brazos por los hombros de Pedro, y su lengua hizo el primer movimiento sobre sus labios, él ahogó un gemido y de una zancada, arrastrándola a ella consigo, entró en la habitación cerrando la puerta a su espalda.

A partir de ahí todo fue una confusión, abrazos, gemidos y besos.

Pedro le quitó la blusa para después arrancarse la camiseta con la proeza de apenas dejar de besarla. Ella trasteó con sus pantalones. Él con su sujetador. Los botos volaron por el aire, junto con la ropa interior.

Cuando ella rozó con los dedos su excitación, Pedro creyó volverse loco. Desnudos se abrazaron, recorriendo con las manos, con la lengua, cada recuerdo de sus cuerpos.

–Déjame mirarte –dijo él en algún momento, apartándose para saborear el espectáculo espléndido de su piel.

En la playa apenas lo había vislumbrado. Ahora era solo para él, para devorarlo, para jugar hasta que quedara exhausto. Inés le permitió poco tiempo de descanso, pues se sentía hambrienta de lo que una vez fueron. Se arrojó de nuevo a sus labios, y ambos rodaron sobre la cama.

Lo que Inés había imaginado, lo que había vislumbrado en la arena, lo comprobaron ahora sus dedos. Pedro era más fuerte que antes. Cada músculo marcado bajo la piel. Había cicatrices que no recordaba, y aquel canal inguinal que tanto le gustaba era ahora más acusado.

Las caricias, los besos, dieron paso a suspiros ahogados que hablaban de urgencia. Esta vez él no le pidió permiso, como aquella primera, siendo apenas unos muchachos. Esta vez, tras protegerse, entró en ella con maestría, con experiencia, sabiendo lo que hacía.

Inés lo recibió con un gemido ahogado, excitado, mientras ajustaba las caderas para facilitarle la labor. Era como si su cuerpo recordara, ansiara aquellas manos, aquella manera de amarla, de exprimirle cada gota de placer.

Pasaron los segundos y los minutos. Sus cuerpos se acoplaban de mil maneras, como si recuperaran poco a poco una memoria tan apagada como anhelada. Un movimiento frenético que se volvía pausado, delicado casi, para volver a encabritarse hasta la extenuación.

Como Pedro había pretendido, ambos llegaron juntos al mismo lugar, un océano de placer que los ahogó dulcemente, como si se mecieran con una nana.

Aun dentro de ella, sudando y tembloroso a causa del orgasmo que acababa de experimentar, Pedro la miró a los ojos, y comprendió que lo que acababan de hacer solo había conseguido una cosa: separarlos.

Capítulo 26

—¡Joder! Vas a terminar haciendo que te meta una bala en la cabeza.

De nuevo Pedro había abierto la puerta del coche patrulla para sentarse a su lado, sin hacerse anunciar. Lo que le había dado un buen susto a Alejandro.

—Sigues viendo demasiadas películas de vaqueros. Toma tu café.

Le tendió un vaso de papel que desprendía un aroma delicioso. Era exactamente lo que deseaba en aquel momento. Eso y un buen sueño.

—¿Qué haces aquí tan temprano? —le preguntó mientras intentaba no quemarse—. Aún no ha amanecido.

—No podía dormir.

Le echó una mirada de arriba abajo.

—Llevas la misma ropa de ayer y no hueles a *after shaves,* sino a flores.

Pedro sonrió.

—Serías un buen inspector de policía, créeme.

Permanecieron callados unos minutos, mirando al frente.

Para Pedro era el momento preferido del día, cuando la ciudad aún no había amanecido y los trasnochadores ya se habían ido a la cama. Era como si en ese preciso momento pudiera suceder cualquier cosa.

—¿Una chica? —dijo su amigo de improviso.
—Puede ser.
—¿Esa chica? —afinó la pregunta.
—Quizá.
—¿Os habéis acostado?
—Sabes que no te voy a contestar a eso.
—Entonces, ¿qué carajo haces aquí?
Era difícil de responder.

Hacía solo unas pocas horas que Inés y él habían estado juntos. Su piel aún le quemaba, y sus labios, y la forma en que el aroma de esa mujer había impregnado cada centímetro de su cuerpo.

¿Cómo explicar lo que vio en sus ojos? Lo más cercano era el arrepentimiento. Fue como si le atravesara el corazón con una daga envenenada. Pedro había salido de ella, con cuidado, para recostarse a su lado.

—¿Te encuentras bien? —había preguntado, temeroso de la respuesta.
—Será mejor que te vayas.
—Ha sido culpa mía.
—No lo ha sido de ninguno de los dos. Ha pasado lo que tenía que pasar. Lo único que no debía pasar bajo ningún concepto.

Intentó disculparse de nuevo, pero ella, de forma amable, le había pedido una vez más que se marchara.

Se vistió deprisa, sin poder dejar de mirarla. Inés se había cubierto con la sábana, y miraba fijamente las gotas de agua que impactaban en la ventana. Sintiéndose miserable por lo que consideraba un grave error, le había hecho caso y la había dejado sola.

Una vez en su habitación se había humedecido la cara, por no estrellar el puño cerrado contra los azulejos del cuarto de baño.

–Imbécil, imbécil, imbécil –se recriminó, rechinando los dientes.

Al final se había tumbado vestido sobre la cama, pero una hora más tarde solo había conseguido dar vueltas y no pegar ojo. Estaba lleno de pensamientos encontrados. Por un lado no podía dejar de pensar en lo que acababa de pasar. Tenerla en sus brazos había sido como dar respuesta a una duda que le taladraba la mente desde su juventud. Había sido todo lo que había esperado. Todo lo que había imaginado. Pero por otro... por otro lado sentía una enorme insatisfacción porque en vez de ayudarla a aceptar las trágicas noticias del pasado de su padre, había aprovechado un momento de debilidad para acostarse con ella.

Eso era miserable, y si lo había hecho era porque no la merecía.

Cansado de no hacer nada había bajado a recepción, con la intención de tomarse una cerveza y fumar un pitillo. Solo cuando salió al porche se dio cuenta de que había escampado, y el cielo estaba despejado.

–¿Usted también se marcha? –preguntó el recepcionista, apareciendo a su lado.

–¿Ella se ha ido?

–Hará media hora, en cuanto dejó de llover.

–¿Ha dejado algún recado para mí?

–Solo ha dicho que le dejáramos descansar. Ha pagado también su cuenta, señor.

Había sido entonces cuando había decidido que ya no le retenía nada en aquel lugar perdido, y había conducido hasta Sevilla de madrugada, con la cabeza atravesada por mil ideas aciagas. Pero de nuevo era incapaz de meterse en su casa, y había acabado en el coche patrulla de su amigo.

–¿Hasta dónde has metido la pata? –preguntó Alejandro, sacándolo de aquellos pensamientos oscuros.

–Tan a fondo que no sé cómo sacarla.

–Pide perdón.

–No sé si va a funcionar.

Dio un último buche a su café mientras pensaba en cómo podría ayudarlo.

–¿Qué crees que espera ella de ti?

Pedro casi sonrió.

–Que la deje en paz, por supuesto. No debo ser el único gilipollas que se cruza en su vida, pero sí el más grande.

–Pues haz lo contrario –dijo su amigo sin dudarlo–. Plántate en su casa.

–Lo va a tomar aún peor. La conozco.

El otro se encogió de hombros. Sabía que intentar convencer a Pedro de algo de lo que no estaba seguro era una tarea imposible.

–Pues entonces vete a tu casa, date una ducha y relámete las heridas.

Aunque lo dijo de una forma aséptica, Pedro captó la ironía de cada una de aquellas palabras.

–Eres un cabrón, ¿lo sabes?

–Me lo han dicho otras veces, sí.

Alejandro tenía razón. ¿Cómo era posible que él, que siempre tenía una respuesta y una acción para todo, ante Inés se encontrara desvalido? Le dio un par de golpes a su colega en la espalda y abrió la puerta del coche patrulla.

–Bueno, ya veré. Te dejo trabajar.

El otro se acordó entonces de algo. Abrió la guantera y le tendió un sobre de papel amarillo.

–Te lo iba a llevar a tu despacho mañana, pero ya que estás aquí, mejor te lo llevas puesto.

Pedro lo miró sin comprender. No había nada escrito, ni siquiera un código de expediente.

–¿Qué carajo es esto?

–Lo que me pediste –recalcó lo evidente–. Le he dado una vuelta al asunto de ese tipo, el que tenía una casa en la costa que desconocía su mujer. Menudo elemento. Ahí llevas lo que he encontrado.

Pedro se acordó entonces de que era cierto. Mientras él buscaba información por otro lado le había pedido a su amigo el favor de que fuera discreto y le ayudara en la investigación sobre el padre de Inés.

Se lo agradeció con una franca sonrisa, aunque en el fondo ya no le importaba lo que pudiera haber descubierto.

Capítulo 27

Cuando sonó la alarma de su móvil, Inés comprendió que al fin se había quedado dormida en su cama. En casa de su madre.

En las brumas del despertar rogó porque lo que había pasado esa noche no fuera cierto, que se tratara solo de un mal sueño y no se hubiera acostado con Pedro. Pero cuando se tapó la cara con las manos, se sintió inundada por su olor, impreso en la piel, lo que provocó un estremecimiento en todo su cuerpo.

De un salto fue al baño en busca de lo que sospechaba. Allí estaba. Cuando se miró en el espejo descubrió la marca roja en el cuello. Un círculo de bordes difusos donde Pedro había posado sus labios. Como entonces. Cuando decía que la marcaba para que se acordara de él al despertar.

Suspiró. Había metido la pata hasta el fondo. Iba en busca de la ayuda de un buen amigo y terminaba entre sus piernas. Intentaba saber quién era en verdad su padre y se acostaba con el único que le echaba una mano.

¿Qué diablos le había sucedido? Ella no era promiscua. Había tenido pocas relaciones en su vida, y quitando una vez que perdió una apuesta con Carmina, jamás se había acostado con alguien si no mediaba entre ambos una relación sentimental. Eso por no añadir que tenía novio, vivía a tres mil quinientos kilómetros y se había jurado hacía diez años que nunca más se acercaría a Pedro.

Se preguntó si él estaría tan desconcertado como ella. Para Pedro, muy posiblemente, no había sido más que un polvo. Los hombres eran así. Veían una oportunidad y no la dejaban escapar. Pero al instante se sintió ruin por pensar de aquella manera. Pedro le había pedido perdón, y si ella no hubiera querido tampoco hubiera sucedido nada. De eso estaba segura.

Decidió que lo mejor era olvidarlo todo y cambiar el billete para esa misma tarde. Oslo la esperaba y ella se estaba haciendo de rogar. Ya maduraría lo que sentía por su padre. Ya se enfrentaría a sus viejas pesadillas. Ahora lo que necesitaba era huir de allí, de aquella realidad que se volvía viscosa a su alrededor y que empezaba a ser difícil de manejar.

Se dio una ducha helada y, sintiéndose fresca, se puso ropa cómoda. No pensaba salir, así que se encasquetó unos *leggins* y una camiseta de tirantes. El cabello recogido en una coleta alta. Se miró en el espejo, y ahí estaba, bien claro, el moretón dejado por los labios de Pedro mientras la amaba. Se puso un pañuelo al cuello para ocultarlo. Su madre no era tonta y muy posiblemente le preguntaría que a qué jugaba.

Más serena bajó a desayunar, sintiendo cómo el aroma del café recién hecho y las tostadas le abrían el apetito.

Cuando entró en la cocina se quedó de piedra.

Su madre se mostraba parlanchina con el invitado que, apoyado en la encimera, despachaba un café y daba bocados a una tostada con aceite de oliva.

—¿Te acuerdas de Pedro? —dijo Clara con su sarcástico sentido del humor al verla aparecer—. Pasaba cerca, se ha enterado de que estabas en Sevilla y ha venido a saludarte. ¿No es un cielo?

Ella tardó en reaccionar. Era a la última persona que esperaba encontrar en su cocina. Y menos después de lo que había sucedido aquella noche.

Cuando su madre la miró con curiosidad reaccionó al fin.

—Sí. Lo es. Un cielo.

Él la saludó con una mano, pero no hizo por acercarse.

—Me alegra verte —alzó su taza—. Estás muy guapa.

—Gracias.

—¡Fíjate en él! —añadió Clara—. Si ya era guapo entonces, ahora es un hombre de los de volverse y gritarle. ¿No crees?

—Seguro que le pasa más de una vez —Inés no pudo aguantar la sorna.

—Menos de las que me gustaría —apuntilló él.

El vuelo del pan expulsado del tostador dio por terminado el duelo a dos. Su madre lo puso en un plato y se lo tendió. Miró alrededor pero no encontró lo que buscaba.

—Se ha acabado el aceite. Voy a la despensa del jardín. ¿Otro café? —le ofreció a Pedro.

—Con mucho gusto.

—Nena —le dijo a su hija mientras salía de la cocina—, ¿te importa?

Ella sonrió solícita, pero cuando se quedaron a solas

dejó la cafetera donde estaba y se acercó a Pedro, para poder hablarle en voz baja.

—¿Qué diablos haces aquí?

—Estaba preocupado por ti —se encogió de hombros—. Ayer la cosa se nos fue de las manos. Se me fue, más bien.

Ella suspiró, incómoda. El plan era largarse sin más, no enfrentarse de nuevo a Pedro y a aquellos ojos verdes que a veces eran irresistibles.

—Lo mejor es olvidarlo —dijo buscando su complicidad—. Hagamos como si nunca hubiera pasado. Vamos a dejarlo justo antes, cuando nos despedimos en tu despacho. ¿De acuerdo? Después no sucedió nada que debamos comentar jamás.

Él se encogió de hombros.

—Me parece una buena idea.

Su madre entró en ese momento con una botella de aceite virgen extra de la despensa, y pareció encantada ante lo que identificó como una charla relajada entre viejos amigos.

—¿Aún no le has servido el café?

Inés volvió sobre sus pasos para tomar la cafetera.

—Estaba en ello, mamá.

Sin darse cuenta, parte del café fue a parar a la mano de Pedro, que la apartó de inmediato pero no se quejó a pesar del dolor.

—He de confesarlo —habló de nuevo Clara mientras empezaba a amontonar platos en el lavavajillas—. Si entonces me parecíais una buena pareja, ahora sois el uno para el otro. Da gusto veros juntos. Creo que tú fuiste el único muchacho que llegó a gustarle a mi marido. Decía que tenías lo que hay que tener. Usaba otras palabras, claro, pero no voy a repetirlas.

Pedro sonrió. Eran curiosos los recuerdos, porque los que él tenía no se parecían en nada a eso.

—Era un buen tipo —murmuró sobre el difunto, cuya sombra aún velaba sobre la casa.

—De jóvenes se cometen muchas torpezas, y os aseguro que sé mucho de eso —prosiguió Clara—. No sé por qué terminasteis, pero fue una lástima. Yo lo lamenté. Mi hija era tan feliz.

Inés no apartaba los ojos de Pedro. Había cruzado los brazos sobre el pecho y endurecido la mirada.

—Quizá él pueda explicártelo, mamá.

—Cosas de críos —le quitó él importancia.

—¿Con veinticinco años? —la madre de Inés no estaba de acuerdo—. No erais tan críos. ¿Pensabais que tu padre y yo no sabíamos lo que pasaba cuando os encerrabais en el cuarto? Yo era quien lavaba las sábanas, querida.

—¡Mamá! —se escandalizó por recordar aquellas cosas delante de Pedro.

El oportuno timbre de la puerta principal puso fin a aquella conversación incómoda. Clara fue a abrir, e Inés aprovechó para dejar las cosas en su sitio.

—Será mejor que te vayas.

Pedro terminó el café de un solo trago. Le gustaba caliente y sin azúcar.

—He venido para algo importante.

—A pedir disculpas. Lo sé —Inés no quería bajar la guardia porque sabía lo que aquel hombre podía hacer con su voluntad—. Las acepto y te ofrezco las mías porque no te paré los pies. Ha sido un asunto de dos y debe quedarse entre los dos. ¿Entendido?

Las cosas no estaban saliendo como Pedro esperaba. Tenía la intención de encontrar un momento a solas para poder explicarle lo que aún sentía por ella. Después todo quedaría en sus manos, pero al menos no tendría la sensación de haber dejado, de nuevo, pasar una oportunidad con la mujer que más había impactado en su vida.

Iba a acercarse cuando Clara entró de nuevo en la cocina. Esta vez parecía un tanto sorprendida.

—Mira quién está aquí.

Inés y Pedro se volvieron a la vez, para ver entrar por el marco de la puerta a un tipo enorme, muy rubio, con el cabello largo recogido en una coleta. Llevaba camiseta y chanclas, y parecía acalorado a pesar de ser aún temprano.

—¿Björn? —intentó Inés ordenar sus ideas—. ¡Qué..!, ¡qué..!

El enorme rubio dejó la bolsa de viaje en el suelo y le dio un largo abrazo.

Pedro se removió incómodo donde estaba. Inés casi desapareció entre aquella masa de músculos blanquísimos.

—No aguantaba un minuto más sin verte —dijo el extranjero arrastrando un acento crispado.

Sin más la besó. Uno largo y apasionado, mientras le acariciaba la espalda y la pegaba contra su cuerpo. Pedro apartó la mirada. Aquello era lo último que había esperado.

Cuando el noruego se sintió satisfecho reparó en él y le tendió la mano, aunque sin dejar de tomar a Inés por la cintura.

—No nos conocemos.

—Es Pedro —se apresuró ella—. Un viejo amigo de la familia.

—Entonces es amigo mío —cuando la estrechó apretó con energía, igual que Pedro, como un duelo a dos donde ambos se medían las fuerzas–. ¿Has estado cuidando de mi chica?

–He hecho lo que he podido –dijo sin evitar un tono cínico que no pasó desapercibido a Inés.

–Pensaba volar esta misma tarde –se apresuró a decir ella para evitar que los dos hombres siguieran hablando.

No sabía por qué, pero con ambos bajo el mismo techo tenía la impresión de que no podía salir nada bueno.

–No he cerrado el billete –le dijo su novio–. Volveremos cuando tú quieras, pero lo que quería hacer tenía que llevarlo a cabo delante de tu madre.

–¿A qué te refieres?

Cuando lo vio ponerse de rodillas su corazón latió con fuerza. Cuando él sacó la caja redonda de terciopelo negro se llevó una mano al pecho. Cuando la abrió para dejar que la luz del sol impactara sobre el hermoso diamante engarzado en un anillo tuvo que taparse la boca.

–Cásate conmigo –dijo Björn con un brillo de amor reflejado en las pupilas–. Y más vale que digas que sí porque esto es todo lo que sé hacer en asuntos románticos.

Inés se había quedado de piedra por segunda vez en esa mañana. Ver a su novio en la cocina de su madre era lo más extraordinario, pero que le pidiera en matrimonio…

–Yo…yo… –tartamudeó, incapaz de articular palabra.

–¿Eso es un sí?

Si aceptaba todo acabaría allí: Pedro se convertiría de nuevo en un sueño dulce del pasado, su padre en alguien a quien nunca conoció, y su futuro tendría el sentido que había tomado en los últimos años.

–Sí –dijo con menos entusiasmo del que pretendía.

Björn volvió a abrazarla y Clara los miró de aquella manera desconcertada que empleaba cuando las cosas no encajaban como ella esperaba. Las últimas tres semanas habían sido extraordinarias para ella. Con el mismo golpe de perder al amor de su vida había recuperado a su hija, y ahora descubría que se ataba a un futuro con un hombre al que ella apenas conocía.

Pedro fue el único que presenció aquella escena sin que su rostro evidenciara ningún sentimiento. Para un ojo experto lo máximo a lo que había llegado era a crispar los dedos sobre el mármol de la encimera donde se apoyaba, y el latido acelerado de su corazón bajo la camiseta.

Sin más sonrió de manera forzada y se encaminó hacia la puerta.

–Os dejo. Enhorabuena, pero he de marcharme.

Inés lo miró a los ojos, donde vio algo oscuro y dolorido.

–Vuelve cuando quieras –se atrevió a decir.

–Seguro.

–Amigo –Björn le tendió de nuevo la mano–. Espero que vengas a la boda. Todos los amigos de Inés son bienvenidos.

Él la estrechó, pero solo un instante.

–Haré lo imposible –esbozó una sonrisa triste y fue hacia la salida.

–Adiós –oyó la voz de Inés a su espalda.

Él se volvió un momento. Su novio seguía teniéndola tomada por la cintura, como si fuera suya, mientras hablaba con Clara. Pero Inés lo miraba a él de una manera muy especial. Una mezcla de pena y dolor. De algo roto que se pegaba a medias.

No quiso interpretarla. Llevaba haciéndolo desde que se habían encontrado y todas las señales habían sido erróneas.

—Adiós —musitó y apartó la vista de los ojos que lo tenían enamorado.

Sin más salió de la casa con el mismo sobre de papel amarillo que había llevado bajo el brazo, atravesó el jardín, y cuando llegó a su coche comprendió que soñar despierto era un hábito que debía tratarse cuanto antes.

Capítulo 28

Pedro dejó la Vespa en una zona habilitada para motos cuando aún no eran las siete de la tarde. Hasta la Biblioteca Infanta Elena, donde había quedado con Inés, había apenas cinco minutos caminando, lo que en un ocaso cálido como aquel de mediados de junio era algo muy agradable.

Como siempre llegaba con bastante tiempo de antelación. Era inevitable. Por una parte, echaba de menos a su chica. Por otra, era una cuestión de su código genético o algo así, porque hacer esperar a alguien era para él una especie de abominación.

Inés le había advertido que hasta no repasar todos los temas tenía que quedarse a estudiar en la biblioteca. Era un examen importante y necesitaba estar segura. Había propuesto que se vieran a las ocho y media, con la condición de que si a las nueve no había salido entrara a por ella. Últimamente parecía ensimismada. Había momentos en los que se quedaba en blanco, mirando al vacío, y Pedro había creído ver algo triste en sus ojos.

Cuando Pedro llegó al sólido edificio, sumergido en

la arboleda del parque, se apoyó en el muro, dispuesto a dejar pasar los minutos. Un cigarrillo y su móvil a mano era todo lo que necesitaba. Pero apenas habían transcurrido una docena cuando vio venir, doblando la esquina, a una figura que reconoció al punto. De inmediato se incorporó y tuvo la extraña sensación de que aquello no era fruto de la casualidad.

Carlos, el padre de Inés, caminaba tranquilo, disfrutando del paseo. Parecía no dirigirse a ninguna parte, a no ser al encuentro de Pedro, lo que no le agradó en absoluto. Cuando estuvo a su lado, sin cara de sorpresa, le tendió la mano.

—Imaginaba que si mi hija estaba aquí tú deberías andar por los alrededores —dijo a modo de saludo.

—Hemos quedado para dar una vuelta.

—Lo sé. Ella me lo ha dicho antes de salir de casa. Así tú y yo podremos contar con unos pocos minutos de tranquilidad.

Pedro no supo qué era, pero la forma de decirlo, el rictus amable y a la vez enérgico, y quizá el hecho de que lo miraba intensamente a los ojos, le hizo entender que lo mejor era mantener la boca cerrada.

Ante la falta de entusiasmo del muchacho, Carlos aclaró lo que quería.

—Me gustaría hablar contigo de hombre a hombre, pero no aquí. Tomemos algo.

Sin más empezó a andar, camino de la avenida principal. Carlos lo dudó antes de seguirlo, pero llegó a la conclusión de que no ser amable con el padre de la chica a la que amaba solo podía traerle complicaciones. Así que al fin, poco convencido, siguió sus pasos hasta un bar ajardinado que abría su terraza a pocos metros de allí.

El padre de Inés saludó al que parecía el propietario. Pedro esperó, paciente. Les dieron una buena mesa, acunada bajo la sombra de unos enormes ficus.

–¿Cerveza? –*dijo Carlos cuando estuvo allí el camarero.*

–Sí.

–Que sean dos.

Tomaron asiento a la vez que el padre de Inés le tendía un pitillo que Pedro rechazó. Nada de aquello le era agradable. Había visto a aquel tipo tres o cuatro veces. La primera cuando había ido a advertirle, mientras hacía deporte, que tuviera cuidado con su hija. Las otras en su casa, cuando saludaba y después seguía a Inés hasta su cuarto para ayudarla a «estudiar». De él sabía que no era tonto, y que no era necesario explicarle por qué cerraban con pestillo el dormitorio de Inés cuando aprendían juntos.

Pedro nunca había sido bueno en situaciones de incertidumbre, así que decidió salir de ella.

–¿Ha sucedido algo? –*le preguntó directamente*–. Hablar «de hombre a hombre» suele hacerse cuando hay un problema.

–En absoluto –*contestó Carlos al instante, con su deslumbrante sonrisa*–. Nunca he visto a mi hija más feliz que estando contigo. Aunque como padre comprenderás que no me agrada que vayáis tan rápido.

–No creo que vayamos a ninguna velocidad concreta. Simplemente es así. Nos dejamos guiar por lo que sentimos.

–La juventud es insolente. Cosa que me gusta. No muchos padres te hubieran dejado la cara intacta tras *aquel «besarla, acostarme con ella y casarme». Fue eso lo me dijiste. ¿No es así?*

—Y eso mantengo.

El camarero dejó las cervezas en la mesa. Carlos le tendió la suya y alzó la copa. Beber sin brindar era para él una ofensa a la buena vida. Dieron un largo trago, sin dejar de mirarse a los ojos. Se parecía demasiado a un duelo donde las espadas tenían el color dorado de la malta tostada.

—No te voy a preguntar por dónde vas en esa lista. Pero... ¿Sabes qué? –dijo Carlos–. Cuando tuvisteis esa pequeña crisis de pareja hace unas semanas, yo animé a mi hija a que volviera contigo.

—Se lo agradezco.

—¿Y sabes por qué lo hice?

—Entiendo que no fue porque yo le guste.

—Te equivocas –se acercó para que comprendiera bien lo que quería decirle–. Me gustas bastante. De hecho, de todos los panolis que han salido con ella en estos años eres el único que merece la pena: directo, sincero y con el carácter suficiente como para saber lo que tienes que hacer en cada momento.

Si la situación ya de por sí le desagradaba a Pedro, aquel cúmulo de cumplidos no terminaron de tranquilizadlo.

—Me alegro que sea así –dio otro largo sorbo a su cerveza–. Después de nuestra conversación en el río hace unas semanas, pensé que usted y yo no terminaríamos nunca de llevarnos bien.

Carlos sonrió y se recostó en la mesa. A una orden, el camarero trajo un cuenco con aceitunas.

—Soy un tipo complicado –declaró al fin–. Quizá porque cuando quiero a alguien me siento incapaz de dejarlo de lado, aunque lo nuestro ya no exista. Aun-

que el rescoldo del amor haya sido arrastrado por el viento hace ya mucho tiempo.

—Creo que me he perdido —murmuró, porque no estaba muy seguro de que aquello encajara en la relación que él mantenía con Inés.

—Es igual —contestó Carlos—. Te decía que yo animé a mi hija a que volviera contigo por una única razón. ¿Sabes cuál?

—No.

Ahora sí tardó en contestar. Estaba buscando las palabras adecuadas. Pedro no apartaba sus ojos de él. Quería leer más que aquellas sílabas que estaba a punto de pronunciar. Quería saber si sus pupilas se dilataban, si su respiración se volvía agitada, si su cuerpo evidenciaba la importancia de aquello que, al fin, había venido a contarle.

—Porque si era yo quien animaba a mi hija a que te dejara —la voz de Carlos parecía haber bajado una octava, profunda y gutural—, ella no me lo perdonaría nunca. Y lo que es peor, no te dejaría jamás.

Allí estaba. Esa era la razón por la que había venido a verlo, por la que había determinado invitarlo a una cerveza, y por la que concluía que tenía derecho a meterse en su vida.

—¿Le caigo bien y quiere que su hija me deje? —Decidió no exponer lo que sentía en aquel momento—. Porque es de eso de lo que hablamos, ¿no? ¿En qué quedamos?

Carlos valoró el efecto que sus palabras tenían en el muchacho. Sabía que era duro de roer. Lo supo el primer día, cuando le habló sin remilgos, con una madurez que le asombró, y con un sentido de la coherencia que le hizo plantearse la suya propia.

—Inés lleva toda su vida esforzándose para conseguir su sueño —añadió Carlos—. Cuando sus amigas jugaban a las muñecas o al fútbol ella diseñaba objetos sobre cualquier superficie lo suficientemente plana como para que sus lápices de cera pudieran pintar. Ese sueño, y los estudios necesarios para llegar hasta él han sido los que han guiado su vida hasta que apareciste tú.

—Yo no interfiero en eso, si es lo que insinúa. Y por otro lado, los sueños cambian a lo largo de la vida.

—El de ella no. Y estaba a punto de tocarlo, al fin, con la punta de los dedos cuando llegó el chico de los botos camperos. Tú —¿cómo le explicaba la forma en la que su preciosa hija había cambiado desde que él había hecho acto de presencia en su vida?—. ¿Te ha contado que ha suspendido dos asignaturas y que ha bajado la nota en todas las demás?

—No.

Aquello sí dejó a Pedro estupefacto. Daba por hecho que su chica seguía siendo de matrícula de honor, como le habían dicho que había sido siempre.

—Mi hija ha aprobado hasta ahora porque tiene una enorme capacidad de sacrificio —lo señaló con el dedo—. Desde que tú apareciste eso parece haberse evaporado. Solo piensa en ti, en estar contigo. Todo lo demás ha pasado a un segundo plano. ¿Sabes lo que pasará si su sueño no se cumple?

Ahora Pedro sí que estaba preocupado. Sabía lo importantes que eran para Inés sus ilusiones, y estas pasaban por sus estudios. Sentirse una pieza discordante en su futuro lo trastornó, pero no quiso evidenciarlo delante de Carlos.

—Seguro que usted me lo dirá.

—En verdad ya lo estás viendo, aunque te niegues a admitirlo: La tristeza y la insatisfacción. ¿Eso es lo que quieres para ella? Primero perderá ese brillo que tanto te gusta en su mirada. Después se volverá taciturna. Más adelante empezará a preguntarse si la vida que lleva es la que quería llevar. Se sentirá culpable, decepcionada, lo que provocará su mal humor, que por supuesto pagará contigo. Empezarán las riñas, las peleas. Donde había amor empezará a nacer el rencor, que se lo come todo. ¿Has observado ya algo de eso? ¿Quieres que siga?

—Así que es usted adivino —contestó Pedro con evidente mal humor.

—En absoluto. Simplemente sucede que Inés es igual que yo, aunque ella lo niegue, y cuando me pasó algo parecido a lo que existe entre vosotros, yo actué de esa misma manera, hasta destruirlo todo.

Pedro digirió cada palabra como si fuera hiel amarga. Aquel tipo no parecía arisco, más bien todo lo contrario. Sin embargo, en el fondo de su corazón, sabía que cuanto decía ya estaba sucediendo.

—¿Qué pretende contándome esto?

—Todo. Nada —se encogió de hombros—. Depende de ti. Dicen que la prueba de que amamos a alguien de verdad es cuando lo damos todo, incluso nos inmolamos por la otra persona. ¿Hasta dónde llega el amor que sientes por mi hija?

—Tan lejos que es imposible desandar los pasos que hemos dado.

Carlos vació su copa. Sabía que iba a ser difícil con aquel chico, pero no sospechaba que tanto.

—Entonces tú tienes todas las respuestas —le contestó a la vez que se ponía de pie y le tendía la mano—.

Me ha gustado verte. Espero que en el futuro podamos tomarnos una copa como amigos.

Pedro no se movió de donde estaba. Tampoco correspondió al saludo. Su mente estaba atrapada, dando vueltas a la verdadera razón por la que ambos estaban juntos, tomando una cerveza como si nada, en un día cualquiera de principios de verano.

–¿Me acaba de pedir que sea yo quien deje a su hija?

Una vez más Carlos se encogió de hombros.

–Te acabo de pedir que seas tú quien la salve. Y ahora buenas tardes.

Se marchó dejándolo a solas, con la enorme sensación de que la felicidad de Inés pasaba por aquello que él no quería hacer.

Capítulo 29

Tres meses después, mediados de diciembre. Oslo.

–No me gusta el escote –opinó Carmina con absoluta convicción–. Pareces una monja.

Inés volvió a mirarse en el espejo de cuerpo entero que tenía delante. Aquel era el... ¿décimo traje de novia que se probaba esa mañana? A su amiga todos le parecían o demasiado serios o demasiado anodinos.

Su vestido de novia era lo único que le quedaba por decidir ya que Carmina se había empeñado en que debía ir con ella a comprarlo, y solo ahora, dos semanas antes de la boda, había tenido tiempo de volar hasta Oslo.

Inés volvió a mirarse en el espejo. A ella le gustaba.

–Es elegante –intentó defenderlo.

–Soso y aburrido como una tarde de domingo. Con eso puesto no vas a conseguir ponérsela dura a tu futuro esposo la noche de bodas.

–¡Carmen! –exclamó más divertida que escandalizada.

Su amiga miró alrededor. Estaban en una de las mejores tiendas de la capital de Noruega. Con una decoración parecida a una gran tarta nupcial. A su alrededor había toda una legión de rubias dependientas atendiendo a las pocas mujeres que esperaban encontrar allí el vestido de sus sueños. Inés y ella estaban en uno de los espacios de «atención especial»: un alto espejo, un probador privado, sillas para las invitadas y una botella de champán descorchada de la que Carmina ya había dado buena cuenta.

—¿Qué más da que me escuchen? —dijo su amiga al ver que todas aquellas mujeres eran tan noruegas como el salmón—. Esta gente no me entiende.

Inés volvió a mirarse en el espejo. El cuello barco siempre le había sentado bien, y aquella forma *sirena* remarcaba su cintura estrecha y evidenciaba sus caderas, de las que se sentía especialmente orgullosa.

—¿Cómo es posible que no te guste ninguno? —le preguntó, extrañada, a Carmina.

—Porque quiero que mi amiga brille el día de su boda, no que parezca que va a tomar los hábitos.

Carmina rebuscó entre los percheros hasta encontrar uno que le gustara. Pesaba mucho a causa de la abundante pedrería. Por lo demás era tan pequeño que se apartaba de la idea general de lo que debía ser un vestido de boda.

—Este es perfecto.

—Si parece que está confeccionado con medio metro de tela, cola incluida —objetó Inés cuando Carmina se lo entregó.

—Póntelo, sé lo que me digo. Llevo toda la mañana viendo esos trapos sosos que te gustan a ti. Por una vez hazme caso. Conviértete en una mujer en condiciones y te garantizo que esa noche el vikingo te hará cosas que ni siquiera has soñado. Te aseguro que de eso sé un montón.

Inés lo miró con aprensión. Pensó que era mejor no desairar a su amiga, así que entró en el probador y un tiempo más tarde salía con él puesto. El escote, palabra de honor, tenía unos tirantes que eran un mero adorno. La espalda se abría hasta tan abajo que ya no era espalda, y una larga abertura dejaba al descubierto una de sus piernas también hasta el punto mismo donde dejaba de llamarse pierna. A eso había que sumarle la abundante pedrería que se desparramaba como una constelación por la ajustada tela. El resultado, había que ser honesto, era espectacular, aunque más para cantar en un local de mala nota que para casarse.

–¿Qué tal? –preguntó Carmina mientras analizaba, satisfecha, el resultado.

–No sé –dudó Inés–. Hombros al aire, medio pecho al aire, espalda al aire, una pierna al aire. Parece que voy a actuar en vez de a decir el *sí quiero*.

–Pues yo lo veo perfecto. Es este. Sin duda –dio una palmada al aire–. Nos lo quedamos. ¿Cómo se dice en noruego? *Jeg vil*.

–No te preocupes –los intentos de Carmina de hablar noruego eran un desastre–. Yo me encargo de decírselo a la señorita que nos ha atendido.

–Pues ya tienes mi regalo de boda –dijo encantada–, y ahora nos vamos a tomar un par de chupitos de *aquavit*, a tu salud.

La dependienta, que había asesorado la compra y seleccionado los modelos a probarse según las indicaciones de Inés (sencillo, discreto y elegante), puso cara de no saber qué pasaba. Aquel traje era la antítesis de lo que le habían pedido. Carmina intentó regatear, pero como lo hizo en noruego la chica no comprendió una sola palabra. Al final dejaron el vestido para que lo ajustaran a su talla, y anduvieron bajo la nevada unos pocos metros hasta un pub muy conocido del centro de la ciudad, donde se sentaron en la barra.

Era mediodía. Fuera nevaba como si el mundo se fuera a acabar. «Un diciembre duro», decían los amigos de Inés. La calefacción estaba a todo gas, y los clientes, muchos de ellos ejecutivos de la zona, hacían un paréntesis para tomar algo antes de continuar con su jornada de trabajo.

–Aquí hay buen ganado –confirmó Carmina tras analizar a los especímenes masculinos que ya habían marcado a la española.

–Te dije que debes venir a visitarme más a menudo.

Ambas rieron, Carmina insinuante al sentirse observada. Al fin el camarero les puso dos vasos hasta el borde de licor que, siguiendo la tradición, vaciaron de un solo trago.

–Ufff... –Carmina intentó mantener el tipo–. Esto tumba a un elefante.

–Te acostumbrarás. Son solo cuarenta grados de alcohol.

Los vasos fueron llenados de nuevo pero esta vez ninguna de las dos hizo por beber.

–Al final no va a ser una mala idea casarte en Noruega.

–Mamá puso el grito en el cielo cuando se lo dije. Pero solo hace tres meses de lo de mi padre y en Sevilla hay demasiados recuerdos. Aquí será como si nada de aquello hubiera pasado.

–¿Puedo serte sincera? –dijo Carmina, adoptando un aire más serio.

–Siempre lo eres y únicamente me lo preguntas cuando tienes que decirme algo desagradable.

Carmina se ventiló su segundo chupito de *aquavit* de una sola vez, y mediante un gesto pidió al camarero que se lo llenara de nuevo.

–¿Estás enamorada de Björn?

Inés la miró extrañada. Era lo último que esperaba.

–Por supuesto. Si no fuera así no me casaría con él. ¿Por qué me lo preguntas?

–No lo sé, pero cuando estuviste en Sevilla había un brillo especial en tus ojos que ahora no veo.

–¿Llanto por la muerte de mi padre? –dijo encogiéndose de hombros–. Por Dios, Carmen, estaba trastornada. Primero por el dolor, y después por enterarme de que llevaba años engañándonos a mi madre y a mí.

–Por cierto, no te perdono que no me lo dijeras entonces.

–¿Cómo iba a hacerlo? Estaba conmocionada. Antes de contarte nada tenía que descubrir si era cierto, y después asimilarlo.

–¿Y lo has asimilado?

Inés también vació su copa de un trago y pidió en noruego que se la llenaran de nuevo.

–He decidido acordarme únicamente de lo bueno. De sus abrazos de oso; de su sonrisa; de su manía de cantarlo todo, como en un karaoke; de su buen humor; incluso de la fanfarronería con la que se presentaba al mundo, y que escondía a una persona tan tímida como yo.

–Tu madre...

Inés no la dejó terminar.

–Ella no lo sabe ni debe enterarse jamás. Yo he podido ser una hija decepcionada, pero ella será una mujer engañada y eso empaña los recuerdos de una manera que es difícil de borrar.

—¿Ni siquiera sospechó cuando se abrió el testamento y supo que erais propietarias de un piso en la playa?

—Papá era quien llevaba los asuntos financieros. Cuando el notario lo refirió mi madre dijo que debía ser el fruto de buenas inversiones. Nada más. Aunque parezca increíble no se extrañó.

—¿Y aun así sigues pensando que es más honesto no decírselo? ¿Que tu padre tuvo durante más de treinta años a otra mujer a su lado? Yo hubiera querido saberlo. De hecho, si alguna vez me enamoro y tú te enteras de que mi hombre me engaña, debes decírmelo para poder matarlo.

Inés sonrió. Sabía que su amiga intentaba hacerlo todo más fácil, más asimilable, pero era demasiado complicado.

—Sí. No –dijo al fin–. ¿Qué arreglaría diciéndoselo a mamá? Pudo haber otras mujeres. Decenas. Cientos. No existe posibilidad de averiguarlo. Pedro y yo hicimos cuanto pudimos pero no hay más información. Mi padre fue lo suficientemente discreto como para ocultarlo durante toda su vida.

—Pues yo no soy nada discreta.

—Lo sé.

—Así que te voy a preguntar si llegaste a acostarte con Pedro durante tu última visita a Sevilla.

La tercera copa de *aquavit* desapareció entre los labios de Inés de un solo trago. Y pidió una cuarta.

—Sí. El día antes de que Björn llegara.

—¡Lo sabía! –palmeó, atrayendo la mirada de los clientes del bar que ya de por sí estaban interesados en la guapa española.

—Se lo he contado. A Björn –aclaró Inés–. Me parecía deshonesto que no lo supiera si nos vamos a casar.

–¿Cómo se lo tomó?
–Mal al principio. Puse el anillo de compromiso sobre la mesa y le expliqué quién era el tipo que estaba en la cocina de mi madre y lo que habíamos hecho unas horas antes. Se largó sin decir una sola palabra y volvió con un ramo de rosas. Me siento más tranquila.
–¿Pero enamorada?
Inés bufó, algo achispada. ¿Por qué no se lo creía?
–¿Te han dicho alguna vez cómo de pesada llegas a ser?
–Es que Pedro y tú juntos… ¡Dios!.. Hace diez años ya era un espectáculo veros. Ahora que eres más madura…
–Gracias por llamarme inmadura.
–Ahora que eres más madura y que él sabe lo que quiere sois la pareja perfecta.
–¿Te estás oyendo? Voy a casarme en dos semanas y me estás animando a que vuelva con un hombre que cuando apareció en mi vida me dejó el corazón destrozado.
–Pero también te ha hecho más feliz que nadie.
Inés alzó la copa. Iba ganando tres a dos.
–Pues que haga feliz a otra –entrechocaron los vasos–. Con Pedro tengo muy claro qué voy a hacer de ahora en adelante. ¿Y sabes qué es?
–Me muero de ganas porque me lo digas.
–Olvidarlo –de nuevo el aguardiente desapareció de sus copas–. Así que brindemos por una nueva vida, donde mi padre vuelva a ser el hombre que era, y ese tal Pedro sea un recuerdo lejano de algo que no debió suceder jamás.
El vidrio chocó, ellas lo bebieron y, a carcajadas, fueron a buscar el resto de complementos para una boda.

Capítulo 30

Había sido uno de esos días donde todo hubiera podido ser perfecto.

Desayunaron por el camino y no eran las once cuando llegaron a la playa. El Pico del Loro era uno de esos lugares apartados entre las populosas arenas de Matalascañas y Mazagón, donde aún era posible estar a solas un fin de semana caluroso de junio.

Todo el público aquel día consistía en otro par de parejas, que se habían quedado cerca de la bajada, y una familia que había montado su parada muy a lo lejos, por lo que Inés y Pedro estaban solos.

Llevaban todo lo necesario: una nevera con comida y bebida, sombrilla para protegerse del sol, una baraja de cartas para entretenerse en las horas de más calor, y muchas ganas de estar juntos.

Habían disfrutado de cada momento. De los juegos en el agua. De los besos sabrosos de sal. Incluso, en la calma del mediodía, amparados por la sombra del acantilado, habían hecho el amor lentamente, fundiéndose el uno con el otro y mordiendo los suspiros que se les escapaban de la boca.

Sin embargo, de nuevo aparecieron aquellos momentos en los que Inés parecía evadirse de todo, como si su cabeza estuviera a muchos kilómetros de allí. Quizá pensando en los sueños rotos, o reparando los pedazos para que encajaran de una nueva forma, también imposible.

En algún momento Pedro tomó su móvil. Estaban tumbados en la arena mientras las olas del mar rompían a sus pies. Lo alzó para protegerse la vista del sol y tomó una foto de ellos mismos.

–Déjame verla –insistió Inés.

Aparecían los dos juntos, cabeza con cabeza. Él había puesto una mueca ridícula y ella reía a carcajadas.

–Estoy horrible.

–Estás preciosa.

–Me miras con buenos ojos.

–La voy a imprimir y la guardaré en mi cartera. Será mi amuleto de buena suerte.

–Tengo mejores fotos. Déjame que te dé una.

–Pero yo quiero esta.

La besó mientras las olas lamían sus piernas, y sin que Inés lo esperara la tomó en brazos, a hombros, para entrar con ella en el mar entre gritos y carcajadas.

Sin embargo, aquella jornada perfecta, tenía un halo oscuro que Pedro no podía apartar de su cabeza desde hacía semanas.

Todo había empezado el mismo día en que el padre de Inés lo había invitado a una cerveza. Quizá el problema siempre había estado ahí, pero hasta ese momento él no se había percatado de cómo le estaba afectando a Inés la pérdida de algo que siempre había anidado en sus sueños. Quizá porque Pedro lo tenía al alcance de la mano pensaba que para ella era igual de tangible.

Cuando empezó a indagar se enteró de que había suspendido tres asignaturas últimamente, por lo que la titulación del máster estaba en entredicho y con ello el futuro profesional que había ansiado desde que recordaba. Se sintió culpable. Responsable de lo ocurrido. Su primera reacción fue inmediata; apartarse un poco para que ella tuviera más tiempo para estudiar. Pero no obtuvo resultado alguno. Ahora era Inés quien iba a por él, quien se saltaba las clases, incluso los exámenes para estar un poco más de tiempo juntos.

Tuvieron una charla muy seria sobre esto, donde ella le confesó que si bien durante toda su vida había tenido claro cuál era su objetivo, ahora este se había desdibujado, convirtiéndose en algo secundario. Ya no le importaba demasiado aprobar su máster, ni dedicar su vida a diseñar objetos, muebles para poder vivir en el extranjero como siempre había sido su ilusión. Prefería buscarse cualquier cosa y aparcarlo todo por estar con él.

Esa idea, debía reconocer Pedro, al principio le gustó. ¡Lo había elegido en la gran apuesta que era la vida! Además, si él aprobaba las oposiciones a la Policía, como estaba seguro de conseguir, podrían vivir juntos, él se encargaría de todo.

Pero entonces se dio cuenta de algo más: Inés no era feliz. Ya lo estaba viendo. Ya había visto los primeros síntomas. Y lo más terrible de todo: no lo sería nunca si no cumplía aquello que siempre había soñado. Carlos había sido claro a ese respecto, y lo que aquella vez vaticinó empezaba ahora a verlo en los ojos de su chica, y él era el responsable de su infelicidad.

Intentó decírselo, intentó explicárselo. Pero ella era tan testaruda como él mismo, y solo se topó con un muro obstinado que decía saber muy bien lo que quería.

Fue a partir de ese momento cuando las cosas dejaron de ir bien. En apariencia todo seguía siendo perfecto. Pero los momentos de silencio ya no eran los de antes, tenían un deje de amargura. Y muy a menudo, cuando creía que Pedro no la observaba, Inés perdía la vista en algún punto invisible y él comprendía que recorría la fisonomía ajada de aquellos sueños incumplidos, de los anhelos que jamás serían aliviados.

Aquella jornada playera lo había hecho pensar.

Mientras la tenía en sus brazos, los dos desnudos tras haberse entregado al amor, Pedro comprendió que el padre de Inés podía tener razón. Si de verdad la amaba debía de ser él quien velara por sus sueños y no debía permitir que se rompieran.

Decidió tomar una decisión drástica. En verdad algo temporal. Hasta que ella enderezara su vida en la dirección que siempre había querido.

Camino de vuelta, en el coche prestado que Pedro había pedido a su padre, la dejó como tantas otras veces en la puerta de su casa. Cuando ella se inclinó para besarlo lo notó distante, y tuvo que preguntar.

–¿Estás bien?

Él sonrió, pero no fue capaz de demostrar lo contrario.

–Es el calor. Debe haberme frito la sesera.

Inés lo atrajo, tirando de la camiseta, para poder besarlo. Por supuesto Pedro le dejó hacer. Había pocas cosas en el mundo que le gustaran más que aque-

llo. Fue un beso largo, apasionado, como todo entre ellos dos. Cuando se apartó, ella lo miraba con un brillo insinuante en los ojos. Ese que lo volvía loco y contra el que tuvo que luchar para no sucumbir.

—Podemos entrar. Papá está fuera, como cada fin de semana, y mi madre tiene reunión del club de lectura. Hay un par de cosas que me gustaría tratar a fondo contigo y que se han quedado sin probar en la playa.

Ella ya salía del coche, absolutamente segura de que él la seguiría, pues no podría resistirse a una oferta así. Sin embargo Pedro no movió un solo dedo.

—Inés, espera.

Cuando lo miró vio que sus ojos se mostraban tan duros que pensó que se encontraba mal.

—¿Qué sucede?

Pedro se humedeció los labios y tragó saliva. Lo había estado ensayando durante todo el camino de regreso, pero no estaba muy seguro de si sería capaz de hacerlo cuando llegara el momento. Pues bien, acababa de llegar y sus labios parecían sellados. La miró a los ojos y se repitió mentalmente que debía de hacerlo solo por ella. Solo por su bien.

—No sé si esto funciona.

—¿Esto? —no sabía a qué se refería.

—Tú y yo.

Ahora los ojos de Inés estaban asombrados. Era la primera vez que algo sí pasaba por su cabeza tras las dudas iniciales, cuando empezaron a verse. Algo ya olvidado a base de besos.

—Claro que funciona. ¿Por qué lo dudas?

—Creo que deberíamos darnos un tiempo.

—¿Estás cortando conmigo?

–Solo un tiempo.

La mirada de Inés se ensombreció, lo que produjo un dolor profundo en Pedro.

–¿Qué ha sucedido? –preguntó ella–. ¿Qué me he perdido?

Ver sufrir a la persona amada era terrible. Pero ser el responsable de aquel dolor llegaba a ser insoportable.

–Simplemente creo que vamos demasiado deprisa.

–Pues iremos más despacio –casi suplicó Inés.

Él negó con la cabeza, sin atreverse a mirarla a los ojos.

–Creo que no funciona.

En el interior del vehículo, abrasados por los rayos del sol estival, parecían una pareja de enamorados inmersos en una larga despedida. Algo de eso era verdad, pero la realidad era bien distinta.

–¿Hay algo que yo no sepa? –preguntó ella, adquiriendo su voz un tono duro que le erizó el vello de la piel.

–No.

–¿Otra chica?

Pedro comprendió que aquel era el único camino creíble.

–Te lo iba a decir.

–Hay otra chica –lo miró asombrada.

–Yo no mando en mi corazón.

Ella respiró hondo, como para tomar fuerzas, y le estrelló una bofetada en la cara ante la que Pedro no se inmutó.

–Eres un hijo de puta.

–Las cosas simplemente suceden –dijo sin levantar la cabeza.

—*Los deseos, las estrellas* —*Inés intentaba no llorar, pero las lágrimas le recorrían las mejillas*—. *Eran una simple artimaña para llevarme al catre.*

—Míralo así si lo prefieres.

Volvió a golpearlo. Esta vez en el hombro, con los puños cerrados. Pero él seguía sin reaccionar. Con la mirada perdida en el volante. Rogando porque aquello pasara cuanto antes.

—Cabrón, cabrón, cabrón.

—Se ha acabado —sentenció.

Inés se limpió las lágrimas con la mano. Intentó serenarse, y cuando lo hizo se dirigió a él con absoluto desprecio.

—*Los tipos como tú… espero que no sigas engañando a otras. Que alguna vez sientas lo que yo siento en este momento.*

—Los tipos como yo, que no tenemos corazón. No podemos sentir lo que tú sientes.

—Vete al infierno.

Ella salió del coche y cerró con un portazo. Pedro la vio alejándose, corriendo hacia su casa a través de la alfombra de césped.

Cuando desapareció de su vista, solo entonces, soltó el aire contenido en sus pulmones.

—Al infierno… —dijo en voz baja—. Estoy en él.

Capítulo 31

—¿Otra cerveza?
—¡Que corra el alcohol!
Pedro le tendió el botellín a Alejandro, y despachó el suyo mientras miraba satisfecho la reunión de colegas que se desenvolvía a las mil maravillas.

Se había comprado un barco con los ahorros de toda su vida. Seis metros de eslora y una buena manga. Era algo que siempre le había gustado. Navegar. Tenía varios cursos a la espalda y el título de patrón de yate. Ahora hacía realidad su sueño y por eso mismo había retrasado sus vacaciones al mes de diciembre: para poder navegar por la costa, de puerto en puerto, en solitario, con lo que el destino quisiera ponerle por delante.

Era un día frío de Navidad, pero lucía el sol. El mar estaba en calma y el puerto deportivo tranquilo. Había invitado a sus colegas a tomar algo en el atraque. Unas cervezas, un poco de jamón, buena música, y hasta que aguantaran. Unos cuantos estaban sobre cubierta, en grupos dispersos entre la reducida aleta y la amura. Otros directamente en el pantalán, charlando animadamente.

Se encontraban en un momento de receso tras la efusividad del comienzo, que Pedro había aprovechado para ver cómo estaba su amigo y compañero de trabajo.

–Eres el puto amo, tío –le dijo Alejandro entrechocando los botellines cuando Pedro se apoyó a su lado en el balcón de popa, que daba al mar.

–Pues entonces, por los amigos del puto amo.

Volvieron a brindar y a beber. En aquel punto exacto de la embarcación el sol calentaba, y entraban ganas de tumbarse a echar una siesta.

–¿Cuándo partes? –le preguntó su colega. Pedro se encogió de hombros.

–Mañana. Pasado. No tengo fecha, pero pronto.

–Te echaremos de menos.

–Es solo un mes.

–Aun así. Es Navidad. Llama de vez en cuando.

Sonrió. Las bromas entre los dos encerraban un fondo de afecto que entre tipos duros era difícil que tomara otro aspecto que no fuera aquel.

–No voy a hacer eso. No eres mi madre.

–Me preocupo por ti.

–Pues pasa de hacerlo. Estaré por ahí conociendo a gente, a chicas guapas que quieran visitar mi barco.

Alejandro lo señaló con el dedo, como advirtiéndole de que se estaba pasando.

–Los otros se podrán creer toda esa mierda, pero tú y yo sabemos lo que pasa.

–Ya estás con tus misterios.

–Solo digo lo que ninguno de esos cagados se ha atrevido a decirte.

Pedro frunció la frente y su rostro adquirió una expresión peligrosa.

—A ver. ¿Qué es eso?

Su amigo se lo pensó antes de contestar. Era muy consciente de que Pedro estaba pasando por un mal momento y no quería joderle las vacaciones.

—Que estás huyendo.

—¿Huyendo yo? —hizo la pantomima de escandalizarse—. Pedro Cienfuegos no huye de nada. Se enfrenta a ello.

—Te estás poniendo gallito, Chuck Norris, y sabes que eso no va contigo. Quedas ridículo.

—Sé más claro y no tendré que defenderme.

Alejandro tomó un largo trago. Sabía que no era el momento de hablar de aquello. Entre todos se habían puesto como objetivo entretenerlo. Charlar de futbol, de deporte, de chicas, y dejarlo allí, feliz, para que empezara su andadura marítima sintiéndose el tío más dichoso del mundo. Pero él no era así. No podía sumarse al engaño que Pedro se hacía a sí mismo. Era su colega. Su colega del alma. Y los amigos de verdad deben hacernos pasar malos ratos si es por nuestro bien.

—Huyes de ella —dijo al fin.

—¿Ella? —Pedro volvió a arrugar las cejas, haciéndose el que no comprendía.

—No me hagas repetir algo que ya sabes. Ella.

—Te refieres a Inés.

—¿A quién si no?

Soltó un bufido que quería decir que aquella historia era antigua y él venía de vuelta.

—Está más que olvidada.

—A otro con ese rollo.

Pedro chasqueó la lengua. No quería hablar de aquello. No quería pronunciar su nombre nunca más.

Miró a su amigo. Estaba preocupado. Durante los últimos tres meses, Pedro se había mostrado huraño. Era inevitable. No había podido contenerse, y Alejandro lo había soportado con resignación. Esa era la primera vez que le refería lo de Inés. Quizá no era el mejor momento, pero no le vendría mal hablar de aquello con alguien y... ¿quién mejor que el amigo que tenía al lado?

—Me dejó claro a quien prefería. Tiene que ser un asunto cerrado —dijo al fin.

—No seas gilipollas. Sigues hecho una mierda.

—¿Tanto se nota?

—Lo llevas escrito en la cara: «Soy un desgraciado».

Pedro suspiró.

—Entonces la dejé por unos pocos meses y ha durado diez años. Llegué a pensar que esta vez podría arreglar todas las meteduras de pata del pasado.

—¿Y por qué no lo has hecho?

—Porque creo que estoy diseñado genéticamente para estropear las cosas que de verdad me importan. En vez de hablar de lo que sucedió una década atrás me metí en su cama.

—¿Así que te la tiraste?

Pedro puso cara de ofendido. Era su línea roja y ni en la más estricta intimidad con los colegas la traspasaba.

—¡Eh! —exclamó—. De eso no quiero hablar y de eso tú no puedes hablar. ¿Entendido?

—Tranquilo, tranquilo. Lo que quiero decir es que siempre hay un ahora. Siempre puedes llamarla y contarle lo que no le has dicho.

Pedro soltó una carcajada de impotencia.

—¿Que su padre, a quien adora y está muerto, me metió en la cabeza la idea de que la dejara por su propio bien?

—Por ejemplo.
—Estás loco. Venera a ese hombre. Y él ya no está para defenderse. Sería ruin usar ese argumento.

Los demás amigos miraban hacia ellos de vez en cuando. Alejandro y él les daban la espalda, y el sonido de la música servía de amortiguador a lo que decían.

—Inténtalo —insistió su colega—. Llámala ahora.

—Te considero un buen amigo pero a veces me dan ganas de partirte la cara —dijo Pedro con el extraño sentido del humor que usaban entre ellos—. ¿No recuerdas lo que te conté del noruego? Se declaró delante de mí, y ella dijo que sí.

—Ahí tendrías que haber intervenido.

Pedro volvió a reír, una sonrisa vacía que significaba muchas cosas, todas relacionadas con la desesperanza.

—¿Con su madre al lado, y un anillo de varios quilates de por medio? Lo único que podía hacer era largarme, que es lo que hice.

—Insisto, llámala.

—Se casa mañana.

—¿Y cómo lo sabes?

—Soy policía, ¿recuerdas?

Se hizo el silencio entre los dos. Los otros hablaban de futbol. Pedro añoró aquellas conversaciones, aquel tiempo donde Inés solo era una foto olvidada en la cartera, de un pasado en la arena que no volvería jamás.

—Aún estás a tiempo entonces —insistió una vez más Alejandro.

—Déjame tranquilo. Yo solo quería tomarme unas cervezas con mis colegas, no escuchar a Elena Francis y sus consejos.

—Te arrepentirás si no lo haces. Solo digo eso.

—¿Es que no te enteras de que no me quiere?

—Me entero –le puso una mano sobre los hombros–, pero es que cuando alguien a quien tú amas deja de quererte solo se puede hacer una cosa.

—¿Comprarse un barco y lanzarse a la aventura? –contestó Pedro, pues era lo que pretendía hacer él.

—No –dijo el otro muy serio–. Amarla más intensamente, tanto como te sea posible. Hasta que ella se dé cuenta. Porque entonces cederá. Tiene que ceder. Ese es el único camino transitable.

Pedro lo miró a los ojos. Habían pasado muchas noches de patrulla juntos. Noches de silencio donde se habían abierto el corazón el uno al otro. Quitando a sus padres aquel era, posiblemente, el tipo que mejor lo conocía. Y sin embargo le daba un consejo que iba a hacerlo sufrir por mucho tiempo, y posiblemente para nada. Quiso darle un abrazo, pero entre ellos las cosas no se demostraban así. Simplemente le palmeó los hombros, para que entendiera que agradecía sus consejos pero que no iba a seguirlos.

—Eres un romántico empedernido –le dijo Pedro–, encerrado en el cuerpo de un tipo duro.

—Y tú un gilipollas a quien quiero un taco.

Pedro sacó otras dos botellas de una nevera llena de hielo. Retiró la chapa y le tendió una a su amigo.

—¿Sabes lo que haré?

—Una gilipollez, seguro.

Alzó el botellín y se giró hacia los otros. Sin saber de qué habían estado hablando el resto de sus colegas hizo lo mismo, esperando el brindis del patrón del barco.

—¡Voy a brindar por ella y por su boda! –continuó en voz baja–. Y a partir de este momento me olvidaré de que una vez existió, de que alguna vez la quise, y de que pudo haber algo entre nosotros.

Todos entrechocaron sus botellines y siguieron a lo suyo, sin saber muy bien por qué brindaban.

El último fue su colega, que seguía a su lado.

–Tú mismo –le dijo.

–Así es. Esa mujer es pasado, y no quiero volver a saber nada de ella. Nunca más.

Y con esa declaración de intenciones decidió pasarlo bien, porque aquel era el principio de su nueva vida sin Inés.

Capítulo 32

−¡Dios! Estás preciosa –dijo su madre sin atreverse a abrazarla.
—¿Te dije que era este, o no? –añadió Carmina, que ya estaba vestida y sería la encargada de llevarla a la iglesia.

Inés se miró en el espejo y no se reconoció.

El traje, una vez arreglado, se ajustaba a su cuerpo como un guante. La espalda ya no estaba tan baja ni la pierna tan al descubierto. El escote seguía siendo generoso, pero le sentaba bien y realzaba sus clavículas. Los brillos y pedrerías, que por lo general no le gustaban, debía reconocer que le aportaba una luz que favorecía. Y el cabello recogido dejaba al descubierto el largo cuello, una de las pocas cosas de su cuerpo de las que se sentía orgullosa.

−Toma –su madre le tendió una pequeña caja forrada en ajado terciopelo rojo–. Eran de tu abuela paterna. Él hubiera querido que los llevaras el día de tu boda.

Inés sintió cómo se emocionaba. Cómo las lágrimas subían a sus ojos. ¡Su padre! Hacía solo tres meses… y si Clara no hubiera insistido jamás hubiera programado la boda para tan pronto. Pero mamá era de la opinión de que los momentos felices había que vivirlos junto a los amargos, porque la vida era una consecución de ellos.

Inés abrió la caja y vio los pendientes de su abuela. Estaba enamorada de ellos desde que era una niña. Un sencillo lazo de oro y brillantes con tres lágrimas perladas. Los acarició y volvió a pensar en su padre. En verdad no salía de su cabeza. Se intentaba convencer a sí misma de que todas las cosas que había descubierto eran mentira, porque no quería modificar la imagen absoluta que tenía de él

–Hoy me hubiera llevado del brazo al altar –dijo a punto de llorar de nuevo, como llevaba sucediendo todo el día cuando se acordaba de papá–. Estaría organizándonos a todos, advirtiendo a Björn de lo que le sucedería si yo no era feliz, y llamándome «saco de huesos».

–Y estará hoy contigo, a tu lado, cuando digas el sí quiero –la tranquilizó su madre–. Siempre estará con nosotras. Pero no llores o echarás a perder el maquillaje.

Al fin el amor pudo con los convencionalismos y abrazó a su hija. Se sentía orgullosa de ella y feliz porque hubiera decidido seguir adelante a pesar del enorme impacto que había supuesto para ella perder a su padre. A pesar de que se fuera a casar en Oslo, en vez de en Sevilla.

–Me tengo que marchar o no llegaré a la iglesia – Clara miró el reloj. Faltaba menos de media hora para la boda e Inés aún debía terminar de arreglarse–. Me espera abajo el hermano de Björn. Estaré sentada en la primera fila. Llega cinco minutos tarde, como debe ser. Más no o me moriré de un infarto.

Repartió besos con la punta de los dedos para no estropear los maquillajes, y las dejó a solas a Carmina y a Inés. Las dos viejas amigas que, como siempre habían dicho, desde pequeñas, estarían de la mano cuando una de ellas subiera al altar.

–Los pendientes, los zapatos y el velo –rememoró Inés.

Eso era lo que le quedaba por ponerse. Una vez hecho saldría por la puerta, bajaría a la calle donde la esperaba el enorme coche de Björn, y se encaminaría a la iglesia de donde saldría siendo la flamante señora Bronnfjell.

Sí. Dentro de nada estaría casada. Su vida sería la que siempre había soñado, y las personas queridas, menos papá, estarían a su lado.

Inés había decidido pasar el último día de soltera en su pequeño apartamento. Ya estaba medio desmantelado, pero había dejado lo imprescindible para arreglarse el día de su boda y para que Carmina se quedara allí unos días. Björn le había insistido para que se vistiera en su casa, donde empezaría a vivir a partir de esa noche, o en un hotel cercano. Pero quería hacerlo bien. Necesitaba echarlo de menos, que cuando entrara en la iglesia y lo viera en el altar, impecablemente vestido, sintiera que era el hombre de su vida y que aquella era la mejor decisión que jamás había tomado.

Era el día treinta de diciembre y sonaban villancicos por todas partes. Había dejado de nevar, pero el cielo anunciaba que sería una tregua breve. A través de la ventana el color blanco ocupaba cada centímetro de paisaje, menos las líneas oscuras de la carretera. Oslo era una ciudad espectacular bajo la nieve. Una mancha blanca, salpicada de luces, que se desparramaba por las colinas hasta el fiordo.

Sonó el timbre de la puerta.

—¿Quién será? —se preguntó Inés, mientras se ajustaba el cierre del segundo pendiente a la vez que se encasquetaba los altos zapatos de tacón

—Un pariente de tu novio, seguro. Son cientos y todos están igual de buenos. Voy a ver.

Inés sonrió y se quedó a solas. En cierto modo agradeció aquel minuto consigo misma antes de tomar la decisión más importante de su vida. Lo necesitaba. Volvió a mirarse en el espejo de cuerpo entero. Los pendientes iluminaban su rostro. Se sentía hermosa, algo que no pasaba de forma habitual. ¿La vería así también Björn? Las últimas semanas, con el ajetreo de la boda, Carmina en casa y el trabajo que tenía que adelantar para poder coger unos días libres, apenas lo veía un rato antes de meterse en la cama y quedarse dormida como un lirón.

Su amiga apareció en el salón. Parecía contrariada.

—Ha venido alguien —dijo sin saber muy bien cómo hacerlo—. No quería dejarlo pasar, pero ha sido insistente.

—¿Alguien? ¿Quién?

Carmina no tuvo que responder porque Pedro apareció a su lado.

El corazón de Inés se detuvo al verlo.

Se aceleró y se detuvo.

Estaba allí plantado, con un viejo y grueso abrigo de paño, sus botos mojados por la nieve, los guantes en una mano y un gorro de lana que cuando se quitó dejó despeinado su hermoso pelo rubio.

No dijo nada.

Solo la miraba.
Tan silencioso como ella.
Tan sorprendido como ella.
Porque estaba preciosa. Espectacular. Y vestida de novia.
—Estaré en la cocina —comentó Carmina—. Si necesitas algo llámame.
Salió y los dejó a solas. Pedro arrugaba el gorro y los guantes entre los dedos y ella tuvo que apoyarse en el tocador para buscar un soporte.
—¿Qué haces aquí? —le preguntó. Incrédula ante lo que estaba pasando.
—He venido a traerte esto.
Pedro le tendió un objeto que había sacado de un bolsillo de su abrigo. Parecía pesado y estaba envuelto en un paño blanco. Ella se quedó observando su mano suspendida en el aire. Sus largos y fuertes dedos. Lo miró un instante a los ojos, a aquella ceja partida, y después, casi sin darse cuenta, tomó lo que le tendía.
Era muy pesado. Al desenvolverlo tuvo entre sus manos un marco de madera que contenía un trozo de pared, de muro, de unos pocos centímetros cuadrados, donde aún aparecía pintado un cielo nocturno salpicado de estrellas. No tuvo que preguntar qué era. La primera vez que se vieron él la llevó allí, a un recóndito convento donde le había *grafiteado* el firmamento, todas las estrellas solo para ella. Sintió cómo se conmocionaba al recordarlo.
—Aún existe —murmuró.
—Solo algunos restos. He guardado este para que no te olvides de lo que fuimos una vez.
El brillo de los ojos de Pedro, aquel verde seductor, era un peligro, e Inés lo sabía. Dejó el objeto sobre el

tocador y se volvió hacia él. Ahora lo miró con dureza. Casi sin piedad.

—Aún no me has contestado qué haces aquí.

Él se encogió de hombros.

—No podía dejar que te casaras sin hablar contigo.

—No quiero oír nada de ti. Vete, por favor.

—No voy a hacerlo sin contarte lo que vengo a decir.

Se sintió abrumada. ¿Jamás iba a acabar aquello? Era como el Día de la Marmota. Una y otra vez. O ella o él iban al encuentro de algo que ya estaba claro que jamás funcionaría.

—¿Cómo te hago comprender que ni tú tienes que explicarme nada ni yo tengo que esperar nada de ti? —casi le suplicó—. Creo habértelo dejado claro.

—No ha habido nada claro entre nosotros desde que estuviste en Sevilla.

Ella no sabía cómo alejarlo. Cómo explicarle que debía marcharse, salir cuanto antes de su vista. Y debía de ser para siempre.

—Fui sincera contigo. Después de aquel enorme error de acostarnos juntos, te dije que había sido por mi culpa, que ya tenía una vida en otra parte.

—Hace diez años... —intentó exponer lo que había ensayado como un idiota ante el espejo.

—Eso es pasado, Pedro —lo interrumpió Inés—. No me interesa lo que sucedió hace una década. Éramos dos críos y apenas estuvimos juntos tres meses. ¡Tres meses! Eso no puede marcarnos. Eso no puede ser una constante en nuestras vidas.

—Hace diez años me pasó algo sorprendente —siguió a pesar de todo—. Hasta entonces solo había tenido una certeza en la vida, que quería ser policía. Pero después tuve la segunda gran certeza. La única desde entonces.

Que tú eras la mujer de mi vida. Y lamentablemente eso no ha cambiado. Aunque solo fueran tres meses y un intervalo de una década hasta verte de nuevo.

–¿Te estás escuchando? ¿Te estás oyendo después de lo que hiciste?

–No te voy a explicar las razones de por qué te dejé hace tanto tiempo. No es algo que me pertenece solo a mí, y no quiero traicionar a quienes no pueden defenderse. Pero te aseguro que no lo hice porque dejara de amarte, ni porque hubiera otra chica. Simplemente tenía que hacerlo.

Ella lo miró con desprecio.

–¿Y has recorrido tres mil kilómetros para decirme esto el día de mi boda?

–He atravesado Europa para decirte que te quiero. Hubiera atravesado el mundo para decirte que aunque llevo diez años engañándome, nunca he dejado de quererte. Y me temo que seguirá así por el resto de mi vida.

Ella escuchó cada palabra como una declaración sincera e inamovible. Pero su corazón estaba cerrado con llave, y a pesar del enorme impacto no iba a permitirle que entrara en él aquel día.

–¿Eso es todo? –dijo, seria, fría, desafiante–. Porque créeme que no me importa lo que sientas.

Él suspiró. Un gesto involuntario. No había hecho por acercarse, lo que imprimía un carácter extraño a la escena: Cada uno en un extremo de la habitación, como si con una distancia menor entre ellos hubiera sido imposible no lanzarse a sus brazos.

–Albergaba la esperanza de que me dieras una oportunidad.

–¿Te das cuenta de que no has dicho nada? –dijo furiosa y apenada–. Me dejaste por algo incierto que no puedes desvelar, y ahora vienes aquí, ¿a qué? ¿A decirme que lo deje todo para volver a ti? Para eso yo tendría que quererte, y no te quiero. Cuando pienso en el *Gran Pedro* solo siento dolor. El de hace diez años y el de hace tres meses, cuando traicioné al hombre con el que voy a casarme para arrojarme a tus brazos –casi escupió en el suelo–. Ya ves lo que consigues cuando estás cerca. Hacerme infeliz. Eso es. Hacerme desgraciada.

–No es esa mi intención –se humedeció los labios. Sentía la boca, la garganta secas.

–Pues entonces vete por donde has venido –señaló hacia la puerta–, y déjame seguir mi vida.

Habían subido la voz sin darse cuenta. Carmina apareció con pasos silenciosos. Le puso a Pedro una mano en el hombro para que se calmara. Él estaba mortalmente pálido y sus ojos angustiados.

–Será mejor que te vayas, Pedro –le aconsejó, con cuidado de no ahondar en la herida.

–Siento todo esto –intentó él explicarse– Yo... yo... Si soy responsable de tu infelicidad... es el único argumento que acepto para volver a casa sin ti.

–¿Pensabas raptarme?

–Pensaba convencerte de que soy el hombre de tu vida.

–Pues estás equivocado.

–Ya veo.

–Ahora, lárgate, por favor.

Él aún se demoró unos instantes. Ese era el fin. Ya no había vuelta atrás. Si se largaba sin más ya no quedaría ni siquiera la sombra de una posibilidad. Pero una vez lo hizo. La dejó para no hacerla desgraciada. Ahora también debía hacerlo. Aunque con ello se sentenciara a sí mismo a un viaje al infierno.

–Sé feliz –dijo, aún sin moverse.

–Sin ti podré llegar a serlo.

Una última mirada. Aquellos ojos verdes volvieron a abrasarla, pero nada en su rostro ni en su postura dieron muestra de ello. Se mantuvo firme, altiva, impenetrable.

Solo cuando él salió, cuando escuchó cerrarse la puerta de la calle, se derrumbó sobre sí misma. Cayó de rodillas y, apretándose el pecho, lloró cada lágrima que no había sido capaz de soltar delante de él.

–Llamaré a Björn para que retrase la boda un par de horas, hasta que te encuentres mejor –dijo Carmina, tomando el teléfono.

–No –contestó Inés intentando controlar su respiración–. He de casarme cuanto antes y terminar con esto de una vez por todas.

Capítulo 33

Hacía ya un par de horas que el reloj había dado las doce campanadas de Año Nuevo.

Pedro estaba apoyado en el murete de la terraza, con una copa en la mano, observando el cielo de Sevilla que seguía estallando en fuegos de artificio allí donde miraba.

Había vuelto esa misma mañana, en el primer avión que salía de Oslo con destino Madrid, y tuvo que esperar un par de horas en el aeropuerto hasta encontrar una conexión que le trajera a casa.

¿El peor viaje de su vida? Sin duda alguna. Tras salir de casa de Inés solo había sido capaz de caminar. Una noche en vela, deambulando por calles heladas de una ciudad desconocida, con bastantes grados bajo cero, y sin más destino que la próxima esquina. Lo único que había tenido en la cabeza era que ella se había casado y en aquel momento estaba en brazos de otro hombre.

En aquel momento, cuando había recorrido tres mil quinientos kilómetros solo para declararse, podría habérselo dicho todo. La verdad: que había sido su padre quien le advirtió de lo que podía suceder si seguían juntos. Que él había empezado a ver aquellos mismos síntomas y que temió ser el responsable de su infelicidad. Que no había sido capaz de defender su relación contra sí mismo. Pero eso era un secreto entre Carlos y él. Algo que debía quedarse entre los dos ahora que el otro faltaba.

Cuando aterrizó, su WhatsApp estaba repleto de mensajes sin contestar, de aquellos que le querían preocupándose por cómo habían marchado las cosas en aquel paraíso helado. No contestó a ninguno. Tampoco respondió a las invitaciones de pasar el Año Nuevo en algunas de las fiestas que sus amigos organizaban en la ciudad. Se quedó en casa. Solo. Puso música, un poco de jazz, y brindó al aire por su nueva vida. Por aquella a la que debía enfrentarse a partir de ahora, sin Inés.

No quería acostarse.

Temía los sueños que acudirían a su cabeza cuando cerrara los ojos.

Dos noches sin dormir.

Su ático en el centro de la ciudad era un apartamento pequeño, pero con una gran terraza. Hacía frío al aire libre pero no le importaba, nada comparado con el que había pasado la noche anterior. Una bufanda y una buena camisa eran suficientes porque el cielo estaba cuajado de estrellas y había llegado la hora de pedir un deseo.

Iba a hacerlo cuando sonó el timbre de la puerta.

Por un momento su corazón se aceleró. ¿Y si era..? No quiso pensarlo y fue a abrir.

Cuando lo hizo se encontró al otro lado a Alejandro, a su compañero de tantas noches de patrulla. Estaba apoyado en el quicio de la puerta, como una actriz de cine, y llevaba en la mano una botella de champán.

–He traído refuerzos –dijo alzándola.

–¿Cómo sabías que estaba aquí? –se extrañó, pues no se lo había dicho a nadie.

–No has contestado a un solo mensaje desde que te fuiste. Así que solo había dos opciones: o estabas follando en Oslo como un conejo, o estabas desesperado, encerrado en esta madriguera.

Pedro sonrió, a pesar de que no tenía ganas de ver a nadie.

–¿Y cómo has llegado a la conclusión de que era lo segundo?

–No he sido yo, ha sido Elena, mi mujer –hizo una mueca cómica con la boca–. Me ha hecho abandonar la fiesta y venir a ver si te encontrabas en casa. Incluso me ha amenazado con que me obligaría a dormir en el sofá del salón todo este año si se enteraba de que tú habías pasado el fin de año solo y amargado.

Pedro volvió a sonreír. En verdad se acababa de dar cuenta de que necesitaba la mano de un amigo.

–No te mereces a esa mujer que tienes.

–Tampoco me merezco al amigo que tengo.

No querían ponerse sentimentales.

–¿Sabes que tus consejos son una puta mierda?

–¿Y por eso me vas a dejar en la puerta?

Al final Pedro se retiró y lo dejó pasar. La música sonaba suave. En aquel momento Chet Baker templaba la voz con *My funny Valentine*. Había puesto un par de baritas de incienso que embalsamaban el ambiente. Allí estaban su bici de carreras, su tabla de surf, el saco de boxeo colgado de una viga de madera.

Hacía frío pero su amigo no se quejó. Las puertas

de la terraza estaban abiertas de par en par. Pedro fue hasta allí y su compañero lo siguió. Se apoyaron en el murete. Mirando al frente. Aún estallaban algunos cohetes en el cielo. Distantes, haciendo que los perros ladraran como locos.

–Siempre me han maravillado estas vistas –dijo Alejandro.

Pedro señaló hacia el oeste.

–Por allí llegan las tormentas y por ese otro lado las aves cuando anuncian el buen tiempo.

Ambos miraban al vacío, intentando distinguir algo que solo estaba en sus cabezas.

–¿Me vas a contar qué ha pasado? –preguntó su colega al cabo de un rato.

Pedro suspiró y siguió observando las luces distantes que estallaban en el cielo para desvanecerse, como sus propios sueños.

–Que se terminó –dijo al cabo de un rato–. Se ha casado. Será feliz y ahora mismo estará en brazos de aquel tipo, recibiendo el Año Nuevo.

–Una putada.

–He tenido diez años para arreglarlo. Creo que ella ha sido paciente.

–¿Qué harás ahora? ¿Intentar olvidarla?

–No creo que eso sea posible.

–¿Entonces?

Volvió el silencio. Era una pregunta complicada a la que tenía una respuesta a medias.

–Aún me quedan algunos días de vacaciones. Navegaré. Pensaré por dónde seguir, y cuando regrese seré un hombre nuevo.

–No cambies demasiado. Me gustas como eres.

–He de asentar la cabeza.

—¿Te volverás aburrido?

—Me temo que sí.

—En serio —dijo poniéndole una mano en el hombro—. ¿Qué harás?

—Siempre me ha gustado mi trabajo. Me centraré en él. En sus oportunidades. Quizá así la olvide y termine por encontrar a una chica como la tuya.

—A la mía ni te acerques.

—Está colada por ti. No me haría caso.

Alejandro y Elena hacían una buena pareja donde era evidente quién llevaba los pantalones.

—¿Qué estabas haciendo antes de que yo llegara? —preguntó su compañero, lleno de una repentina curiosidad.

Pedro sonrió de nuevo. En una noche como aquella podía decir o hacer cualquier cosa, que su imagen de tipo duro no se resquebrajaría porque ya estaba destrozada.

—Iba a pedir un deseo a la primera estrella fugaz que cruzara el cielo.

—¡Eso es de niñas, tío!

—Ya te he dicho que estoy cambiando.

El otro lo dudó un momento.

—¿Puedo acompañarte y pedir otro?

—No se lo diré a nadie.

Los dos amigos se quedaron en silencio, observando el cielo que en ese instante, con las luces de la ciudad apagadas, se había inflamado con la luz de la Vía Láctea. En algún momento, una estrella errática cruzó el cielo, desvaneciéndose según cruzaba la atmósfera. Pedro la señaló y cerró los ojos. Cuando los abrió, su amigo lo miraba fijamente.

—Te lo tomas bastante en serio —dijo Alejandro con sorna.

–¿Qué has pedido?

El otro se encogió de hombros.

–Que quiten del menú de la cantina las lentejas de los miércoles. ¿Y tú?

–Que ella sea feliz.

–¿Lo ves? –le aclaró el otro–. Equivocas los objetivos. El que tienes que ser feliz eres tú.

–No es cierto. Sabiendo que ella lo es, yo aprenderé a serlo.

Pedro, de nuevo, se había vuelto taciturno. Su única compañía de Año Nuevo decidió que no podía permitírselo.

–¿Vemos una peli?

Pedro resopló.

–Es el plan más cutre que he tenido en un fin de año.

–*Kung fu panda tres*.

–Ni hablar. Vamos a devorarnos la última temporada de *The walking dead*, y no te quiero oír rechistar.

–Ya estás mejor. Lo veo.

–Estoy hecho una puta mierda, tío –confesó con absoluta sinceridad por primera vez aquella noche.

–Pues nos alegrarán los zombis. Tiene algo de chistoso eso de que devoren cerebros.

Alejandro se puso de puntillas para pasarle un brazo por los hombros y Pedro hizo lo mismo, aunque no necesitó el esfuerzo de alzarse. Juntos entraron en el salón, y cerraron la puerta corredera.

Era un fin de año extraño, pero al menos, por unas horas y hasta que amaneciera, no volvería a pensar en Inés.

Capítulo 34

Tres semanas después, finales de enero en Sevilla.

Pedro había vuelto de sus vacaciones hacía ya un puñado de días, y desde entonces parecía poner todo su empeño en seguir adelante.

Era un tipo fuerte. No solo en lo físico, también en lo emocional. Y a pesar de que aquella mujer lo había dejado tocado, su naturaleza luchadora intentaba imponerse. Por supuesto, su corazón destrozado no se traslucía ni en su apariencia ni en su forma de comportarse. Solo aquellos que lo conocían muy bien eran capaces de detectar un rictus de dolor cuando se encontraba a solas en su despacho, con la mirada perdida en algún lugar distante, mientras pensaba, seguramente, en ella.

Su carácter decidido se había impuesto y había retomado con ganas un trabajo que no le agradaba, pero que empezaba a reinventar para que se ajustara a su modo de ver las cosas. Al día siguiente de volver de vacaciones se había plantado ante el «gran jefe», le había puesto la placa sobre la mesa y sin inmutarse había planteado las dos alternativas a las que estaba dispuesto a enfrentarse: o volvía con sus chicos a las calles o renunciaba al puesto de inspector. El «Amo del calabozo», como llamaban todos al comisario jefe en absoluto secreto, claudicó, y ahora Pedro alternaba el trabajo en el exterior con el de oficina y parecía que empezaba a sonreír de nuevo.

Era mediodía y Pedro acababa de regresar a su despacho. Había mucho trabajo porque estaban en mitad de un caso importante. Tras la reunión de grupo, el jefe había pedido unos expedientes que era necesario fotocopiar y Alejandro estaba en ese momento en el pasillo, al otro lado del edificio, intentando entenderse con la jodida fotocopiadora.

Acababa de darle la segunda patada a la máquina, porque no había manera de que vomitara el papel, cuando la vio aparecer.

Al principio no la reconoció, simplemente la miró porque era bonita: alta, delgada, elegante, envuelta en un amplio abrigo gris. Llevaba el cabello recogido y quizá fue eso lo que lo despistó. Pero era ella. Sin duda. La mujer que había destrozado el corazón a su amigo.

Sin pensarlo se plantó en medio del pasillo, cortándole a Inés el camino hasta el despacho de Pedro.

–Creo que nos conocemos –le dijo cuando ella lo miró sin comprender su actitud.

Inés tardó en recordarlo. Tenía la cabeza llena de cosas y era despistada para los rostros.

–Sí –dijo al fin–. He venido un par de veces para hablar con el inspector Cienfuegos y ha sido usted quien me ha atendido.

Le tendió la mano, que el otro estrechó con cautela.

–¿Y en qué puedo ayudarla?

–Necesito hablar de nuevo con el inspector.
–Pues no se encuentra aquí –contestó Alejandro con una amplia sonrisa.
–Bueno –Inés parecía decepcionada–, pues lo esperaré.
–No creo que venga hoy.
–Entonces volveré mañana.
–Tampoco estará.

La forma en que él contestaba le hizo comprender que sucedía algo.

–¿Hay algún problema entre usted y yo?
–Ninguno –contestó él al instante.
–Porque algo me dice que no quiere decirme la verdad.

Aquella mujer era cabezota. Igual que su jefe. «Dios los cría y ellos se juntan», pensó. Pero ya que ella quería que fuera claro, lo sería.

–Mire, señora –cruzó los brazos sobre el pecho para aparentar autoridad–, aparte de mi jefe, Pedro es mi amigo. No es que sea muy hablador sobre sus asuntos personales, pero sé el lío que ha habido entre ustedes. Una mierda. Una puta mierda.

–Es usted muy gráfico.

El otro no supo si se lo decía en serio o era una broma. También aquel era el humor de su jefe.

–Mire –prosiguió–. Creo que usted ya le ha dejado las cosas claras. Muy claras. No es necesario insistir. Se ha dado por enterado y no volverá a molestarla. Se lo aseguro.

Ahora fue ella quien cruzó los brazos sobre el pecho.

–No vengo por eso, y quisiera decírselo personalmente a él, no a usted.

—Eso no va a ser posible.

—Entiendo que quiera proteger a su amigo –dijo ella más calmada–. De hecho es algo que le honra. Pero necesito hablar con Pedro. Es importante. Créame.

Él no cedió. Aquella preciosa mujer era peligrosa porque sabía cómo manejarse, pero la cordura de su amigo estaba de por medio, y si la dejaba pasar, si él volvía a verla... ¿Quién le aseguraba que no se engancharía de nuevo? ¿Qué no andaría detrás de ella, como un perro hambriento tras un plato de comida? ¿Quién no le aseguraba que las cosas saldrían de nuevo como el puto culo y tendría que volver a recoger los restos de su amigo por las calles de Sevilla?

—Mire, señora –advirtió Alejandro sin apartarse–, si necesita a un agente que le haga un favor, búsquese a otro. A este ya lo ha dejado bastante tocado.

Inés comprendió que no la iba a dejar pasar. Aquel policía no le había negado que Pedro estuviera en el edificio, por lo que podía esperarlo fuera, o ir a su casa. Pero también se acababa de dar cuenta de que debía de andarse con cuidado. Había venido para algo muy concreto, y si insistía lo único que lograría sería exactamente lo contrario.

—Estaré un par de días más en la ciudad –dijo al fin, dándose por vencida–. He vuelto para arreglar los últimos asuntos de mi padre. Si cree conveniente decírselo, allí estaré.

—No le voy a decir nada –le costó trabajo adquirir aquel tono duro en la voz, pero estaba convencido de que debía ser así–, y ahora, si no le importa, le rogaría que se marchara.

Inés sonrió. A pesar de que se había convertido en una muralla, le gustaba aquel tipo. Estaba defendiendo a su amigo con uñas y dientes, sin importarle lo que ella pudiera pensar.

—Pedro siempre ha tenido la capacidad de encontrar buenos amigos.

—Porque es un buen tipo –le aclaró él.

—Lo sé.

Alejandro relajó aquel tono imperioso. No le gustaba hacerlo. No le gustaba en absoluto, y menos con una mujer. Tampoco ella parecía una mala chica. Simplemente iba en la dirección contraria del corazón de su amigo. Se sintió un tanto ruin, pero no podía dejarla pasar.

—Entonces –casi le rogó–, lo mejor es que se vaya antes de que aparezca, señorita. Por favor.

Ella asintió.

Aquel hombre tenía razón.

A veces no es posible hacer todo aquello en lo que se cree firmemente, porque queda en entredicho el corazón de los otros.

—Estaré en Sevilla hasta el lunes –dijo con un tono en la voz parecido a la angustia–. Dígaselo.

Y entonces sí se marchó. Echó una última mirada al pasillo, al final del cual estaba el despacho de Pedro, y se encaminó a la salida, con la absoluta certeza de que él jamás se enteraría de que había estado allí.

Capítulo 35

Pedro dejó la Vespa tirada de cualquier manera, cruzada en medio de la carretera, y corrió por la tupida alfombra de césped hasta aporrear la puerta.
—¡Inés! ¡Inés!
Era muy tarde. De madrugada. A su alrededor solo estaban encendidas algunas farolas distantes, pero se acababa de enterar y tenía que explicárselo todo.
—¡Inés!
Volvió a aporrear, mientras se apartaba para auscultar las ventanas, que aparecían apagadas. Fue entonces cuando se encendió una luz en la planta de arriba, se descorrió una cortina, una silueta recortada, pero a contraluz no supo si se trataba de ella.
Volvió a llamar al timbre. No le importaba si despertaba a la familia. Tenía que hablar con Inés. Tenía que explicárselo todo.
La luz del porche se encendió y desde el otro lado empezaron a descorrerse los cerrojos. Él permaneció expectante.
Podía ser ella.
Quizá no fuera cierto.

Quizá solo era un rumor.
Cuando la puerta se abrió, al otro lado estaba Carlos, en pijama y con cara de pocos amigos.
–No quiero hablar con usted –escupió Pedro antes de que el otro pudiera recriminarlo–, quiero hablar con Inés.
–No son horas.
–Me da igual. Necesito hablar con ella. Ahora.
Intentaba entrar. No le importaba si para ello tenía que empujar al padre de su chica. Ya le pediría perdón. Ya expiaría su culpa. Ahora lo único importante era poder explicarse. Poder contar las razones.
Carlos, sin más, se apartó de la puerta, salió al porche y se sentó en el banco que había a un lado del porche.
–Ven –le dijo–. Siéntate conmigo.
Aquel cambio en su actitud dejó perplejo a Pedro.
–Si ella no baja yo subiré a su habitación.
–Sube si quieres –le animó Carlos–, pero no la encontrarás. Se ha marchado.
Fue como si le acabaran de arrojar un cubo de agua helada. Todos sus miedos se confabularon contra él. El arrojo desapareció. La decisión de allanar la casa se disipó. Solo había oscuridad y una gran indecisión.
–Entonces es verdad. Se ha ido.
Sin pensarlo se sentó en el mismo banco. Más bien se arrojó.
Lo había escuchado en un bar, mientras tomaba unas cervezas con los colegas de remo. Alguien habló de ella, de Inés, y le aseguró que ya no vivía en España.
–Ha tenido una buena oferta de trabajo y se ha marchado –lo corroboró su padre.

–¿A dónde?
–¿Qué más da?
Pedro apoyó la cabeza en las manos, y los codos en las rodillas. Estaba abatido. Hasta esa misma noche, hasta ese mismo instante, pensaba que solo sería una cuestión de tiempo. Unas semanas, unos meses hasta que ella lograra su objetivo, y volvieran a estar juntos.
–¿Durante cuánto tiempo?
–Si las cosas salen como desea, quizá para siempre.
–No debí hacerle caso. No debí cortar con ella.
–Hiciste lo correcto.
–¡Y una mierda! –se reveló.
Carlos era consciente de la tormenta que asolaba el corazón del muchacho. Había pasado por algo así. Conocía las cicatrices que dejaba un amor inacabado.
–Quizá no ahora –dijo–. Quizá dentro de un tiempo, cuando los dos tengáis un poco más de experiencia en la vida, podáis encontraros.
–¿No lo entiende? –intentaba no llorar. Los hombres no lloran. Pero las lágrimas corrían por sus mejillas–. Es ella. No tengo dudas de que es ella.
–Habrá otras chicas.
–No como Inés.
–La olvidarás, te lo aseguro.
–Usted no entiende nada.
–Más de lo que crees. Hay veces que es mejor dejar las cosas para cuando sea oportuno. El amor tiene algo terrible y es que no llega cuando nos conviene, y muchas veces aparece cuando supone un gran problema.
Pedro se limpió las lágrimas de un manotazo. No podía dejarse embaucar por sus palabras. Otra vez no.
–Deme su dirección. Me gustaría escribirle. Su teléfono está siempre apagado y no responde a los emails.

–Cambió de número antes de marcharse. Y una de las razones por las que lo hizo fuiste tú.
–Si no quiere dármelo puedo buscarlo. Preguntarle a Carmina.
–Te dirá lo mismo que yo. Inés no quiere verte. No quiere saber nada de ti.
–Pero tengo que explicarle que ha sido un error.
–¿Y que yo te he animado a dejarla? No te va a creer y yo no voy a hacer porque lo haga. Ella está donde debe estar. Créeme. Debe ser así. Debes rendirte. En un futuro os volveréis a encontrar, y si entonces aún seguís pensando que sois el uno para el otro, ahí será donde deberéis luchar para lograrlo. Pero solo cuando ambos hayáis cumplido vuestros sueños. Ahora únicamente conseguiríais una pareja a medias. Una relación frustrada. Sé de eso. Y mucho.
En aquel momento Pedro sentía que todo estaba perdido. Que su vida no tenía más sentido que sobrellevarla si ella no estaba a su lado. Era una sensación oscura y húmeda, como la piel escamosa de una serpiente.
Intentó serenarse. De nada le servía enfadarse.
–¿Le dirá que he venido?
–No.
Pedro casi sonrió. Si algo le gustaba de aquella familia era la forma directa de decir las cosas. Como él mismo.
–Si no fuera su padre le partiría la cara.
–Puedes hacerlo –abrió las manos para apoyar sus palabras–. No me defenderé.
–Entonces se ha acabado –dijo Pedro, desolado.
Carlos lo miró. Era un buen chico. Le gustaba, y mucho. Si solamente hubiera llegado unos años más tarde...

—Eres un tipo guapo, simpático y listo –le dijo–. No te van a faltar mujeres que te quieran. Intenta ser feliz.
—En este momento no veo la manera de lograrlo.
—Yo lo logré. Tú también lo harás. Encontrarás la forma, aunque nadie lo comprenda.
—Me voy a arrepentir toda la vida de lo que hice.
—Posiblemente, pero era tu única opción.
—No intente convencerme –se revolvió–. Es culpa mía pero usted tuvo una parte importante en ello.
—Vete a casa y descansa. Mañana lo verás todo de otra manera.
Pedro lo tomó de la mano. Quizá había una esperanza, por muy remota que fuera.
—Hoy no, mañana tampoco –le dijo, ansioso–. Pero dígale en algún momento que estuve aquí a por ella. El mes que viene. Dentro de un año.
Carlos se puso de pie y fue hasta la puerta.
—Márchate ya, y ten cuidado por el camino.
Pedro también se levantó, pero no se movió de donde estaba.
—Dígale que me he equivocado y que he venido a reconocerlo.
—Adiós, amigo –dijo sosteniendo el pomo en la mano–. Te deseo lo mejor.
—Dígale…
Pero Carlos ya había cerrado la puerta, y con paso cansado subía ya las escaleras hasta su cuarto.

Capítulo 36

–Te veo de puta madre –le dijo Alejandro cuando Pedro llegó a la barbacoa.

Era sábado, el sol de enero calentaba lo suficiente, y uno de los compañeros de la comisaría había organizado una pequeña fiesta para amigos en su jardín.

Pedro llegaba tarde porque había estado haciendo deporte, pero aún quedaban chuletas en la brasa.

–Se agradece –contestó mientras cogía una del plato–. Arrastro hambre de una semana.

–¿Estás a régimen?

–Gracioso. No me ha dado tiempo a almorzar la mayoría de estos días. Pero no hablemos de trabajo. ¿Qué tal tú?

–De miedo. Todo marcha como debiera.

–¿Algún plan para mañana?

–Si hace tan buen tiempo como hoy iré con los niños al parque. Vente. Les gustará abrazar a tito Pedro.

–No me parece mala idea. Me lo pienso y te digo.

Uno de los compañeros de otra unidad se acercó a ellos. Trabajaban en el mismo edificio y a veces entrenaban juntos. En esta ocasión se dirigió a Alejandro, a quien dio un par de fuertes golpes en la espalda.

–¡Oye, quién era ese *pibón* del otro día! Mis colegas estaban que se salían. Se montó una pequeña revolución al otro lado de la cristalera.

Alejandro se quedó de piedra. Sabía bien a quién se estaba refiriendo. ¿Cómo diablos lo sabía ese tipo? Cuando habló con Inés estaban solos en el pasillo. Era algo que podría jurarlo.

–No sé de qué hablas –contestó, e intentó cambiar de tema, pero el otro no se lo permitió.

–En el trabajo –le aclaró sin darse cuenta de que se había puesto colorado–. Antes de ayer. Charlabas muy animado con una preciosidad de mujer, en el pasillo de la fotocopiadora.

Pedro sonrió, y más cuando vio que Elena, la esposa de su amigo, con las manos en las caderas, se sumaba a su grupo.

–Así que tenemos a un golfillo –dijo Pedro para echar candela al fuego.

Sabía que su colega era incapaz de tontear con otra mujer que no fuera su esposa, pero siguió la broma, porque intuía que tendría un desenlace de carcajada.

–¿Qué pasa? –dijo ella, separando a los dos policías de un golpe de cadera.

–Tu marido –le informó Pedro–. Parece que es un pequeño canalla.

–Una chica despampanante, y le puso ojitos –añadió el otro.

–Ojitos te voy a poner yo a ti –le advirtió su mujer–, pero morados.

–Era una ciudadana que venía a requerir los servicios de los Cuerpos y Fuerzas de Seguridad del Estado –se defendió la víctima de la conjura.

–De eso ni hablar. Mi mesa da a la cristalera del pasillo y no me perdí detalle de vuestro encuentro. No pude oír casi nada, pero era evidente que había algo entre vosotros –bromeó a la vez que le daba la clave de cómo diablos se había enterado: Los había visto a través del cristal–. Os llevasteis diez minutos hablando en el puto pasillo. Cuando es trabajo se atiende en el despacho o en el mostrador. Eso lo sabemos todos. Son órdenes de arriba.

Pedro acababa de reparar en que Alejandro estaba más nervioso que de costumbre. También más rojo que una gamba. Para un bromista de diez como era él, que una situación así se le fuera de las manos tenía que tener una explicación.

–¿Qué es lo que no nos estás contando? –dijo con voz amenazante.

–Nada.

–Venía a verte a ti, Pedro, y él se encargó de atenderla –dijo el acusador–. Es de lo único que me enteré –después se dirigió a Elena, que se lo estaba pasando tan bien como los otros–. Me temo que tu marido es un guarrillo.

Pero Pedro acababa de atar cabos, y su mandíbula empezaba a crisparse.

–¿Quién era? –dijo con voz de pocos amigos.

–Nadie.

Lo cogió por el cuello de la chaqueta y tiró de él hasta sacarlo del círculo.

–¿Nos disculpáis? –dijo a modo de despedida.

–Devuélvemelo entero –le advirtió Elena, abandonando también aquel grupo de chistosos–. Aún nos quedan cinco años de hipoteca.

Pedro lo arrastró hasta una esquina del jardín donde podían estar a solas. Allí lo soltó y le pasó la mano por la chaqueta para quitarle las arrugas.

–Voy a repetírtelo una sola vez. ¿Quién era?

Su amigo miró hacia atrás, como si buscara una salida. Al final tragó saliva y se atrevió a contestar.

–Ella.

–¿Inés?

Asintió con la cabeza.

–Quería verte.

–¿Te dijo para qué?

Se encogió de hombros.

–Un asunto privado.

–Y no la dejaste pasar.

Ahora era cuando le daría un par de mascadas. Seguro. Apretó los músculos del estómago en prevención del golpe. Aunque si le daba en la cara no había nada que hacer.

–Esa mujer te ha dejado destrozado –intentó defenderse–. ¿Cómo iba a permitirle que lo hiciera de nuevo?

La mirada helada de Pedro se posó en sus ojos. Alejandro iba a retroceder, cuando una mano de su jefe se alzó… y se posó en su hombro.

–Has hecho lo correcto. Eres un buen amigo.

Sin darse cuenta, su colega soltó el aire contenido en los pulmones.

–Pensé que si te enterabas me ibas a machacar los sesos.

Pero Pedro ya no lo escuchaba.

–¿Te dijo hasta cuándo se quedaba?

–Hasta hoy, hasta mañana creo –no estaba muy seguro–. No le presté mucha atención aunque ese tipo de ahí diga lo contrario.

Pedro ya se dirigía a la salida, al otro lado del jardín.
—Bien, despídeme de los chicos. Y dale un beso a tu mujer. Dile que está preciosa, como siempre.
—¿A dónde vas?
—A hablar con ella.
—Te va a dejar otra vez destrozado, tío.
—Esta vez no —dijo antes de salir—. Voy preparado.
—No querrás volver con ella, ¿verdad?
—Claro que no. Es una mujer casada. Pero la única forma de que salga de mi cabeza es cerrando de una vez por todas lo que hay entre nosotros desde hace una década.
—Llámame si necesitas ayuda.
—Lo mismo digo.
Pedro, justo antes de salir, señaló hacia atrás, por donde la esposa de Alejandro llegaba con cara de estar enfadada.

Capítulo 37

Pedro llamó a la puerta, y mientras esperaba se entretuvo mirando el banco bajo el porche. Era el mismo donde diez años atrás se había sentado mientras se enteraba de que no volvería a ver a Inés. Estaba recién pintado. Entonces era verde. Ahora blanco. Y donde antes había un jazmín ahora crecía una buganvilla.

Se aclaró la voz y se echó un vistazo. Ni siquiera se había mirado en el retrovisor: Camiseta blanca y chupa de cuero. Vaqueros y, por supuesto, sus botos, desgastados y húmedos por el césped mojado que acababa de atravesar. Le hubiera gustado haberse afeitado, pero ese día no le tocaba y tampoco sospechaba cómo iban a cambiar los acontecimientos. De ser así hubiera ido a la barbería, ya que tenía las greñas desordenadas y hechas un asco. Pero tampoco iba a conquistar a una chica, sino a despedirse de ella en paz y para siempre, por lo que su aspecto físico era lo último de lo que debía preocuparse.

El ruido de la puerta al abrirse lo sacó de aquellos pensamientos, y cuando tuvo a Inés ante él le pasó como tantas veces le había sucedido: su corazón latió con fuerza y un cosquilleo incómodo se apoderó de sus costillas.

—Hola —dijo ella, sorprendida de verlo ante la puerta de su casa.

Estaba segura de que su compañero no iba a decirle lo de su visita y que no volvería a verlo.

—Creo que me esperabas —dijo él a la vez que guardaba las manos en los bolsillos, sin saber qué hacer con ellas.

Inés tardó en reaccionar. Cuando lo veía, cuando lo miraba, sucedía algo extraño en su cuerpo que tenía que ver con la velocidad con que la sangre atravesaba su corazón. Esta vez no había sido diferente, aunque ella estaba convencida de que ahora, en su nueva circunstancia, debía haber desaparecido.

Salió de casa y señaló el viejo banco de madera.

—¿Nos sentamos?

Pedro lo miró con aprensión.

—Prefiero pasear por el jardín.

Ella asintió, le lanzó una sonrisa tímida, y ambos emprendieron un paseo tranquilo por el amplio jardín, rodeando la casa hasta la parra y los frutales de la parte trasera.

—Quiero agradecerte lo que hiciste —comentó ella cuando el silencio se había vuelto incómodo—. Atravesar Europa para venir a decirme cosas preciosas. Cualquier mujer se hubiera enamorado de ti en ese instante.

—Menos tú.

—No era el mejor momento.

—Ibas a casarte. Era el último momento disponible. O entonces o nunca.

Estaba segura de lo que quería decirle, hasta el instante exacto en que lo había visto. Entonces su mente se había nublado, llenado de recuerdos que le impedían pensar con claridad.

—He venido para arreglar los últimos papeles de papá y me sentía fatal por cómo terminamos. A pesar de todo has sido una persona muy importante en mi vida y no quiero que desaparezcas de ella.

Pedro se detuvo. Ella lo hizo a la vez, y lo miró a los ojos. Eran tan verdes como recordaba. Era como ahogarse en un mar sin fondo.

—Inés, lo que voy a decirte quizá te haga replantearte todo eso —estaba muy serio, la frente fruncida y la mirada gacha—. Pero estás casada con otro hombre y yo soy incapaz de verte como a una amiga. Has sido, eres mucho más que eso. Si aceptara tu trato me convertiré en tu perro faldero. Ladraré cuando me lo pidas. Me revolcaré sobre el lodo cuando así lo quieras. Levantaré la patita como un can bien adiestrado. Pero en el fondo estaré esperando el momento para robarte un beso. El instante en que te encuentres débil para meterte en mi cama. La coyuntura en que seas ligeramente infeliz para convencerte de que soy el hombre de tu vida y no con el que estás casada. Te haré que seas infiel, y posiblemente infeliz. No quiero eso. No quiero ni puedo ser tu amigo. ¿Lo comprendes?

Ella asimiló cada palabra, la mirada intensa de Pedro que parecía un juramento.

—Me hubiera gustado que las cosas hubieran salido de otra manera —dijo al fin.

—¿Lo hubieras intentado? Cuando volviste hace unos meses. Cuando llamaste a mi puerta.

—Todavía me pregunto por qué acudí en tu ayuda —y era cierto—. Creo que en el fondo necesitaba saber qué había sido de tu vida. Si había alguna posibilidad de que nuestros caminos se cruzaran.

Él se pasó las manos por el cabello. Si aquello era una despedida era la más difícil que había imaginado.

–Ahora eres la señora de algún apellido extraño y me acabas de proponer que seamos amigos, así que deduzco a qué conclusión llegaste.

–Me llevé semanas llorando cuando me abandonaste hace una década. Una cría estúpida y enamorada hasta la médula. Fuiste mi primer amor. El gran amor. He intentado perdonarte, pero no lo he conseguido. Y quizá descubrir que mi padre no era quien creía no ha ayudado demasiado.

Pedro tragó saliva. Así que seguía siendo aquello. La desconfianza. El temor a que volviera a repetirse. Ahora era demasiado tarde. Jamás se había metido entre dos personas. En el fondo se sentía un caballero, y los límites los tenía demasiado claros. Pero con ella se convertiría en el amante, en el de las horas intempestivas, en el de las prisas. Y lo haría con los ojos cerrados.

–Entonces creo que solo queda despedirnos como antiguos amantes –dijo él, tendiéndole la mano–, porque me niego a que seamos nuevos amigos.

Ella miró la mano inerte en el aire. Había soñado que aquellos dedos la acariciaban. Sueños tan recientes que la asustaban. La estrechó, sintiendo la fuerza, el calor.

–Ahora te veo y no me arrepiento de nada –dijo mientras sentía que sus dedos eran como un abrazo–. Ha sido un placer tenerte en mi vida.

Pedro estaba trastornado. Necesitaba salir de allí, hablar de otra cosa, ver a otra gente. Huir de ella. Intentó cambiar de tema, porque quedaba un último asunto sin resolver, y él era un policía de estirpe.

–¿Qué tal llevas lo de tu padre?

–Mal. Bien –dijo encogiéndose de hombros–. Fatal. No consigo reconciliarme con él.

Pedro se humedeció los labios. Sentía la garganta seca.

–Encargué a un compañero que investigara. La mañana en que tu marido te pidió matrimonio iba a contártelo. No sé si te apetece a saberlo.

–Quiero saberlo.

Pedro rebuscó en el bolsillo trasero de su pantalón y le entregó un sobre amarillo, muy doblado, que había guardado en la guantera de su coche.

–Tu padre estaba con esa mujer mucho antes de la luna de miel –le contó lo que ella podría leer en el informe–. Ella ahora está casada con un ciudadano inglés y ha adoptado su apellido. Está todo en ese sobre. También su dirección de Madrid. Ahora puedes enterarte de qué pasó.

Inés acarició el sobre como si fuera el recuerdo de su padre. Necesitaba saber la verdad. Se lo había ocultado a sí misma todos estos meses, pero en verdad era incapaz de quedarse con esa imagen a medias, con aquel hombre medio perfecto, medio villano.

–¿Vendrás conmigo? –su voz parecía implorante.

–¿A Madrid? –se extrañó Pedro–. Supongo que querrá ir tu esposo.

–Él no está aquí y no me siento con fuerzas para hacerlo sola.

Pedro lo pensó un instante, aunque hubiera necesitado un siglo para llegar a una conclusión cabal.

–No voy a ser un perrito faldero –le advirtió–. Voy a intentar besarte, meterme en tu cama y decirte que soy el hombre de tu vida.

Inés tragó saliva.

—Aun así. No quiero ir sola.

Era un juego peligroso. Pedro era consciente. Pero también era incapaz de no jugar a él.

—Es sábado a mediodía —miró su reloj—. Podemos probar si hay plazas en el AVE.

Inés asintió.

—¿Nos vemos en una hora? Lo arreglo con mi madre y cojo algunas cosas. Tengo una amiga donde puedo pasar la noche.

—¿Y yo?

—A ti te invitaré a un hotel —dijo con un retazo de humor, para aliviar lo que sentía.

Capítulo 38

–¿A qué estás jugando? –estalló Carmina cuando Inés entró en la casa.
Inés tenía las mejillas arreboladas, e inmediatamente subió a su habitación, seguida de cerca por su amiga.
–Así que estabas espiando.
–Por supuesto: llaman a la puerta, es Pedro, y tú en vez de largarlo te das un paseo por el jardín.
–Ha sido él quien ha preferido que caminemos.
–Pues haberle cerrado la puerta en las narices.
–Y he sido yo quien ha ido antes a buscarlo. Él solo correspondía con una visita de cortesía.
Inés estaba trasteando en los cajones. Había abierto una pequeña maleta sobre la cama y guardaba algo de ropa interior, el único pijama que había traído y ahora miraba donde guardaba los jerséis. Su amiga la observaba desde la puerta, con las manos en las caderas y una expresión hostil en el rostro.
–Jugando con fuego –añadió–. Eso es lo que estás haciendo.
Inés, sin mirarla, eligió uno y lo guardó junto con las demás cosas en la maleta.

—Tenía que pedirle perdón, si no jamás estaría tranquila. Ese hombre sobrevoló media Europa para decirme que me quería. No soy tan desalmada como para no agradéceselo y excusarme por mi comportamiento en cuanto he tenido la oportunidad.

—Pero le estás dando esperanzas.

—¡Ja! —aquello sí que no era cierto—. Se nota que no lo conoces. No es de esos a quienes se les pueden dar o quitar esperanzas. Él decidirá en todo momento dónde quiere estar.

—Pues durante diez años no ha movido un dedo.

—Porque sabía que yo no lo había perdonado.

—¿Y ahora sí? ¿Ahora que tienes otra vida en otro lugar?

—Le he propuesto que seamos amigos. Es lo que he querido decirle desde el día mismo de la boda.

—Y ha aceptado.

—¡Por supuesto que no! —la miró extrañada—. Quiere besarme, meterse en mi cama y no sé qué más.

—Y eso a ti te parece normal.

—Me parece que es lo que haría el hombre del que me enamoré hace diez años. Y que lo intente no significa que lo consiga.

Su amiga no terminaba de entenderlo. Si había decidido cambiar su vida y alejarse de él... ¿Por qué lo buscaba? Tampoco entendía por qué diablos preparaba la maleta justo en ese instante.

—¿Pero... qué haces? Deja de rebuscar y coge el bolso. Nos íbamos de tiendas.

—Ya no. Me largo a Madrid.

La miró asombrada.

—¿Ahora?

—En cuarenta y cinco minutos.

Seguía sin comprender.

–¿Y tu madre? Estará aquí en media hora.

–La avisaré por el camino.

Eso era algo nuevo, y cuando Carmina no entendía qué pasaba se ponía muy nerviosa.

–¡Pero vuelves a Oslo el lunes a primera hora!

–Cambiaré el billete para pasado. También llamaré a todos para decírselo.

Carmina ya no aguantó más. Atravesó la habitación y tomó a su amiga de los hombros para que la mirara de frente. Inés dejó caer sobre la cama el pañuelo que intentaba guardar en ese momento y, sin rechistar, dejó que Carmina la zarandeara ligeramente.

–A ver –dijo sin soltarla–. ¿Qué diablos pasa?

Inés suspiró.

–Pedro me ha entregado nueva información sobre mi padre. Está todo aquí –se deshizo de sus manos para entregarle el sobre de papel amarillo que ya estaba guardado en la maleta–. Sé quién es esa mujer, esa tal María, y dónde se encuentra. Voy a ir a hablar con ella.

Carmina soltó un silbido.

–Sí que estás jugando con fuego. Pensé que tras el día de la boda ese asunto estaba zanjado.

–Nunca ha estado zanjado –arrojó el pañuelo y el sobre a la maleta y la cerró–. Jamás podrá estar zanjado hasta que no comprenda quién era mi padre.

–Y te vas con él a Madrid.

Inés ya había salido de la habitación y bajaba las escaleras. Su amiga intentaba seguirla, aunque no era fácil.

–Él sabe cómo hacerlo –le contestó cuando llegaba a la puerta–. No estoy muy segura de qué manera puede reaccionar esa mujer cuando, después de tanto tiempo y habiendo rehecho su vida, aparezca la hija de un antiguo amante pidiendo explicaciones.

Carmina apoyó una mano sobre la puerta, impidiendo que Inés la abriera.

–Y después, ¿qué? –preguntó, mirándola tan seria que ella tuvo la impresión de que no la dejaría marchar.

–Me enfrentaré a lo que tenga que contarme. Volveré a mi vida en Noruega y se habrá acabado todo.

–Así de fácil.

–Así de sencillo.

Carmina chasqueó la lengua, bajó la mano y se apartó para que Inés pudiera salir. Pero antes de que lo hiciera, aún tenía algo que decir.

–Bueno, amiga mía, pues cambio de planes. En vez de ir de compras me voy a clase de meditación, porque intuyo que cuando vuelvas vas a necesitar un alma serena para recoger los pedazos en los que se habrá roto tu corazón.

Capítulo 39

Pedro había encontrado billetes, pero en asientos separados. Uno en Preferente y otro en el Vagón Silencio. Él esperaba en la cola del control de seguridad de la estación cuando Inés apareció, corriendo hasta alcanzarlo.

–Pensé que no llegabas –le dijo cuando ella, pidiendo disculpas al resto de pasajeros, se colocó a su lado.

–Llevo fuera un cuarto de hora, pero he tenido que convencer a mucha gente de que esto no es una locura.

–Esperemos que tengas razón –le entregó uno de los billetes–. Este es el tuyo.

–Preferente. ¿No viajamos juntos?

–No quedaban plazas. Yo voy al otro lado del tren. Nos veremos en Madrid.

Pedro la acompañó hasta su asiento, y se despidió en busca de su vagón. Luz tenue y cero ruidos. Temió quedarse dormido. La ciudad y los campos desfilaron ante sus ojos a toda velocidad. Aquel traqueteo casi imperceptible tenía un efecto calmante.

Era curioso cómo, cuando todo le indicaba que debía apartarse de Inés, a la primera oportunidad había mandado los cuidados al diablo y se había sumergido una vez más en el juego peligroso que era estar cerca de ella.

Por lo único que no pretendía pasar era por ser amigos. Eso nunca. Eso jamás.

Quedaba poco para llegar a Madrid cuando creyó que era buena idea mandarle un mensaje de WhatsApp: «¿Un café en el bar?».

«Hecho». Respondió ella al instante. Como si lo hubiera estado esperando.

Cuando Inés pudo acceder al vagón cafetería, Pedro ya la esperaba, con la bebida caliente tal y como a ella le gustaba.

Él fue directo. Tenía que prevenirla antes de llegar a su destino.

–Seguramente no será agradable lo que nos encontremos cuando llamemos a la puerta de esa mujer.

–Lo sé.

–Debes estar preparada para cualquier cosa. Incluso para volver con las manos vacías.

–¿Estarás a mi lado?

–Al menos hasta saber que todo marcha bien.

Ella asintió y se tomó el café en silencio. Quizá, antes de que acabara aquel día, conocería al fin la verdad sobre su padre, sobre quién era en realidad.

Pedro miró su perfil, sobre el que impactaba un rayo de sol. Se mordió los labios para no morder los de ella. «No voy a ser un perrito faldero», le había dicho. Pero así se sentía, en cierto modo. Lo que tenía que averiguar era hasta dónde estaba dispuesto a llegar.

–¿Qué tal fue la boda? –le preguntó, sacándola de sus pensamientos.

–No me apetece hablar de eso. Hoy no.
Él se encogió de hombros.
–Parece un buen tipo ese vikingo.
Inés sonrió.
–Lo es.
Ahora fue Pedro quien se calló, para observar la silueta de la ciudad de Madrid, que se recortaba a la luz del atardecer. Inés lo observó antes de hablar. Era la versión madura y atractiva del hombre del que se había enamorado como una tonta. Era también el sueño de cualquiera: guapo, fuerte, encantador, con una personalidad arrebatadora y sorprendente. Alguien en quien confiar, con la salvedad de que eso era precisamente lo que ella había sido incapaz de sentir por él.
–¿Era cierto todo lo que me dijiste?
Él se volvió para encontrarla mirándolo con ojos necesitados.
–¿En Oslo? –sonrió–. No hubiera hecho el ridículo de aquella manera si no lo fuera.
–No debías de haber esperado tanto para hacerlo.
– Aunque lo nuestro solo duró tres meses, siempre he tenido la impresión de que no me habías perdonado por dejarte, y eso me ha frenado todos estos años para ir a buscarte.
–Y no lo había hecho. No te había perdonado.
–¿Ahora sí?
–Justo en ese momento. A pesar de que destrozaste mi maquillaje.
Una azafata anunció por megafonía que se aproximaban a la última parada.
–Vamos a enfrentarnos con nuestro destino –comentó Pedro, vaciando su café de un trago–. Te veo en la plataforma.

—Necesitaba ese café —dijo ella imitándolo—. Gracias.

Tomaron un taxi en Atocha, camino de Las Rozas. Inés estaba silenciosa. Preocupada. Y Pedro prefirió no interferir en sus meditaciones. El GPS del taxista les llevó justo a la puerta de un enorme chalet, de tapia de piedra y cancela cerrada a cal y canto. Pedro entregó al conductor un billete de cincuenta y le pidió que los esperara. No había ninguna placa, ningún nombre que le informara de quién vivía allí.

—¿Seguro que es esta? —le preguntó Inés.

—Es la dirección correcta.

Había un portero automático que Pedro no dudó en pulsar. Al rato contestó la voz atiplada de un hombre.

—Mensajero —dijo Pedro, pegándose tanto a la cámara del video portero que solo se vería su rostro.

—Por la puerta de servicio, por favor —dijo la voz.

Al instante sonó un chasquido y un panel lateral se abrió. Había un camino de baldosas que iba hacia detrás de la casa, alejándose de la entrada principal. Pedro no lo siguió, sino que atravesó el espléndido jardín hasta la fachada, sostenida por columnas dóricas y un gran frontón.

Inés lo siguió y dejó que fuera él quien tocara el timbre. Al instante apareció el que, por la voz, era el mismo que les había abierto. Llevaba un impecable uniforme gris, de almidonados cuellos, y los miró de arriba abajo con evidente desagrado.

—Les atienden por la puerta de servicio, por favor.

Iba a cerrar, pero Pedro adelantó un pie para detener la puerta.

—Queremos hablar con la señora.

—La señora no atiende a mensajeros.

–Dígale que es algo importante. Tiene que ver con su pasado.

El mayordomo volvió a mirarlos con disgusto. Su señora jamás se relacionaría con un hombre así. La chica, sin embargo, parecía diferente. Con cierto estilo, con clase, además de bonita. Quizá fue ella la que determinó que iba a hacerles caso.

–Esperen aquí.

Cerró la puerta y desapareció. Pedro e Inés se miraron. Ella estaba nerviosa. Él le guiñó un ojo para darle fuerza.

Unos minutos después la puerta volvió a abrirse. El mismo hombre se retiró para dejar paso a la dueña de la casa.

Era una mujer de la misma edad de sus padres, cercana a los sesenta o recién cumplidos. Alta, muy delgada, con una elegancia innata que a Pedro le recordó a la que emitía Inés en cada uno de sus gestos. Perfectamente maquillada y peinada. Ropa cara. Cabello muy oscuro. A ambos les resultó agradable, con un aire de inteligencia en la mirada sorprendida con que los observaba.

–¿En qué puedo ayudarles?

Inés no pudo articular palabra. Como había sospechado, una vez ante ella era incapaz de reaccionar. Pero fue Pedro, usando su sonrisa deslumbrante, quien habló.

–Soy Pedro Cienfuegos –le tendió la mano–. Y ella es Inés Lara. ¿Podemos hablar con usted a solas?

La señora perdió todo interés por él y centró su atención en la desconocida que estaba en su puerta. La observaba con ojos entornados, con la cabeza ligeramente inclinada, como si intentara descubrir algo más.

Su mayordomo estaba justo detrás. Parecía defender la retaguardia de dos individuos de los que no se fiaba.

–¿Eres..? –la mujer no se atrevió a terminar la pregunta, pero Inés comprendió que acababa de reconocerla.

–Soy la hija de Carlos.

La dueña de la casa asintió lentamente. Pedro juraría que en sus ojos había aparecido la sombra de la duda, pero tan ligera que podía tratarse de cualquier cosa.

–Te pareces a él.

–¿Podemos hablar entonces? –le rogó, sin saber aún con qué talante recibiría a la hija de un antiguo amante.

Pedro comprendió que era ella. Al fin la habían encontrado, y sin tener que preguntarle su nombre.

Por toda respuesta, ella se volvió hacia el mayordomo.

–Jaime, dígale al señor que voy a pasear por el jardín. Me reuniré con él en unos minutos.

–Sí, señora.

Solo así salió de la casa, mientras el criado cerraba la puerta a sus espaldas.

–¿Me acompañan? –les invitó, bajando los tres amplios escalones de la terraza que daban al jardín.

Inés iba a seguirla cuando Pedro la detuvo, sujetándola por el brazo, pero no se dirigió a ella, sino a la dama.

–Discúlpenos un momento, quisiera hablar un instante con mi amiga.

La mujer asintió y, discretamente, avanzó hasta el césped.

–¿Qué sucede? –Inés parecía preocupada.

–Me voy –le dijo Pedro–. Ella te ha recibido de buen

talante y está dispuesta a charlar. Creo que a partir de aquí debes seguir tú sola.

–Pensaba que estarías conmigo.

Parecía desolada y estaba más bonita que nunca. Pedro suspiró. Tenía claro lo que debía hacer. Lo tuvo claro en el momento que aceptó ir con ella a Madrid. Cuando había estado a punto de besarla en el AVE. Lo tenía claro en ese instante, y esperaba que también al día siguiente, cuando ella ya no estuviera.

–Es más duro de lo que esperaba –confesó–. Tenerte cerca. Tengo que marcharme o voy a cargarme lo poco que queda entre nosotros.

Ella asintió. La mujer no les miraba. Era demasiado educada para eso. Pero notaba la atracción que existía entre los dos, como un arco eléctrico.

–Es nuestra última vez –contestó ella–, ya que no quieres que seamos amigos.

–Simplemente no puedo aceptar esos términos.

–Adiós entonces.

Esta vez Pedro no pudo contenerse. La tomó por la cintura, la pegó a su cuerpo y la besó. No fue como la primera vez, un beso ansioso, donde necesitaba probarlo todo. Fue como un beso a la memoria. Despacio. Lento. Intentando que quedara el recuerdo de sus labios impregnado con su esencia.

Se apartó con la misma lentitud con que la había besado. Siendo muy consciente de que era el último. Para siempre.

–Siento lo que he hecho –se encogió de hombros–. ¿Ves? No puedo evitarlo. Besarte –sonrió–. Quédate con el taxi. Yo pediré uno. Y dile a tu marido que acepto un duelo por haberte besado si con eso salva su honor.

Inés no fue capaz de contestar, mientras lo veía alejarse y desaparecer tras la verja de seguridad. Se sintió indecisa. Una parte de ella quería correr detrás de Pedro. Otra le gritaba que lo dejara marchar. Que el fin se escribe con letras escarlatas, y aquellas tenían el color de la sangre.

Se giró hacia la dueña de la casa. Ahora sí la observaba con enorme curiosidad. Solo entonces fue a su encuentro.

–No esperaba llegar a conocerte –dijo la mujer cuando Inés estuvo a su lado.

–¿Sabía usted de mi existencia? –se extrañó.

–Te he visto crecer, aunque solo en fotografías, y de aquello hace ya mucho tiempo. Por eso, cuando ese joven me ha dado tu nombre y tu apellido, te he identificado al instante.

–Entonces mi padre…

–¿Y tú? ¿Cómo has sabido de mí?

Inés rebuscó en su bolso hasta encontrar el trozo de papel arrugado que siempre llevaba consigo. Se lo tendió.

–Por esta carta que mi padre nunca envió.

La mujer lo tomó. La miró antes de desdoblarlo, y solo entonces, cuando estuvo segura de que los ojos de Inés no estaban nublados, lo leyó. Al terminar volvió a doblarlo con cuidado y se lo entregó para que lo guardara.

–Ya veo. ¿Y qué sabes de mí?

Inés había pensado en el tren en varias formas de exponerlo. Pero ahora que la tenía delante llegó a la conclusión de que era mejor ser directa.

–Sé que han sido amantes desde antes de que yo naciera.

Ella enarcó una ceja. Parecía sorprendida.

–¿Nadie te ha hablado entonces de lo nuestro? ¿Lo único que sabes es a través de tus investigaciones?

–Papá murió antes de poder preguntarle. De hecho, si no hubiera fallecido creo que nunca me hubiera enterado de que usted existía.

–Así que ha muerto. Lo lamento. A su manera era un buen hombre.

–Creo que usted lo conocía mejor que yo.

Parecía afectada por la noticia, aunque era de esas personas que no estaban educadas para dejar ver sus sentimientos en público.

–¿Y tu madre? –le preguntó.

–No he querido contárselo hasta no conocer toda la historia. Algo así puede destrozarla.

La mujer se detuvo. Ladeó la cabeza y la miró de una forma que a Inés le recordó la de una de sus profesoras cuando tenía que amonestarla.

–Mi querida niña. Creo que estás bastante confundida con todo esto.

–Precisamente para eso estoy aquí. Para aclararlo.

–Habla con tu madre –dijo con cuidado–. Ella me conoce perfectamente.

–¿A usted?

–Fuimos amigas.

–¡Amigas! –exclamó sorprendida.

La mujer cruzó los brazos, como si tuviera frío. Ahora se la veía incómoda. No era una situación que le agradara. Como si hubiera esperado que aquella conversación hubiera tirado por otros derroteros.

–Aunque crees que yo puedo aclarar tus dudas –continuó, despacio–, no es así. La verdad la has tenido al alcance de la mano todo este tiempo.

–Mi madre –comprendió al fin.

–Ella lo sabe todo. Desde el principio. Ella es quien tiene que contártelo, no yo. A mí no me corresponde esa tarea, querida.

Acababa de entender que había subestimado a su madre. ¿Cómo era posible que Clara hubiera estado en la inopia todos esos años? Solo de una manera: que lo supiera todo. Pero por la forma de hablar de aquella mujer intuyó que no era tan fácil, sino mucho más complicado.

–¿Debo asustarme? –preguntó con cautela.

–Debes esperártelo todo –dijo la señora con clara firmeza. Le tendió la mano en señal de despedida–. Ahora debo volver. Me ha gustado conocerte.

Ella se la estrechó torpemente. Se sentía mareada.

–Gracias por haberme atendido.

–A veces las cosas no son lo que parecen.

–Gracias de todas formas.

La mujer emprendió el camino de vuelta a su casa. Inés permaneció parada en el césped, al lado de una glorieta plantada de glicinias, las mismas que una vez adornaron una cita suya con Pedro.

Cuando emprendió el camino de vuelta, estaba decidida a conocer la verdad, a pesar de que sospechaba que iba a dolerle.

Capítulo 40

Cuando Inés entró en casa, su madre, Clara, estaba leyendo en el salón. Dejó el libro a un lado en cuanto la vio aparecer y le dedicó una amplia sonrisa a su hija.

–No sabía si esperarte. Te he llamado varias veces pero no has debido de oír el teléfono. Estaba a punto de meterme en la cama.

Sin embargo, el rostro de Inés parecía demudado. Tanto que la sonrisa de Clara se congeló en sus labios.

–¿Ha pasado algo?

Inés se sentó a su lado en el sofá.

–¿Podemos hablar?

–Por supuesto.

Aquella conversación la había ensayado en el taxi mientras la llevaba a Atocha. En el AVE camino de Sevilla, y en el coche de su madre mientras conducía hasta casa. Pero ahora que la tenía delante, a su única familia, a la mujer que lo había dado todo por ella, se dio cuenta de que los circunloquios no eran posibles.

–Vengo de ver a María.

–¿María? –preguntó Clara sin comprender.

Por toda respuesta, Inés rebuscó en su bolso hasta

extraer la carta arrugada de su padre a una mujer que no era la que se sentaba delante de ella.

–Estaba bajo llave en el despacho de papá –explicó mientras Clara la desdoblaba y comenzaba a leerla–. La descubrí el día que me marchaba. Fue por esto por lo que prolongué mi estancia. Llevo desde entonces intentando protegerte de lo que pone en esa carta, y hoy me entero que tú lo sabías todo.

Clara terminó de leerla. Se quitó las gafas y la miró a los ojos. Siempre había sabido que aquel momento llegaría, pero eso no significaba que fuera fácil de afrontar.

– Me leyó esta carta antes de cerrarla. ¿Qué quieres que te cuente?

–Todo.

–¿Me permites un consejo de madre? ¿De amiga?

Inés asintió.

–Adelante.

–Deja el pasado en su sitio.

Casi todas las personas que la querían le habían dicho lo mismo, pero ninguna de ellas tenía un pasado oculto a sus espaldas: el fantasma de unos padres que no estaba segura de conocer.

–En estos momentos no sé quién era mi padre, y desde hace algunas horas tampoco sé quién eres tú –tomó la mano de su madre y le dio un beso–. Me temo que es demasiado tarde para no remover el pasado.

Clara aún se resistió a hablar.

–No te va a gustar lo que te voy a contar.

–Ya sé que mi padre tenía una amante –intentó ponérselo fácil–. Desde hace décadas. Lo que quisiera saber es cuál ha sido tu papel en todo esto.

Su madre soltó una sonrisa amarga.

–Así que eso es lo que has interpretado. Es curioso cómo la vida da vueltas hasta enredarse.

Comprendía su aversión a hablar de aquellos hechos dolorosos. Pero también debía comprender que ella estaba en medio e, involuntariamente, formaba parte de todo aquello, fuera lo que fuera.

–Mamá, necesito saberlo. No estaré en paz hasta que sepa quiénes sois.

Clara le acarició la mano. Quizá al finalizar aquella charla habría perdido a su hija. Quizá después de aquella noche habría pagado su culpa.

–María y yo nos conocemos desde siempre –empezó a decir, sin apartar los ojos de las preciosas pupilas de su hija–. Su padre y mi padre eran amigos. Y nuestros abuelos. Ya sabes cómo son las cosas en esta ciudad y en ciertas familias. Los mismos vínculos durante generaciones. Nos criamos juntas. Estuvimos internas, compartiendo habitación. Tuvimos los mismos sueños. Nos gustaba la misma música y los mismos chicos. Éramos inseparables. Si hubiera tenido una hermana no hubiera sido tan similar a mí. Solo nos alejamos cuando, durante un año, me fui a estudiar a Inglaterra. Una secretaria de dirección debía hablar inglés y tu abuelo era estricto en eso. Un año, cuando tienes veintidós, es toda la vida. «Mi año loco», como decía tu padre. Descubrí el amor y el sexo. Me desinhibí. Volví siendo una chica moderna, europea, a la moda. Fue por carta como me enteré de que María tenía un novio del que estaba segura que era el hombre de su vida.

–¿Le quitaste su novio? –se adelantó Inés a los acontecimientos.

–Fue un poco más complicado que eso. Cuando regresé a España, ellos ya habían fijado fecha de boda, y

María organizó una cena en casa de su hermana para que yo lo conociera. Fue así como me encontré frente a frente con tu padre. Recuerdo que yo tonteaba con uno de los invitados cuando él apareció. Se me cortó el aliento. Se me paralizaron las piernas y el estómago se me llenó de hormigas. Era el prometido de María. El tipo con el que iba a casarse. Yo nunca había conocido a un hombre así, a pesar de que quería creer que venía de vuelta de todo y nunca fui una mojigata. Él fue tan correcto conmigo que jamás sospeché de lo que me enteré mucho más adelante. Tardé tres o cuatro meses en volver a verlo, a pesar de que pensaba en él constantemente. María estaba muy atareada con los preparativos de la boda y yo había encontrado trabajo en la compañía eléctrica como secretaria de presidencia. La segunda vez que lo vi yo me tomaba un café apresurado en el bar Laredo, y cuando fui a pagar me indicaron que ya lo había hecho el señor del final de la barra. Era él. Me sonrió y me acompañó a la oficina. No pasó nada. No hubo un solo comentario inapropiado ni por su parte ni por la mía, pero fue entonces cuando decidí que debía olvidarme de él, porque me atraía tanto que temía que pudiera cometer una locura. En aquella época empecé a rehuir las llamadas de María. No iba a las cenas que preparaba, y las pocas veces que nos veíamos me aseguraba de que Carlos no aparecería. Quedaba un mes para la boda cuando tu padre vino a verme al trabajo.

Se detuvo. Era demasiado complicado. Eran recuerdos que había intentado apartar de su memoria. Por los que llevaba una vida purgando.

–¿Y qué pasó?

Volvió a sonreír. Palmeó la mano de su hija, que seguía abrazada a la suya, para poder continuar.

–Vino a mi trabajo y se me declaró. Así nos hicimos

amantes y así traicionamos a María. Nos veíamos casi todas las noches a escondidas. Yo solo vivía por unos pocos minutos entre sus brazos, aunque muchas de aquellas madrugadas no hiciéramos otra cosa que pasear de la mano. Me sentía tan feliz como desgraciada. Feliz porque tenía la certeza absoluta, la misma que he sentido hasta el día de su muerte, de que había encontrado el amor verdadero. La desdicha de que estaba traicionando el más sagrado vínculo sobre la tierra, el de la amistad.

Inés la miraba perpleja. Su madre siempre había sido para ella «la unidad de medida». La persona que sabía qué era correcto y qué no. A quien ahora descubría era muy diferente de a quien siempre había amado.

–¿Un mes antes de la boda papá dejó a esa mujer para casarse contigo? –pudo articular cuando logró asumir toda aquella información.

–Veo que aún no has entendido nada, mi pequeña –le sonrió y volvió a palmearle la mano–. Tu padre se casó con María. Claro que se casó con ella. Creo que lo obligué a pesar de que él se negaba. Ambos estábamos confundidos. Una lucha feroz entre lo que queríamos y lo que creíamos correcto. Unos días de absoluta locura y dolor. Yo... –sonrió de forma amarga–. Yo fui la otra. Yo me convertí en la amante. En la de los encuentros a deshora y las visitas los fines de semana.

–Pero... papa y tú estáis casados.

–Nos casamos hace cuatro años, después de convivir como una familia durante más de treinta. Si tú hubieras tenido que pedir un certificado literal de nacimiento lo hubieras sabido, por eso siempre se encargaba tu padre de esas cosas. Nos casamos cuando María al fin le pidió el divorcio. Él se había prometido a sí mismo que no la dejaría en la estacada. Nuestra boda fue una ceremonia sencilla. Los dos solos y un par de testigos. ¿Recuerdas aquella foto que te mandamos? Me llamaste para decirme que estábamos muy guapos y que parecíamos muy felices. Yo te dije que nos habían invitado a las Bodas de Oro de unos amigos. Pues no. Fue el día, al fin, de nuestra boda.

Inés intentó recomponer cada pieza de aquel rompecabezas, pero era incapaz de encajarlas en el lugar correcto.

–No entiendo nada, mamá. Porque… eres mi madre, ¿verdad?

A pesar de ser un momento crítico, Clara soltó una carcajada.

–Claro que soy tu madre. Aún tengo la cicatriz de la cesárea. Pero cuando te enamoras de esa forma tan devastadora como a nosotros nos pasó, pierdes el juicio. Por un lado lo quería solo para mí. Por otro no podía soportar la idea de traicionar a la que era mi amiga del alma. Por eso, cuando Carlos me dijo que iba a abandonarla le hice prometer que se casaría y que dejaríamos de vernos. El día antes de la boda fui incapaz de cumplir mi promesa. Lo busqué y me arrojé a sus brazos. Él me dijo que era tarde para romper su compromiso. Así es como acepte convertirme en la otra, si con ello podía estar con él al menos unas horas.

–Papá estaba casado con tu mejor amiga –resumió Inés, intentando entenderlo–, y tú eras su amante.

–Incluso lo fui la noche de bodas. Fue cuando te concebimos. Él no podía dejarme. Nos alojamos en el mismo hotel. Yo esperaba sus migajas, escondida en mi habitación, como una sedienta –su sonrisa era amarga, tremendamente triste–. Nuestra locura llegaba a tal punto que no éramos capaces de estar separados. No es algo de lo que me sienta orgullosa. Lo hacíamos siendo conscientes del dolor que podíamos provocar, sintiéndonos culpables, y sin ser capaces de resistirnos a nuestra pasión enloquecedora. ¿Sabes cómo puede afectar eso a la cordura? Me culpo por ello cada noche. Pero es la verdad.

Inés no quería juzgarla. Ya lo había hecho con su padre desde que se enteró y solo le había provocado dolor. Tampoco podía entenderla. Solo escucharla.

—¿Cómo se prestó papá a todo eso? ¿Cómo pudiste hacerlo tú?

De nuevo sonrió.

—Lo conocías, aunque ahora creas que no. Era un hombre de convicciones extravagantes. Al principio, tras su boda, lo veía poco. Los escasos momentos en que podía escaparse para encontrarnos. Pero los dos, ambos, vivíamos atormentados. Estábamos traicionando de la manera más ruin a alguien que nos importaba, a María. Así que decidió contárselo, y yo fui con él cuando pasó.

Inés se acercó un poco más a su madre. Necesitaba que la sintiera cerca mientras purgaba esas culpas antiguas.

—¿Qué sucedió, mamá?

—Llantos, gritos, insultos. No podía ser de otra manera. Aún me duelen cada una de esas palabras que soltaron los labios de María, porque todas tenían razón.

—¿Por qué no se divorció papá?

—Se acababa de aprobar la Ley del Divorcio por aquel entonces, Carlos y yo estábamos seguros de que tras aquella declaración, María aceptaría la separación. Pero nos equivocamos. Tras los primeros reproches dijo que no iba a cambiar nada. Si él quería divorciarse que lo hiciera. Ella no pensaba mover un solo dedo. Quería a su marido y quería seguir con él a pesar de todo.

—¿Y papá aceptó esas condiciones?

—Tu padre estaba convencido de que, tras saber la verdad, todo se acabaría entre María y él. Pero no fue así. Y él se sintió culpable y responsable del destino de su esposa. Ese mismo día nos separamos. La eligió a ella. Decía que ese era su deber. Estuvimos unos meses sin vernos. Yo ya estaba embarazada de ti. Volvimos a encontrarnos, antes de que terminara el año. Lo nuestro era irracional, no podíamos refrenarnos. Volvimos a estar juntos y volvimos a separarnos. Así tantas veces que no recuerdo, mientras eras una niña. Al final aquello formó parte de la realidad. No tuvimos que pactarlo. Simplemente aceptar lo que sucedía.

—Un matrimonio... a tres —exclamó Inés, boquiabierta ante una verdad a la que ni siquiera se había aproximado.

—En cierto modo era tan sencillo como hacer la vista gorda cuando él desaparecía los viernes para regresar los martes. Una locura que causó mucho dolor y sufrimiento, pero a la que terminamos acostumbrándonos. Así ha sido durante años. Durante toda mi vida. Una ceguera de subsistencia, porque ninguno de los tres supimos arreglarlo de otra manera.

—Pero mi padre... ¿Cómo pudo hacerlo?

Ella asintió.

—¿Y yo misma? ¿Y María? Él fue incapaz de elegir y nosotros aceptamos aquella locura. ¿Cobardía? ¿Falta de escrúpulos? Quizá ambas cosas, pero a veces la vida te lleva por terrenos que hubieras puesto la mano en el fuego que jamás transitarías.

Inés estaba perpleja. Estaba convencida de que su infancia, su familia, era la más normal del mundo, y resulta que había formado parte de un trío que no terminaba de comprender.

–No sé qué decir.

–Por eso no te hemos contado nada. ¿Cómo hacerte entender que tu padre, a su manera, amaba a dos mujeres, y que ambas lo aceptamos por estar con él?

Una idea no dejaba de darle vueltas por la cabeza.

–He sido la hija de la amante –dijo sin intentar ofenderla.

–Has sido la hija del amor, no te equivoques –dijo su madre con la misma falta de acritud–. Tu padre solo ha amado a alguien más que a María y a mí, y ha sido a ti. Nada de lo que has vivido ha sido mentira. Simplemente había una parte de la verdad que no te pertenecía.

–¿Y esta carta, mamá? –señaló el sobre doblado que descansaba a su lado, en el sofá–. En ella sigue hablando de amor hace solo cinco años.

–Al poco de casarse ella pidió traslado a Madrid. Era allí donde tu padre viajaba cada viernes. Pero hace apenas cinco o seis años María fue destinada a Córdoba y tu padre cambió su objetivo de los fines de semana. Siempre fiel a su extraño ideal de cordura. Siempre a donde ella tuviera que estar. El caso es que las cosas entre los dos habían cambiado. Fue allí donde María conoció a otro hombre. Un británico con el que ahora está casada. Solo entonces le propuso a tu padre que había llegado la hora de separarse, la hora del divorcio. Fue en esta época en la que tu padre escribió esa carta, que me leyó antes de mandarla. Pensé que lo había hecho, enviarla, pero al parecer prefirió que languideciera en su cajón. Fue su carta de despedida. Él pensaba que aún se lo debía todo, así que vendió la casa de Córdoba y compró otra en la playa, donde el entonces amigo de María estaba destinado como ingeniero y donde ella había pedido un nuevo traslado. Pero María no quiso la casa, y al final tu padre la puso a su nombre. Ese inglés es un hombre de recursos, familia acaudalada, y parece que no quería nada del exmarido de María. Ella y papá siguieron viéndose durante algunos fines de semana más mientras terminaban de arreglarlo todo, ya solo como amigos que necesitan cerrar heridas. Hasta que el divorcio se hizo efectivo.

Inés bajó la cabeza. No se consideraba una mujer conservadora, pero todo aquello estaba muy alejado de su forma de ver el mundo. De lo que creía que era correcto e incorrecto. De lo que consideraba que era el valor. Precisamente... de lo que le habían enseñado sus padres.

–Intento no hacerlo, mamá –dijo sin mirarla–, pero no puedo evitar sentirme extraña con todo esto.

–Hazlo –contestó ella con la sonrisa brillante de siempre–. Nosotros nos hemos juzgado durante toda la vida. El silencio solo quería retrasar este momento, pero siempre hemos sabido que llegaría.

Inés volvió a tomar las manos de su madre entre las suyas. Era como si de pronto hubiera perdido algo de su intimidad con ella. Era molesto. Doloroso. Pero también fresco y tranquilizador, porque al fin sabía la verdad.

–¿Qué hacemos ahora?

Su madre se puso seria. Conocía ese rictus. Lo adquiría cuando iba a decir algo que sabía que no iba a gustar.

–Hay algo más que debes saber.

Inés suspiró.

–No sé si me queda capacidad de sorpresa.

–Es sobre Pedro.

–¿Qué tiene él que ver en esto? –ahora sí que estaba alarmada.

–Hace diez años tu padre lo convenció para que te dejara.

Aunque lo oyó, creyó no entenderlo. Tuvo que repetírselo mentalmente para comprender su dimensión.
—¿Cómo?
—Un hombre que se sentía culpable porque siempre creyó haber destrozado la vida de dos mujeres y que a la vez era incapaz de apartarse de ellas, no podía quedarse con los brazos cruzados viendo cómo abandonabas tus viejos sueños a causa de un muchacho —hizo una pausa para comprobar cómo lo estaba asimilando su hija—. Le recordaba demasiado a él mismo. Así que convenció a Pedro de que tú serías infeliz a su lado. Lo hizo porque lo creía firmemente. Había visto esa infelicidad en los ojos de María, y algunas, muchas veces en los míos.
—No debía de haberse metido en mi vida.
—Hay más —suspiró antes de seguir—. Cuando Pedro se enteró de que te habías marchado a trabajar a Noruega vino a buscarte. Estaba como loco. Hasta entonces pensaba que podría recuperarte cuando tú alcanzaras tus sueños, tus viejas ilusiones. Tu padre lo pasó muy mal, pero no quiso dejar que la desgracia se repitiera de nuevo y volvió a convencerlo de que solo lograría hacerte infeliz. Porque ese era el único argumento que podía apartar a ese muchacho de ti.

Inés estaba impresionada. Siempre imaginó, que tras la ruptura con Pedro, él la había olvidado. Ahora se daba cuenta de que no había sido así. Ni siquiera desde el primer momento. Y lo que era más importante: la razón última para terminar con lo que una vez tuvieron fue su propia felicidad. Equivocado, por supuesto, pero se había sacrificado por ella y porque fuera feliz... y eso tenía un nombre.

—Pedro entonces tenía una razón —sonrió sin darse cuenta—, y esa razón era yo misma.

–Tu padre era de la teoría de que estabais hechos el uno para el otro. Tú y Pedro. Pero, al igual que nosotros, os habíais conocido en el instante más inoportuno. En cierto modo pensaba que alejándoos os reencontraríais en un momento de la vida donde de verdad pudierais estar juntos. Sin miedos. Sin basura de por medio. Sin reproches. Sin lo que ha sido nuestra existencia.

Inés parecía ensimismada. Tenía la mirada perdida. Cuando su madre le acarició el cabello, ella le sonrió.

–Tengo mucho que pensar, mamá, mucho que perdonar y mucho que hacerme perdonar.

–Lo entiendo.

Se arrojó a los brazos de su madre y le dio un abrazo enorme. De esos que se hacen con el alma.

–Sabes que te quiero, ¿verdad? –le dijo mientras la besaba–. Aunque hayas tenido un pasado que parece una película de espías.

Las dos rieron, mientras las lágrimas caían por las mejillas.

–Y tú no sabes el peso que me acaba de quitar esa palabra, porque llevo toda la vida temiendo que cuando lo supieras me dejaras de mirar a la cara.

Suspiraron las dos a la vez. La genética es a veces caprichosa. Rieron a la vez por haberlo hecho. Y entonces Inés se levantó, camino de la cocina.

–Vamos a tomarnos una leche caliente con galletas, como cuando era una niña. Quiero que me lo cuentes todo otra vez. Quiero saber quiénes erais. Conocerte a ti y a mi padre.

–Dos personas muy imperfectas –añadió Clara.

–Acabo de descubrir que nunca me he llevado bien con el lado perfecto de la vida.

Capítulo 41

Pedro cayó de espaldas en la hierba, riendo a carcajadas, mientras los dos pequeños saltaban sobre él. No se iba a librar de ellos fácilmente, y tampoco quería. Veía muy poco a los hijos de Alejandro, pero cuando estaba con ellos la dedicación era absoluta. Hacer de «tito» era mucho más complicado que cazar delincuentes. Un niño de seis años y una niña de ocho tenían energía como para jugar al escondite, a las princesas, a los corsarios, y aún quedarles una larga lista de aventuras que correr en esa mañana de picnic en el Parque del Alamillo.

–A comer –dijo por tercera vez Elena–. Como yo tenga que ir a por vosotros vamos a tenerla.

Pedro los convenció de que era mejor hacerle caso a su madre, y con los dos a cuestas llegó hasta la manta tendida bajo un árbol.

–¿Sabemos algo de tu marido?

–Está viniendo desde hace una hora. ¿Bocadillo de tortilla o de filete empanado?

–Medio de cada.

Volaron zumos y batidos. Los dos pequeños se pelearon porque querían el mismo bocata y porque querían sentarse sobre la misma pierna de Pedro a comérselo. Él tuvo que alternarlos a uno y a otro y enjugar las lágrimas de desesperación del que le tocaba comer sobre la otra pierna con una nueva historia de piratas, donde el bucanero malvado era, casualmente, el padre de las criaturas.

–¿Estás bien? –le preguntó Elena en algún momento.

Pedro se encogió de hombros. Era una pregunta complicada.

–Esto del amor es una gran putada, pero creo que sobreviviré.

Habían logrado poner paz de por medio con las dos pequeñas fieras cuando llegó Alejandro.

–¿Habéis empezado sin mí? –preguntó al ver los restos del almuerzo.

–Hemos casi terminado sin ti –respondió su mujer.

–¿Es que cuando está tito Pedro mis hijos no me quieren?

Lo dijo porque los pequeños habían acogido sin entusiasmo la llegada de su padre.

–¿Qué te ha pasado? Deberías haber llegado hace una hora –le preguntó Pedro, dando el último mordisco a su bocadillo.

–Una tarea impertinente de última hora.

–¿Una orden judicial? –se extrañó Pedro.

–Algo por el estilo –se inclinó para hablarle al oído–. ¿Podemos charlar?

–Claro –de un salto estaba de pie–. ¿Nos disculpas?

La mujer de su amigo asintió. Los dos pequeños se estaban quedando dormidos sobre la manta. Siguió a Alejandro hasta alejarse de donde estaban.

–¿Qué pasa? –aquella forma de comportarse era de lo más extraño.

El otro tardó en contestar. Parecía demudado.

–He metido la pata, jefe.

–¿Cuánto?

–¿No me preguntas en qué?

–Contigo sé que habrá sido en algo importante, por lo tanto me preocupo más cuánto.

–Mucho.

Pedro arrugó la frente. Empezaba a preocuparse.

–¿Del uno al diez?

–Nueve setenta y cinco –contestó su amigo.

–Me está recorriendo la espalda un sudor frío.

–Es un expediente sin cerrar.

–¿Cuál de ellos?

–¿Ahora te preocupa el cuál?

–Mi capacidad de hacer el gilipollas contigo ha llegado a su fin, así que aclárate o te rompo las piernas.

El otro soltó un resoplido. Sabía que aquello iba a salir mal, pero aun así…

–He dejado el expediente en el coche –le dijo–. Ve a buscarlo mientras yo convenzo a mis hijos de que van a perder a su padre.

–¿Que has sacado un expediente de la comisaría? Esto no será una broma tuya, ¿verdad?

Alejandro ya se alejaba en busca de su familia.

–¿Tengo cara de bromista?

–No hagas esa pregunta a un hombre que en estos momentos te odia.

–Nos vemos en un rato.

Estaba un poco cansado de arreglar entuertos, y menos un domingo. Sin embargo, era mejor estar preparado para poder resolverlo a la mañana siguiente, en cuanto llegara al trabajo.

Hacía muy buena temperatura a pesar de ser el mes

de enero. Frío, pero con el sol calentando los huesos, lo que era una delicia. Sus pantalones vaqueros estaban llenos de manchas verdes, por haberse revolcado en la hierba con los pequeños, y sobre su camiseta blanca había una mano de niña estampada con Nocilla. Se ajustó la cazadora y tomó la dirección del aparcamiento.

Salió de entre los árboles y justo enfrente se encontró con el coche de su colega.

Y con Inés.

—Tú –se detuvo al verla.

Estaba apoyada en el vehículo. Tan bonita como siempre. Más bonita que nunca. El cabello suelto, vaqueros y un amplio jersey de lana de escote desbocado. Al verlo sonrió y se encogió de hombros.

—De nuevo aquí. Y empiezo a convertirme en una especie de pesadilla para ti.

Él no respondió al comentario. Verla era una de las cosas más agradables que podían pasarle. También de las más dolorosas.

—¿Te ha traído mi amigo?

—He ido a buscarte a la comisaría, aunque sospechaba que hoy no trabajabas. Él estaba de guardia. Se ha negado a decirme dónde vivías o dónde podía encontrarte, he insistido, lo he amenazado. Al final he conseguido, no solo que me diga donde estabas, sino que he venido con él.

Pedro cruzó los brazos en un gesto instintivo. Quizá una necesidad de protegerse de ella. Los separaban un par de metros, lo que hacía una estampa curiosa. Aquello era extraño para él y debía andarse con cuidado.

—Pensaba que en Madrid nos habíamos despedido de una vez por todas.

Ella miró alrededor. Un espacio verde, enorme, lleno de estanques, alfombras de césped y bosquecillos.

–No conocía este parque –murmuró. Después se dirigió de nuevo a Pedro–. ¿Podemos pasear?

Él simplemente asintió. Empezaron a andar uno al lado del otro, siguiendo uno de los senderos de tierra batida, bordeado de frondosos árboles. En algún momento Pedro no pudo aguantar más.

–¿Esta visita tiene que ver con lo que te ha contado esa mujer?

–Tiene que ver con lo que me ha contado mi madre.

–¿Tu madre?

–Es largo de explicar. Pero ahora sé por qué me dejaste.

Él se detuvo y ella hizo lo mismo.

–¿Ella te lo ha dicho?

–Mi padre te convenció de que era la única forma de hacerme feliz.

Llevaba diez años ocultando aquello. Ahora que salía de los labios de la mujer que amaba era como si le hubieran quitado un peso de encima. Sin embargo tuvo la necesidad de justificarse.

–No era un secreto mío. Espero que lo entiendas.

–Lo entiendo, y por eso estoy aquí.

Pedro se rascó la cabeza y miró alrededor. Tenía calor y no comprendía nada de lo que estaba pasando.

–Sabes que estoy completamente perdido, ¿verdad? Te digo que…

Inés no lo dejó terminar. Tiró de su camiseta para atraerlo hacia ella y lo besó. Despacio, sabiendo lo que hacía, poniendo todo su interés en que él comprendiera los límites que estaba cruzando. Fue Pedro quien se apartó. Tenía las manos levantadas, como si le apuntaran con una pistola. Los labios hinchados y la mirada fruncida.

–Espera, espera –intentó que entrara aire en sus pulmones–. Eres una mujer casada y si vuelves a hacer eso me temo que te voy a pedir que seas infiel.

Por toda respuesta, Inés volvió a tirar de él y lo besó de nuevo. Las manos de Pedro cayeron a los costados y se dejó hacer. Notaba cómo su corazón bombeaba con fuerza. Cómo su cuerpo respondía a cada mordisco, a la insistencia de su lengua, a la suavidad de sus labios. Esta segunda vez fue ella la que se apartó. Pedro aún tardó un par de segundos en poder abrir los ojos.

–¿Esta es una nueva forma de volverme loco?

–Esta es mi forma de pedirte perdón –contestó Inés–. De decirte que he sido una estúpida, y proponerte que lo intentemos de nuevo.

Ahora sí que no entendía nada. ¿Qué era exactamente lo que tenían que intentar? Era una mujer casada y él nunca…

–Pero… pero… –no salía de su asombro– el vikingo.

Inés suspiró y se apartó un mechón de cabello de los labios, movimiento que él siguió, hipnotizado.

–Dije que no. Llegué a la iglesia con intención de casarme y dije que no. Delante de doscientas personas y de un cura alucinado.

Pedro no salía de su asombro.

–¿Por qué?

–Porque aunque entonces pensaba que no podía fiarme de ti, esa tarde descubrí algo que sabía desde siempre y que me negaba a aceptar: seguía loca, irremediablemente enamorada de ti. Hasta entonces no había querido ver que una historia de unos pocos meses, cuando tenía veinte tantos, era la aventura más importante de mi vida. Ahora lo sé. Por eso he venido.

–¿Y esto se lo has contado a mi amigo?

–Con él he tenido que ser más drástica. Le he dicho que he venido a pedirte matrimonio.

Pedro tomó aire y se rascó la cabeza. Parecía confundido.

–Ufff... eso tendré que pensármelo con detenimiento –dijo mirándola con las cejas fruncidas–. Ya me lo he pensado. Sí quiero.

Ella soltó una carcajada.

–Pero no era cierto. Lo del matrimonio. Solo era para convencerlo de que me trajera.

Él la tomó por la cintura y la pegó a su cuerpo.

–Una vez prometí que te besaría, que me deslizaría entre tus sábanas y que te pondría un anillo en el dedo. Ya no hay marcha atrás. Solo acepto matrimonio una vez en la vida.

Inés sonrió. Había imaginado que iba a ser mucho más complejo.

–No puedes ser tan fácil. Te he vuelto loco con mis idas y venidas en los últimos meses. Ni yo misma sabía por qué tenía que ir a buscarte. Si para mí ha sido desquiciante, para ti...

–¿No piensas callarte? –la interrumpió Pedro.

–¿Cómo?

–Necesito besarte, y para ello debes estar en silencio.

Ella volvió a sonreír, y se mordió el labio inferior. Un cosquilleo le recorría la espalda, pero era delicioso.

–¿Eso es todo?

–Eso solo es el principio.

Ahora fue él quien la besó. Sin aliento. Sin dejar espacio a otra cosa que no fueran sus labios. Y con la absoluta certeza de que nada, de ahora en adelante, podría apartarlos de la tarea de ser felices.

Una carta encontrada en un cajón

23 de septiembre de 2011
Querida María:
He dudado si escribirte, pero al final creo que lo que se traza sobre el papel tiene más fuerza que lo que dicen los labios. Es curioso que la historia de nuestro amor haya sido la de las palabras, cuando podríamos haber escrito una gran aventura.

En verdad estas líneas no tienen más objeto que entregarte mi corazón. Sabes que lo tienes en tus manos, pero de tanto manipularlo, del mal uso que le he dado, es posible que te queden dudas, por eso la tinta sobre el blanco papel debe tener el poder de exorcizarlas.

Lo que siento por ti, lo que he sentido, ha sido amor.

Un hombre como yo puede dar la impresión de estar alejado de esos sentimientos, pero te equivocas. Quizá mi cobardía, vestida de arrogancia, te dé la impresión de que puedo con todo. Que nada es demasiado importante para mí, nada suficientemente hiriente. Eso no es cierto y puedo demostrarlo con una declaración incondicional de amor que no debes olvidar. Suceda lo que suceda. Pase lo que pase. Tomen nuestros caminos el derrotero que el destino haya marcado para ellos.

Te veré este viernes, como tantos otros. ¿Una despedida a medias? El principio de un final que ya debía de haber comenzado.

Tuyo.

Carlos.

ÚLTIMOS TÍTULOS PUBLICADOS EN HQN

La doncella de las flores de Arlette Geneve

Vuelve a casa conmigo de Brenda Novak

Acariciando la oscuridad de Gena Showalter

La chica de las fotos de Mayte Esteban

Antes de abrazarnos de Susan Mallery

El jardín de Neve de Mar Carrión

Un amor entre las dunas de Carla Crespo

Siempre una dama de Delilah Marvelle

Las chicas buenas no... mienten de Victoria Dahl

Un viaje por tus sentidos de Megan Hart

De repente, el último verano de Sarah Morgan

Trampa a un caballero de Julia London

Amor en cadena de Lorraine Cocó

Algo más que vecinos de Isabel Keats

Antes de la boda de Susan Mallery

www.ingramcontent.com/pod-product-compliance
Lightning Source LLC
LaVergne TN
LVHW030341070526
838199LV00067B/6390